SCIENCE FICTION

Herausgegeben
von Wolfgang Jeschke

Vom gleichen Autor erschienen außerdem als Heyne-Taschenbücher

Start ins Unendliche · Band 3111
Jäger im Weltall · Band 3139
Die Mordmaschine · Band 3141
Der Dämonenprinz · Band 3143
Emphyrio · Band 3261
Der Mann ohne Gesicht · Band 3448
Der Kampf um Durdane · Band 3463
Die Asutra · Band 3480
Trullion: Alastor 2262 · Band 3563
Marune: Alastor 933 · Band 3580
Die sterbende Erde · Band 3606

JACK VANCE

SHOWBOOT-WELT

Science Fiction-Roman

Deutsche Erstveröffentlichung

WILHELM HEYNE VERLAG
MÜNCHEN

HEYNE-BUCH NR. 3724
im Wilhelm Heyne Verlag, München

Titel der amerikanischen Originalausgabe
SHOWBOAT WORLD
Deutsche Übersetzung von Lore Strassl
Die Karte auf Seite 7 zeichnete Erhard Ringer
Die Illustrationen sind von Klaus D. Schiemann

Redaktion: Wolfgang Jeschke

Printed in Germany 1980
Titelbild: Young Artists
Umschlaggestaltung: Atelier Heinrichs, München
Gesamtherstellung: Mohndruck Graphische Betriebe GmbH, Gütersloh

ISBN 3-453-30628-7

HANDBUCH DER BESIEDELTEN WELTEN

AUSZUG

GROSSPLANET: *Der sonnennächste Planet des gelben Sternes Phaedra, eine Welt mit einem Durchmesser von vierzigtausend Kilometern, einer Durchschnittsdichte von weniger als 2 und einer Oberflächenschwerkraft von nur um ein Geringes weniger als die der Erde.*

Der Kern des Großplaneten, eine glasige Verschmelzung von Kalzium, Silizium, Aluminium, Kohlenstoff, Bor und verschiedenen Oxiden scheint beim Abkühlen eine Kruste gebildet zu haben, über der sich durch Streugut aus dem Raum die gegenwärtigen Oberschichten sammelten, denen es, genau wie dem Kern an schweren Elementen mangelt. Erwähnt sei hier auch, daß die drei äußeren Planeten des Systems von extrem hoher Dichte sind.

Die Oberfläche des Großplaneten besteht halb aus Land und halb aus Wasser. Das Klima ähnelt dem der Erde . . . Erzlager sind kaum vorhanden, Metalle jeder Art selten und deshalb wertvoll.

Der Großplanet liegt weit außerhalb terrestrischer Gesetze. Er wurde von Gruppen besiedelt, die der Bevormundung überdrüssig oder entschlossen waren, auf unorthodoxe Weise zu leben. Bei ihnen handelte es sich hauptsächlich um Nonkonformisten, Anarchisten, Flüchtlinge, religiöse Dissidenten, Misanthropen, Deviationisten und von Geburt an Abnorme. Die ungeheuere Weite des Großplaneten absorbierte sie alle.

In ein paar isolierten Bezirken existiert sogar etwas wie Zivilisation, wenn auch jeweils in einer mehr oder weniger ungewöhnlichen Form. Davon abgesehen ist außerhalb der kleinen Siedlungen das Gesetz nur so stark wie die jeweiligen Sitten, oder, in vielen Fällen, gar nicht vorhanden . . . Lebensweise und Gebräuche sind von unendlicher Vielfalt, da die isolierten heterogenen Gruppen über die Jahrhunderte hinweg ihre unterschiedlichsten Eigenarten zu wahrer Blüte entfalteten.

Die Gelehrten der Erde streiten sich schon lange über die Zustände auf dem Großplaneten. Sie versuchen sie zu erfassen und zu analysieren. Hunderte von Eiferern drängten darauf, daß terrestrische Disziplin, daß Gesetz und Ordnung auf den Großplaneten gebracht würden. Doch die Vertreter des Status quo hatten bisher immer das letzte Wort. »Der Großplanet stellt die Vision eines Landes jenseits der Grenze dar«, erklärten sie, »wo Mut, Findigkeit und Kühnheit wichtiger sind als die Beherrschung städtischer Abstraktion. Die ersten Siedler brachten große Opfer, um für sich die Freiheit zu erringen. Dadurch bestimmten sie die Zukunft ihrer Söhne. Und so haben die neuen Generationen die Eigenheiten der alten nicht nur übernommen, sondern sie in manchen Fällen sogar noch weiter entwickelt. Wer kann beurteilen, ob das gut oder schlecht ist? Wer kann bestimmen, was gerecht, richtig oder wahr ist? Wenn das Gesetz zum Großplaneten gebracht, wenn diese großartige Mannigfaltigkeit beschränkt wird, sind die Dissidenten erneut entmündigt. Und wieder werden sie weiterziehen müssen, zu noch ferneren Freistätten. Der Großplanet ist eine ungezähmte Welt, und viele finstere Taten geschehen dort. Doch erzwungene Uniformität würde das Dilemma nur wieder lokal verschieben. Der Großplanet ist im Grund genommen ein Problem, für das es keine allgemeingültige Lösung gibt.«

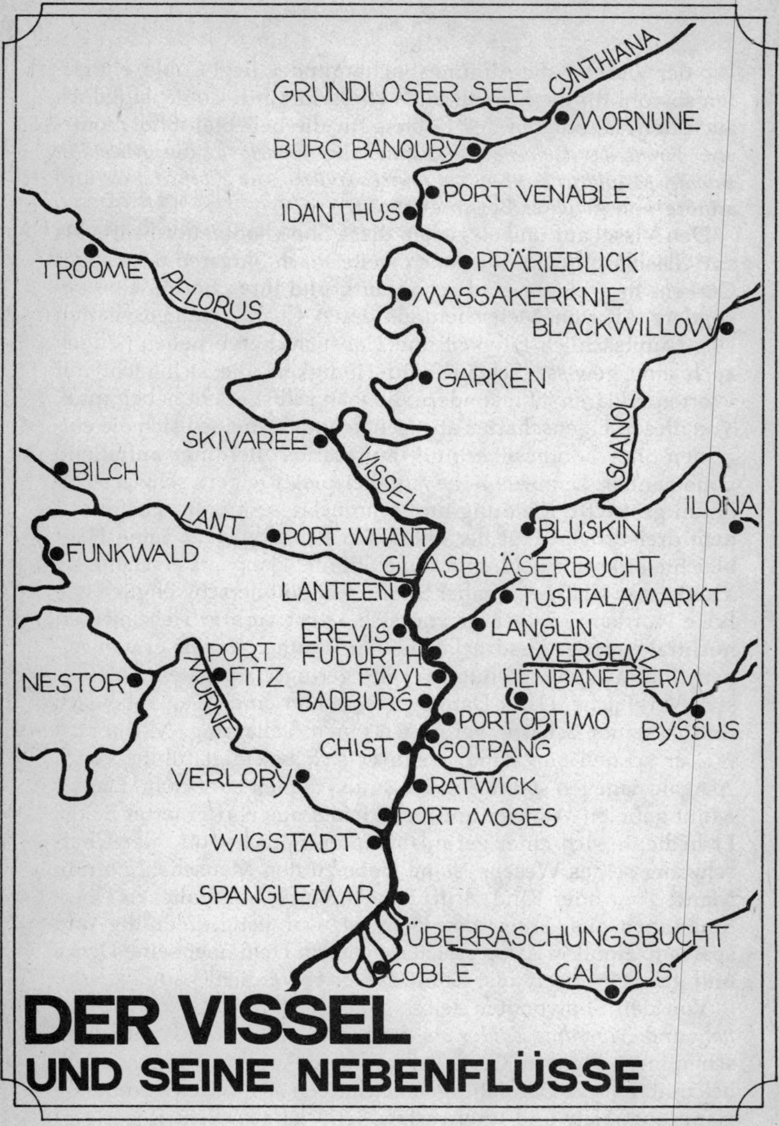
CYNTHIANA
GRUNDLOSER SEE
MORNUNE
BURG BANOURY
PORT VENABLE
IDANTHUS
PRÄRIEBLICK
TROOME
PELORUS
MASSAKERKNIE
BLACKWILLOW
GARKEN
SKIVAREE
VISSEL
SUANOL
BILCH
ILONA
LANT
PORT WHANT
BLUSKIN
FUNKWALD
GLASBLÄSERBUCHT
LANTEEN
TUSITALAMARKT
EREVIS
LANGLIN
PORT
FUDURTH
WERGENZ
NESTOR
FITZ
FWYL
HENBANE BERM
MURNE
BADBURG
PORT OPTIMO
BYSSUS
CHIST
GOTPANG
VERLORY
RATWICK
PORT MOSES
WIGSTADT
SPANGLEMAR
ÜBERRASCHUNGSBUCHT
COBLE
CALLOUS
DER VISSEL
UND SEINE NEBENFLÜSSE

1

Wo der Vissel in die Ahnungsbucht mündet, liegt Coble, ein Hafen sowohl für die See- als auch Flußschiffahrt. Coble ist jedoch auch der Haupthafen des Gebiets für die beliebten Showboote, wie *Fironzelles Goldene Vorstellung,* die *Pamelissa,* die *Melodiöse Stunde, Miraldras Zauber,* das *Feuerglasprisma,* die *Zwei Masken* und andere von gleicher Berühmtheit.

Den Vissel auf und ab ziehen diese Showboote, nordwärts bis zur Glasbläserbucht oder noch weiter nach Skivaree oder sogar Garken. Ihre Eigner sind schon aufgrund ihres Berufs eine besondere Art von Menschen, als deren Charaktereigenschaften sich hauptsächlich Eitelkeit und Habsucht hervorheben, jedoch auch eine gewisse Schläue und Findigkeit, die sich nicht mit Worten erklären läßt, sondern die man selbst erlebt haben muß. Von diesen Eigenschaften abgesehen, unterscheiden sich die einzelnen Showbootbesitzer und Impresarios allerdings auffallend voneinander. Lemuriel Boke zum Beispiel trug gern schwarz-rotbraun gestreifte Kleidung und schmückte sein edles Haupt mit dem dreistufigen Hut der Ultimaten Pantalogisten. Seine Haut bleichte er kreideweiß, und seine Stimme klang, als erschalle sie aus tiefsten Grüften. Umber Stroon war so überschwenglich wie Boke wortkarg. Sprach er von sich selbst, hob er sich mit den hochtrabendsten Ausdrücken in den Himmel. Redete er von seinen Konkurrenten, benutzte er die geringschätzigsten, abfälligsten Vergleiche. Darik Dankzy trug immer einen Degen bei sich und in seiner Schärpe verborgen einen Schlagring. Mit beiden war er schnell zur Hand, wenn er sich beleidigt fühlte. Garth Ashgale dagegen stellte eine elegante Trägheit zur Schau. Eleusis Munt gefielen Wämser und Beinkleider aus parfümierter Seide. Er bediente sich einer gefühlsbetonten Sprache, und der Überschwang seines Wesens, seine Liebe zu den Menschen, ob nun Mann, Frau oder Kind, drückte sich häufig in peinlichen Übertreibungen aus. Fring, der Phantast, war listig, geduldig und sparsam. Apollon Zamp stolzierte wie ein Held über seine Decks und gab sein Eisen aus, kaum daß er es verdient hatte.

Von den Showbooten selbst galten *Fironzelles Goldene Vorstellung* und *Miraldras Zauber* als die besten, und die Rivalität zwischen ihren Eignern, Garth Ashgale und Apollon Zamp, war allbekannt. Zamps Darbietungen zeichneten sich durch spannende Handlung, Flair und unerwartete Schocks aus. Sein Repertoire umfaßte Schwänke, Possenspiele, Gaukeleien, exzentrische Tänze und Vorträge von Balladen und Moritaten. Garth Ashgale zog extravagante Stücke vor, die in jeder Einzelheit durchdacht waren und beschaulich über die Bühne rollten. Zamp war trotz seines theatralischen Auftretens ein peinlich genauer Impresario, der von seiner Truppe sowohl Virtuosität als auch Versatilität verlangte. Ashgale dagegen benutzte für jede Rolle eigens ausgebildete Schauspieler. Zamps Stücke waren variationsfähig und erfrischend. Ashgale spezialisierte sich auf Tragödien wie: *Emphyrion; Lukas und Portmena; Der blaue Granatapfel; Die Herrschaft des Eisernen Königs.* Ashgales Kostüme waren prunkvoll, seine Bühnenbilder betörten das Auge, seine Bemühungen, alles so lebensecht wie nur möglich zu gestalten, was vor allem in Szenen voll erotischer Leidenschaft und in solchen auffiel, wo der strafenden Gerechtigkeit Genüge getan wurde, überstiegen bei weitem die Anstrengungen seiner Rivalen, die mit künstlichen Effekten arbeiteten.

Ashgale hielt seine Vorstellungen überall den Vissel aufwärts bis Lanteen und noch weiter, auch auf den Nebenflüssen wie dem Suanol, dem Wergenz, der Murne. Zamp zog es vor, für die Städte des unteren Vissels zu spielen, mit nur hin und wieder einem Abstecher die Murne hoch, wo der Geschmack der Bürger bekannt und ihre Zahlungsmittel[1] von echtem Wert waren.

Einmal, als das Schiff in Ratwick vor Anker lag, hatte eine rothaarige Mimin ihn deshalb aufgezogen. »Puh!« sagte sie, und zupfte ihn an seinem säuberlich gestutzten blonden Spitzbart. »Müssen wir denn immer entlang den gleichen Ufern segeln? Auf, ab, auf, ab, von Thamet nach Wigstadt und Badburg, und immer nur eine kurze Rast in Coble, damit Ihr Euer Vermögen eisen[2] könnt.«

Zamp hatte gelacht, ohne beleidigt zu sein, und seinen Weinkelch geleert. Die beiden nahmen gerade ein Mahl in Zamps Heckkabine ein. »Auf diese Weise diniere ich vom Besten, und in reizender Gesellschaft noch dazu. Weshalb sollte ich etwas daran ändern?«

---

1. Die Standardwährung überall auf dem Großplaneten ist das Eisen, das noch am wenigsten seltene der Metalle. Ein Eisenheller — von etwa einem halben Gramm — ist der Durchschnittstageslohn für einen Arbeiter.
2. In der Umgangssprache das Eintauschen von verschiedenerlei Wertsachen und Gebrauchsgütern gegen Eisen.

Die Frau, die sich Lael-Rosza nannte, zuckte die Achseln und verzog ein wenig das Gesicht. »Wollt Ihr wirklich Gründe hören?«

»Aber natürlich! Wenn es sie wahrhaftig gibt.«

»Möglicherweise keine zwingenden. Es wäre nur schön, einmal andere Gesichter und andere Gegenden zu sehen. Findet Ihr es denn nicht auch merkwürdig, daß Apollon Zamp, der kühnste und lebenslustigste Filou im Showgeschäft, nur die ungefährlichste Strecke fährt?«

»Durchaus nicht«, widersprach Zamp. »Ich bin kühn und lebenslustig, weil es die Umstände erlauben. Unter anderen Umständen wäre ich vielleicht so stumpfsinnig wie ein Ratwicker Muscheltaucher. Ich will Euch mein Geheimnis verraten, meine Liebe.« Zamp machte eine bedeutungsvolle Geste und lehnte sich vor. »Ich belästige meinen guten Freund Schicksal nicht mit Ansprüchen. Ich verärgere ihn nie, und deshalb spazieren wir einträchtig, Seite an Seite, durchs Leben.«

»Vielleicht ist Euer guter Freund Schicksal lediglich zu bescheiden und zu höflich, es mit Euch anzulegen«, gab Lael-Rosza zu bedenken. »Laßt uns doch seine wirkliche Meinung erfahren. Vor uns liegt Badburg, dieses trostlose Nest mit seinen armseligen Hütten, wo die Menschen ihren Eintritt mit getrocknetem Fisch bezahlen. Hier, seht Ihr meinen Talisman? Auf einer Seite trägt er mein Geburtszeichen, auf der anderen die Nymphe Korakis. Ich werde diesen Anhänger hochwerfen. Fällt er mit meinem Geburtszeichen nach unten, fahren wir an Badburg vorbei, bis hoch nach Fudurth oder Erevis oder sogar bis Lanteen an der Glasbläserbucht. Ist Korakis unten, bleibt es bei Badburg. Einverstanden?«

Zamp schüttelte den Kopf. »Mein Freund Schicksal, das muß ich zugeben, hat seine kleinen Eigenheiten. Es würde ihm, beispielsweise, nie einfallen, sich um das Drehen eines Talismans zu kümmern.«

»Trotzdem. Ich werde ihn werfen.« Lael-Rosza schleuderte die kleine Elfenbeinscheibe in die Luft. Sie fiel auf den Tisch, rollte über das gewachste Holz und blieb aufrecht an die Weinflasche gelehnt stehen.

Zamp blickte stirnrunzelnd auf sie hinunter. »Nun, was erwartet Ihr, daß ich davon halte?«

»Ihr müßt jemand anderen fragen. Ich habe keine Erfahrung mit Omen.«

Zamp hob die Brauen. »Omen?«

»Das solltet Ihr eigentlich besser wissen als ich. Ihr, der Ihr mit dem Schicksal wie mit einem Bruder Arm in Arm spaziert.«

»Wir schreiten nebeneinanderher«, verbesserte sie Apollon Zamp. »Das heißt nicht, daß wir uns miteinander unterhalten.«

Die Nacht war schon fortgeschritten. Lael-Rosza hatte sich leise in ihre winzige Zwischendeckkabine zurückgeschlichen, und Apollon Zamp, der vielleicht einen oder auch zwei Gläser über den Durst getrunken hatte, lehnte sich in seinen bequemen Sessel aus geschnitztem Pfalaxholz zurück. Die Nacht war warm, das Fenster stand offen. Eine Brise spielte mit den Flammen der Lampen und ließ sie hin und wieder heller aufflackern, daß geheimnisvolle Schatten an den Wänden tanzten. Zamp erhob sich und begutachtete seine Kajüte: ein Gemach, um das ihn so mancher beneiden mochte. Die Möbelstücke waren aus hartem Pfalax, in einem Schränkchen glitzerten die Glasflaschen im Lampenlicht, und das Bett in der Nische war weich und breit, und einladend mit seiner grünen Decke. Kunstvoll geschnitzte Säulenstützen aus Tamarakholz trugen die nicht weniger prächtig geschnitzten Deckenbalken. Das Eichendeck unter seinen Füßen glänzte dunkel von hochpoliertem Wachs. Eine große Lampe hing über dem Eßplatz, eine weitere über dem Schreibtisch.

Zu dieser späten Stunde lagen die verschiedenen Schichten von Zamps Geist offen voreinander. Bilder formten sich, drehten sich wirbelnd. Omen und Zeichen waren überall, wenn er nur geschickt genug wäre, sie zu fangen, zu verstehen. Die geöffnete Fensterscheibe, der er gegenübersaß, spiegelte ein wenig verzerrt sein Ich. Zamp beugte sich vor, um besser sehen zu können. Was ihm entgegenblickte, war durchaus erkennbar — eine ihm treue, vertraute Person und doch gleichzeitig schrecklich und fremd und fern. Die Gestalt war stämmig, und so, wie sie saß, quollen die Hinterbacken leicht aus der Form, und das Wams saß im Augenblick nicht gerade ordentlich. Die blonden Locken waren geckenhaft lang. Blaue Augen blickten prüfend an einer langen, bleichen Nase vorbei. Zamp richtete sich indigniert auf. Die Kreatur in der Scheibe verschwamm ein bißchen und starrte nicht weniger indigniert zurück, als fände sie Zamps Aussehen genauso widerlich wie Zamp es tat . . . Zamp drehte sich um. Wenn das ein Vorzeichen oder eine Botschaft oder gar eine Einsicht sein sollte, wollte er nichts damit zu tun haben.

Er trat hinaus in die Nacht und stieg zum Achterdeck hoch. Der dunkle Fluß strömte im Bewußtsein seiner Unaufhaltsamkeit ruhig dahin. Ein paar späte Lichter von Ratwick spiegelten sich gelb im Wasser.

Mit geübter Wachsamkeit sah Zamp sich auf dem Schiff um. Alles schien in Ordnung zu sein. Er lehnte sich an die Heckreling. Im Schein der Achterlaterne entdeckte er auf dem Steuerruder einen kleinen kräftigen Bulwig, dessen drei Augen das Lampenlicht reflektierten. Zamp und der Bulwig starrten einander reglos an. Ohne Worte, nur mit konzentrierter Willenskraft, befahl Zamp der Kreatur, ins Wasser zu springen. Aber jetzt kauerte sich das Wesen eigensinnig erst recht fest auf das Ruder. Zamp mußte nun schon seine Stimme zu Hilfe nehmen und seine ganze Persönlichkeit hineinlegen. »Geh!« knurrte er. »Hebe dich hinweg von meinem Schiff, du stummelschwänziger Schlammwühler! Zurück in den Morast mit dir!«

Der Blick des Bulwigs schien eindringlicher zu werden. Da dachte Zamp, daß die Kreatur vielleicht gar durch ihre Willenskraft ihn dazu bringen wollte, von der Reling zu verschwinden. »Pah!« brummte Zamp. »Welch ein Unsinn! Ich ziehe mich nur zurück, weil ich anderswo zu tun habe!«

Auf seinem Weg zurück nach unten hielt er kurz an und dachte noch einmal über Ratwick nach. Heute hatte er den Schwank *Der betrunkene Fischhändler und der sprechende Aal* aufgeführt, und in der Pause das *Ballett der Blumen* mit seinen acht Mimenmädchen in Gewändern mit Rüschen und Schleifchen, dazu ein Ringkampf zwischen dem Berufskämpfer des Schiffes und dem besten Sportringer von Ratwick. Für das Finale hatte er wieder die acht Mädchen gebraucht, das Orchester, zwei Jongleure, drei Schwerttänzer und sechs Clowns. Das Programm war sorgfältig auf den Geschmack und die Vorurteile der Stadt abgestimmt, die sich wie fast alle Gemeinden des Großplaneten als die einzige Oase geistiger Gesundheit und Vernunft auf dieser ganzen riesigen Welt betrachtete. Er hatte vor dreihundertzwölf Männern, Frauen und Kindern gespielt, und als Eintrittsgebühr viertausend Unzen Treibholzharz eingenommen, das ihm in Coble — so zumindest hatte er nach seinem letzten *Handelsbulletin* berechnet — fünfundneunzig Eisenheller einbringen würde. Eine Durchschnittseinnahme, weder gut noch schlecht. Für den nächsten Tag hatte er geplant, den Anker zu lichten und flußabwärts zu segeln. Und weshalb auch nicht? Was war flußaufwärts

denn schon als ein paar schmutzige Dörfer, die sogar zu arm waren, als daß sich die Nomadenräuber aus der Tinsitalasteppe dorthin verirren würden. Lanteen an der Glasbläserbucht war zwar ziemlich wohlhabend, und seine paar Besuche dort hatten sich immer als einträglich erwiesen, aber bis dorthin war ein langer Weg. Schließlich wurde er nicht jünger ... Seltsam! Was hatte diesen völlig überflüssigen und überhaupt nicht hierher gehörenden Gedanken in ihm geweckt? Er drehte sich zu einem letzten nachdenklichen Blick über den Fluß um, dann kehrte er in seine Kabine zurück und legte sich schlafen.

2

Zamp erwachte, als Phaedras Schein schräg über die Eichenplanken seines Kajütenbodens fiel. Wasser schlug gegen das Heck, als der Südwind sich gegen die Strömung warf, und vor gelokkertem Anker trieb das Schiff unruhig hin und her. Zamp streckte sich, ächzte und kletterte schlaftrunken aus dem Bett. Dann zog er an der Glockenkordel, um sein Frühstück zu bestellen, und hüllte sich in den Morgenmantel.

Chaunt, der Steward, breitete eine frische weiße Decke über den Pfalaxtisch, goß eine Schale Tee ein, stellte eine Schüssel mit Früchten in Reichweite, und servierte Zamp knusprige Pasteten mit einer Füllung aus Rohrvogelragout.

Zamp nahm sich Zeit für sein wohlschmeckendes und reichliches Morgenmahl. Als er es beendet hatte, rief er nach Bonko, dem Bootsmann, einem wohlbeleibten Burschen mit langen Armen und kurzen Beinen und einem knochigen Schädel, der, von den buschigen schwarzen Brauen und einem winzigen Schnurrbart unter der überdimensionalen Knopfnase abgesehen, kahl war. Bonkos Benehmen — er war äußerst zuvorkommend und höflich — strafte sein rauhes Aussehen Lügen. Zusätzlich zu seinen Pflichten als Bootsmaat stellte er den Ringer oder Henker in jenen Stücken dar, die eine solche Rolle vorschrieben.

»Wie sieht es aus?« fragte ihn Zamp.

»Der Südwind wütet heftig. Wir werden Schwierigkeiten haben, flußabwärts zu fahren, außer wir setzen die Tiere ein, dann müssen wir natürlich dem Treidelpfad folgen.«

Zamp schüttelte mißmutig den Kopf. »Der Treidelpfad südlich

von Ratwick ist ein knietiefer Morast. Ist Quaner mit der Antriebsachse fertig?«

»Nein, Herr. Sie muß noch abgeschliffen werden. Und Quaner ist der Ansicht, daß die Stopfbüchse ausgewechselt werden sollte.«

Vergangene Nacht war der Talisman, als er über den Tisch rollte, aufrecht stehengeblieben! »Also gut. Dann laß die Segel setzen! Wenn wir nicht südwärts fahren können, dann nutzen wir eben diesen idealen Wind und segeln flußaufwärts. Wir haben schon seit Jahren nicht mehr in Erevis oder Fudurth oder Port Optimo gespielt.«

»Mir ist, als erinnere ich mich einiger Schwierigkeiten in Port Optimo«, sagte Bonko vorsichtig. »Es hing mit einer Dame zusammen, die ein Geweih trug.«

Zamp brummte: »Die Sitten und Gebräuche dieser Leute hier sind viel zu starr. Aber ich möchte natürlich keinesfalls noch einmal eines ihrer Totems entweihen. Weiter als Erevis sollten wir demnach nicht fahren. Also, setz die Segel und hol den Anker ein.«

Bonko rief die Deckmannschaft zusammen. Ein paar Minuten später hörte Zamp das Ächzen der Taurollen und das Klicken der Ankerwinde. Das große Schiff erwachte unter dem Schub des Windes zu eigenem Leben.

Zamp begab sich zum Achterdeck und sah zu, wie Ratwick zurückblieb. Hier an dieser Stelle floß der Vissel unbeengt in einem breiten Bett, dessen westliches Ufer nur verschwommen zu erkennen war. Mit dem Sonnenschein hatten sich Zamps nächtliche Sorgen und seine merkwürdigen Gedanken verflüchtigt. Sie schienen ihm nun so fern und unecht wie ein Traum. Die einzige Wirklichkeit waren jetzt der stürmische Wind, der Geruch nach Wasser und Schlamm und treibendem Tang, die Trauerweiden an der Uferböschung, die Wälder etwas entfernter, und die Sonnenstrahlen, die auf dem aufgewühlten Wasser tanzten. Es ist herrlich zu leben, dachte Zamp, besonders als der, der ich bin: der edelste und beste aller Impresarios auf dem Vissel! Was war schon Garth Ashgale? Von nicht mehr Bedeutung als der mit offenem Mund zu ihm heraufstarrende Fischer in seinem armseligen Kahn, an dem *Miraldras Zauber* gerade vorbeifuhr. Zamp schwenkte in großartiger Geste den nicht vorhandenen Hut. Man konnte nie wissen, vielleicht würde der Fischer, wenn sie wieder einmal anlegten, sich an das prachtvolle Schiff und den galanten Kapitän erinnern, und mit seiner ganzen Familie und gutem Eisen zu einer Vorstellung an Bord kommen. Der Gischer grüßte nicht zurück, er starrte nur weiter dumm zum Deck herauf. Zamp ließ den Arm fallen. Ein solcher Tölpel würde sich ganz gewiß genauso unüberlegt an Bord von *Fironzelles Goldene Vorstellung* begeben, wenn diese Schiffsladung voll Scharlatanerie einmal anlegte. Ashgale war etwa zwei Wochen vor Zamp in seinem angeberischen Palast von Coble abgesegelt, und sie waren sich bisher noch nicht auf dem Fluß begegnet. Sollte Ashgale doch kommen und gehen wie er wollte! Mit seinen Inszenierungen war nicht viel los! Zamp zuckte gleichgültig die Schulter und machte sich daran, auf dem Schiff nach dem Rechten zu sehen.

Schwingenden Ganges stolzierte er dahin. Seine Statur wirkte kräftig, wenn auch das gute Leben der mittleren Partie etwas von ihrer Straffheit geraubt hatte. Seine Beine waren lang. Bei jedem der großen Schritte beugte er das Knie des vorderen Beines ein wenig nach vorn. Seine Schultern hingen eine Spur herab, und sein Kopf wollte offenbar den Beinen noch vorauseilen. Seine blauen Augen glänzten, das blonde Haar flatterte im Wind, und die aristokratische Nase wandte sich einmal nach dieser, dann der anderen Seite.

Auf der Plattform mittschiffs trainierten die Akrobaten und Jongleure; die Tierbändiger und Insektendresseure in ihren Zelten links und rechts davon, dem Steuer- beziehungsweise Backbord zu. Auf dem Vorderdeck probten die Mimen ihre Routinerollen und stritten kurz mit den Clowns, die neue Verrenkungen übten und dabei ein wenig zu nahe gekommen waren. Auf der Bühne selbst rannten die Dildeks in einem Scheinkampf mit Messern, Bolas, Metallklauen und Totschlägern auf einem mit Kreide auf den Boden gezeichneten Muster herum.

Zamp kletterte die Wanten zum Mastkorb hoch, fand diesmal jedoch keine Kissen, Flaschen, Musikinstrumente oder Unterwäsche, wie so manches Mal zuvor. Die Kausche am Ende des Taus, das Fockmast mit Großmast verband, wies Reibspuren auf. Auf diesem Seil führten die Akrobaten ihre Kunststücke vor. Wenn es während einer Vorstellung riß, würde Zamps guter Ruf leiden. Er mußte sich sofort mit Bonko darüber unterhalten.

Von seinem hohen Ausguck bot das Schiff ein Bild fröhlicher Geschäftigkeit. Alle schienen guter Laune zu sein. Aber Zamp wußte es besser. Auch *Miraldras Zauber* hatte ihre volle Quote an Nörglern und ewig Unzufriedenen. Sie erzählten einander von den idyllischen Zuständen auf anderen Showbooten, auf denen natürlich alles besser war als auf ihrem eigenen Schiff. Andere wiederum konnten offenbar nie genug kriegen und verlangten ständig mehr und mehr Honorar.

Aber hier oben im Mastkorb konnte Zamp alles vergessen, was kleinlich und ärgerlich war, und sich an der herrlichen Aussicht bis zu den weiten Horizonten des Großplaneten erfreuen. Dieser ferne dunkle Streifen war eine Bergkette. Der verschwommenere, luftfarbene, ein noch höheres Gebirge, und noch weiter, wo das Auge bereits Schwierigkeiten hatte, sie überhaupt zu sehen, hob sich wie ein tintiger blaßblauer Seidenfaden auf grauem Stoff eine weitere Gebirgskette unbekannten Ausmaßes ab. Ein Glitzern im Westen mochte das Meer sein, und dieser Hauch von rauchigem Lavendel entlang dem ferneren Ufer vielleicht eine Wüste. Im Süden verlor der weißglitzernde Fluß sich zu einem glänzenden Silberband. Im Norden verbarg ein Zuckerhut aus rotem Hornstein den Lauf des Vissels durch die Tinsitalasteppe, durch die er in die schier endlose Ferne führte, vorbei an Badburg und Fudurth, Lanteen an der Glasbläserbucht, vorüber am Meaghgebirge, dem Totenpferdesumpf und Garker, über das Slyland und durch das Mandamantor bis zum Grundlosen See und zum legendären Königreich von Soyvanesse, wo die Menschen in Palästen lebten, von eisernen Tellern aßen und eifersüchtig darüber wachten, daß keine Fremden ihr Land betraten, denn sie mochten ja vielleicht gar von ihrem Reichtum stehlen und Unruhe in ihr beschauliches Dasein bringen. Diese Orte waren im *Flußverzeichnis* angeführt, aber niemand wußte etwas Genaueres darüber. Vielleicht stimmten die Karten wirklich. Persönlich kannte Zamp niemanden, der weiter als Garken gereist war. Die Länder jenseits davon schienen ihm jedenfalls, wie den meisten anderen auch, nicht wirklicher als die Zeichen auf den Karten. Zamp nickte weise. Was hatte er mit diesen Welten der Unwirklichkeit zu tun? Die Realität lag hier am Vissel, von Coole nach Ratwick oder vielleicht bis Erevis. Hier gab es echtes Eisen, und ein Eisenstück in der Hand war mehr wert als die klingenden Teller und vornehmen Schüsseln, die es vielleicht nur in der Einbildung gab.

Zamp kletterte den Mast wieder hinunter und kehrte zum Achterdeck zurück, wo er sich auf einen Korbstuhl fallen ließ und ein wenig mürrisch über das Wasser starrte.

Gegen Mittag ließ der Wind nach. Das Schiff bewegte sich lustlos, wie es schien, den Fluß aufwärts, kaum daß es gegen die Strömung ankam. Jedenfalls fühlte Zamp sich gezwungen, über Nacht in einiger Entfernung vom Ufer Anker zu werfen.

Am Morgen blies der Monsun wieder gleichmäßig und kräftig und trieb das Schiff durch die tanzenden Wellen. Am Mittag meldete der Ausguck die Gotpanghöhe am Horizont und bald darauf auch die Stadt Gotpang selbst: eine Ansammlung von Steinhütten an den steilen Felsstufen der Höhe. Eine Steinmauer um die Kuppe schützte ein Kloster, das halbversteckt in einem uralten Orangenhain lag. Hier war die Bruderschaft der Zenobiten zu Hause. Ihre Angehörigen waren die Aktuare, die die Tage der Geburt und des Todes der Bürger niederlegten. Zamp hatte zum letztenmal vor zehn Jahren in Gotpang eine Aufführung dargeboten und nicht sehr viel daran verdient. Seitdem hatte er die Stadt gemieden. Heute hatte er die Wahl, entweder in Gotpang eine Vorstellung mit geringem Profit zu geben, oder ohne jeglichen Gewinn im Fluß zu ankern. Zamp entschied sich für Gotpang.

Im *Flußverzeichnis* frischte er sein Gedächtnis auf. Es wurde abgeraten, in Gotpang Krankheiten, Unfälle oder Tod zu erwähnen, auch sollte man besser nicht darauf hinweisen, daß eine Geburt auch ohne die Mithilfe eines Aktuars zustande kommen konnte.

Am Fuß der Höhe befand sich in einer Bucht ein kleiner, an drei Seiten von einem Kai umgebener Hafen. Direkt am Kai anschließend, wo der Boden noch eben war, standen zwei Lagerschuppen und drei Tavernen an einem winzigen Marktplatz. Zu Zamps Ärger hatte die *Zwei Masken* bereits angelegt. Ihr Eigner und Impresario war ein gewisser Osso Santelmus, der nach Zamps Ansicht ein ziemlich armseliges Programm bot, bestehend aus Klamauk, Tiergrotesken und einem Minnesänger, der seine geschmacklosen Balladen auf einer Gitarre begleitete. Santelmus besserte sein Einkommen mit Glücksspielen an Bord auf, dem Verkauf von Salben und Tinkturen, und einem Wahrsagestand, in dem er selbst die Zukunft weissagte.

Mit trübem Blick ließ Zamp die *Miraldras Zauber* am Kai anlegen. Keines der beiden Schiffe machte dem anderen wirklich Konkurrenz. Manchmal erhöhte ein doppeltes Angebot sogar die Nachfrage. Aber Zamp war ziemlich sicher, daß das in Gotpang nicht der Fall sein würde.

Sobald sein Schiff vertäut war und er noch einmal nach dem

Rechten gesehen hatte, begab sich Zamp, wie die Etikette es vorschrieb, an Bord der *Zwei Masken*, um Osso Santelmus seine Aufwartung zu machen. Die beiden setzten sich zu einer Flasche Weinbrand in die Heckkabine.

Santelmus hatte nichts Gutes, weder über Gotpang noch die Aktuare, zu berichten. »Jedes Jahr erlassen sie neue Verfügungen. Ich mußte erfahren, daß ich mein Wunderbad nicht als ein wirkungsvolles Schönheitselixier anpreisen darf, noch ist es mir gestattet, die Zukunft vorherzusagen, wenn ich mich dabei nicht an die offiziellen Prophezeiungen ihres Planungsamts halte — die ich natürlich erst gegen einen hohen Preis erstehen müßte.«

Zamp schüttelte mitfühlend den Kopf. »Kleine Beamte sind immer darauf bedacht, ihre Existenzberechtigung zu beweisen.«

»Das stimmt bedauerlicherweise. Trotzdem habe ich beschlossen, meinen Grimm stumm zu schlucken. Die Erfahrung lehrte mich, auf andere Weise gegen Schikanen anzugehen. Ich preise mein Wunderbad jetzt als Heiltinktur an, mit angenehm abführender Wirkung, wenn innerlich angewendet. In meinem Wahrsagestand beschwöre ich die Stimmen der Toten, und so komme ich auch in etwa auf meine Kosten. Aber sprechen wir lieber von Erbaulicherem. Wie seht Ihr Eure Aussichten in Mornune?«

Zamp blinzelte, dann starrte er den anderen mit großen blauen Augen an. »Meine Aussichten, wo?«

Santelmus schenkte Weinbrand nach. »Kommt, kommt, Freund Zamp. Zwischen uns beiden ist diese Ausweichtaktik doch gewiß fehl am Platz. Auch ich bin auf dem Weg nach Lanteen, aber ich bezweifle, ob meine Vorführungen, so abwechslungsreich und unterhaltsam sie auch sind, König Waldemars Beauftragten über alle Maßen beeindrucken werden. Ich schätze, daß die Wahl entweder auf Euch oder Garth Ashgale fallen wird.«

»Wovon sprecht Ihr eigentlich?« fragte Zamp verblüfft.

Nun war Santelmus an der Reihe, Zamp verwirrt anzustarren.

»Aber gewiß habt Ihr doch von dieser großen Chance gehört? Während der Versammlung in Coble vor etwa einem Monat wurde alles darüber bekanntgegeben.«

»Ich nahm nicht an dieser Versammlung teil.«

»Stimmt! Jetzt entsinne ich mich wieder. Garth Ashgale erbot sich, Euch Bescheid zu geben.«

Zamp stellte seinen Becher heftig ab. »Genau wie der Vulp[1] in der Fabel sich erbot, den Bauern vom Loch im Zaun seines Hühnerstalls zu unterrichten.«

»Aha!« Santelmus nickte. »Ashgale hat Euch also die Neuigkeit nicht übermittelt?«

»Das einzige, was ich von ihm sah, war das Heck seines Schiffes, das mit Höchstgeschwindigkeit den Fluß aufwärts segelte.«

Santelmus schüttelte betrübt den Kopf, als würde er nie verstehen, wie die Menschen nur so gemein und selbstsüchtig sein konnten. »Was er Euch ausrichten sollte, ist so einfach wie überraschend. Ihr habt doch von König Waldemar und seinem Reich Soyvanesse jenseits des Grundlosen Sees gehört?«

Zamp machte eine nichtssagende Geste. »Ich könnte nicht behaupten, daß wir Busenfreunde sind.«

»König Waldemar hat den Thron erst vor kurzem bestiegen, aber er ist bereits für seine erstaunlichen Einfälle bekannt. Sein neuestes Vorhaben ist ein großes Fest in Mornune, an dem auch Unterhaltungstruppen aus ganz Dalkenberg, nördlich, südlich, östlich und westlich vom Grundlosen See, teilnehmen und im edlen Wettstreit beweisen sollen, wer die beste ist. Folgendes betrifft uns: heute in einer Woche wird ein Abgeordneter König Waldemars in Lanteen sein und ein Showboot auswählen, das den unteren Vissel am Fest vertreten soll.«

»O wirklich? Und was ist der große Preis?«

»Der Impresario der Truppe, die in Mornune den Sieg davonträgt, wird zum Edelmann erhoben. Er erhält einen Palast in Mornune und ein Vermögen in Metall — genug, um selbst einem müden alten Scharlatan wie mir das Blut schneller durch die Adern fließen zu lassen.«

»Ihr solltet Eure wahrhaft großen Talente nicht unter den Scheffel stellen! Aber meint Ihr nicht auch, daß es ein wenig naiv gehandelt war, die Benachrichtigung für mich ausgerechnet Garth Ashgale anzuvertrauen?«

»So sieht es jedenfalls jetzt aus«, gestand Santelmus ein und zupfte an seinem Kinn. »Zur Zeit jedoch, als er den freiwilligen Auftrag übernahm, herrschte großes Durcheinander. Einer sagte dies, der andere das. Garth Ashgale bemerkte: ›Stellt euch die Aufregung unseres Kollegen Apollon Zamp vor, wenn er von

1. VULP: Ein kleines, aber ungemein gefräßiges Raubtier, das im Dalkenberg-Gebiet des südzentralen Lune XXIII zu Hause ist.

diesem so vielversprechenden Wettbewerb erfährt! Gestattet, daß ich ihn mit der freudigen Nachricht überrasche.‹ Jeder war damit einverstanden, und Garth Ashgale verabschiedete sich, angeblich, um Euch zu suchen.«

»Er wird mich in Lanteen finden!« brummte Zamp.

Santelmus seufzte tief. »Es steht nun demnach fest. Ihr habt Euch entschlossen, Euch für diesen Wettstreit in Mornune zu qualifizieren.«

Zamp hob abwehrend die Hand. »Nicht so hastig! Mornune liegt am fernen Rand einer Wildnis. Weshalb sollte ich mich der Gefahr aussetzen, die unerfreuliche Aufmerksamkeit der Tinsitala-Räuber auf mein Schiff zu lenken?«

Santelmus hüstelte. »Und Ihr seid darauf bedacht, daß Garth Ashgale diese gleichen Gefahren ebenfalls erspart bleiben?«

Zamp leerte seinen Becher und stellte ihn heftig auf dem Tisch ab. »Jeder von uns hat dem anderen zu dieser oder jener Zeit einmal einen kleinen Streich gespielt, aber diese selbstsüchtige Unverschämtheit, die Garth Ashgale hier an den Tag gelegt hat, ist absolut verachtenswert. Ich werde sie nicht tatenlos hinnehmen.«

»Auch ich verachte, im Prinzip, die Unverschämtheit«, versicherte ihm Santelmus. Er hob den Becher. »Ich sehe keinen Grund, weshalb wir nicht auf Euren Entschluß anstoßen sollten.«

»Ich nicht weniger.«

3

Von Gotpang aus schlängelt sich der Vissel in weiten Schleifen träge durch den Sarklentinsumpf. Purpur- und lavendelfarbene Farnbäume streckten ihre Wedel über das Wasser, und die reifen Samenkapseln baumelten von den Spitzen. Kanäle und blubbernder Morast verloren sich hinter Inselchen aus grünem und schwarzem Rohr. Ganze Schwärme von Amseln[1], Wasserhühnern und Haubentauchern flatterten dicht über dem Wasser.

1. Der Großplanet selbst brachte keinerlei Vogelarten hervor. Die Vögel einschließlich des Geflügels, wurden von den Kolonisten von der Erde mitgebracht, genau wie eine Vielzahl von Gemüsen und sonstigen Pflanzen. Der Großteil beider mutierte zu neuen Formen.

Glücklicherweise flaute der launenhafte Wind nie ganz ab, zur großen Erleichterung Zamps, muß gesagt werden, denn der Sumpf erlaubte keine Zugpfade, und der Schiffsingenieur Elias Quaner war bis jetzt noch nicht mit der Reparatur des Verbindungsstücks zwischen Gangspill und Schraubenschaft fertig geworden.

Ruhig segelte *Miraldras Zauber* flußaufwärts, ihr Kielwasser ließ nur geringe Schaumkronen auf dem Braun des Stromes zurück. Zamp arbeitete in seiner Kabine eine komplizierte musikalische Komödie für sein Ensemble passend um. Bei Sonnenuntergang legte das Schiff an dem verrottenden Pier eines längst verlassenen Dorfes an. Drei der jungen Seiltänzer sahen sich in den verwitterten leeren Hütten um und stießen dabei auf einen Sumpfol[1], der sie wütend klickend bis zum Kai verfolgte. Zamp versuchte das wertvolle Tier mit einem Frachtnetz einzufangen, aber es gab einen grauenvollen Gestank von sich und floh durch das Schilf.

Die Nacht verging unter dem funkelnden Sternenhimmel ohne jegliche Vorfälle. Der Morgen war kühl und ruhig, und Phaedra ging an einem wolkenlosen Himmel auf.

Zamp kletterte zum Mastkorb hoch und hielt nach Anzeichen eines Windes Ausschau. Aber er sah lediglich eine schier endlose Weite reglosen Rohres, zwischendrin ein paar verfaulende Hexenbäume, und die unbewegte Oberfläche des Flusses.

Eine Stunde später meldete Elias Quaner[2], daß der Gangspillantrieb wieder benutzt werden könne. Zamp befahl sofort, die Schiffsochsen an die Balken des Gangspills zu spannen, wo sie in einem Siebenmeterkreis schließlich darum herumtrotteten. Die Schrauben wühlten das schlammige Wasser auf, und das Schiff

---

1. OL: Ein einheimisches Geschöpf, das es in den verschiedensten Variationen auf dem Großplaneten gibt. Die bekannteste Art ist trotz ihrer kurzen Beine etwa zwei Meter dreißig groß und hat einen schmalen Schädel, der aus wirr verflochtenen Knorpeln zu bestehen scheint und vier Hörner aufweist. Der Rückenpanzer hängt tief auf den Boden, und aus den Bauchseiten wachsen ein Dutzend in Klauen auslaufende Arme, die der Ol gewöhnlich über den Bauch gefaltet trägt. Aus der Entfernung könnte man ihn für einen Riesenkäfer halten, der auf den Hinterbeinen läuft.

2. Die QUANER: Eine Kaste von Ingenieuren, Architekten und Konstrukteuren, die überall in Dalkenberg ihren Beruf ausüben.

setzte sich in Bewegung. Spät am Vormittag kam endlich der Südwind auf. Die Segel blähten sich und zerrten das Showboot nordwärts.

Am Fuß niedriger Hügel, die bis nahe an den Fluß reichten, kauerte die Stadt Port Optimo. Aus Gründen, die ihnen wohl am besten, vielleicht auch nur allein, bekannt sind, sprechen die Bürger dieser Stadt ein wirres, nur ihnen verständliches Kauderwelsch, und behaupten, die Standardsprache nicht zu verstehen.

Hin und wieder gab Zamp in Port Optimo eine Aufführung, ohne jedoch besonderen Profit zu machen, denn wenn er sich mit den Einheimischen über den Preis der mitgebrachten Ware, die sie als Eintritt bezahlten, herumstritt, täuschten sie vor, ihn nicht zu verstehen. Da der Wind es jetzt gut meinte, beschloß Zamp, an der Stadt vorüberzusegeln.

Am folgenden Tag fuhr das Schiff an den Städten Badburg und Fwyl vorbei und legte am späten Nachmittag in Fudurth an, wo der Suanol in den Vissel mündet. Fudurth, gewöhnlich Zamps Endstation flußaufwärts, war ursprünglich von Händlern als Umschlaghafen gegründet worden, für Waren aller Art, die über den Suanol aus dem Barthelmianischen Hochland hierher befördert wurden. Der Mangel an Exzentrizitäten, auf die sie in allen Städten sonst stießen, war hier in Fudurth schon fast anomal.

Zamps Vorstellung war ausverkauft, und die Zuschauer applaudierten seiner neu einstudierten Musikkomödie mit Begeisterung.

Am Morgen setzte Zamp seine Fahrt nordwärts fort. Den ganzen Tag floß der Vissel durch ödes Flachland, in dem nur Stechginster und Granatbüsche wuchsen. Erst gegen Abend hoben die blaugrauen Umrisse von der Glasbläserbucht sich vom rotgetönten Horizont ab. Hier bei der Glasbläserbucht vereint sich der Lant mit dem Vissel. Die Nomaden meiden dieses Gebiet, und so fühlte Zamp sich verhältnismäßig sicher genug, um am Westufer bei einer Gruppe knorriger Rieselbäume anzulegen.

Den ganzen nächsten Tag trieb der Wind sein neckisches Spiel. Er stürmte und flaute ab, nur um aufs neue heftig zu wehen und wieder zu ersterben, so daß extra ein Kommando für die Segel abgestellt werden mußte. Zamp befürchtete schon, auch diese Nacht wieder profitlos am Fluß ankern zu müssen, doch gegen Spätnachmittag besann sich der Wind und blies nun gleichmäßig. Zamp ließ die Segel voll setzen, und der gewaltige Bug trennte schäumend die Wellen.

Bei Sonnenuntergang flaute der Wind wieder ab, bis er kaum noch stark genug war, das Schiff gegen die Strömung zu halten. Dabei waren die Glasbläserbucht und Lanteen immer noch etwa elf Kilometer entfernt. Wütend über den launenhaften Wind befahl Zamp daraufhin, wieder die Ochsen an das Gangspill zu spannen. Und so machte die *Miraldras Zauber* erneut gute Fahrt durch stilles Wasser.

Zamp hielt sich dicht am Westufer, um nicht von der heftigen Strömung des mündenden Lants erfaßt zu werden. Die Glasbläserbucht lag dicht voraus, und an ihrer fernen Flanke leuchteten die Lampen von Lanteen. Noch näher brachte Zamp das Schiff an das Ufer und nutzte einen Ausläufer der Landströmung, um ohne viel Mühe und fast lautlos in den Hafen von Lanteen einzulaufen, wo er unmittelbar hinter *Fironzelles Goldene Vorstellung* anlegte.

Kein Licht schien aus Ashgales Kajüte, ja das ganze Schiff war unbeleuchtet, abgesehen vom Toplicht und ein paar Lampen entlang der Reling.

Sobald das Schiff vertäut war, zog Zamp sich in seine Kabine zurück, wo er sich in seine prunkvollste Kleidung warf: eine blaßblaue Pluderhose, die in kunstvollen Fältchen unter dem Knie gebunden war, ein schwarzer Rock mit gepolsterten Schultern und ein weißes, am Hals und den Handgelenken mit Eisenschnallen geschlossenes Hemd. Aus dem Schrank holte er noch einen feinen blauen Hut, den er bürstete und dann zur Seite legte. In die breite Schärpe schob er eine kleine Duftkugel. Er kämmte seine hellen Locken und stutzte den Bart eine Spur, ehe er den Hut aufsetzte und an Land ging.

Die Etikette schrieb vor, daß er Garth Ashgale seine Aufwartung auf dessen Schiff machte — eine Höflichkeitspflicht, der er sich liebend gern entzogen hätte. Aber weshalb sollte er seinem Rivalen die Genugtuung geben, anzunehmen, daß er sich scheute, ihn zu sehen? Gute Manieren waren eine feinere und schließlich befriedigendere Waffe, als seinem Ärger Luft zu machen und sich danebenzubenehmen.

Hocherhobenen Hauptes stieg er die Laufplanke zu *Fironzelles Goldene Vorstellung* hoch. Auf dem Deck blieb er stehen und sah sich rechts und links um. Der Wächter saß neben dem Verbrecherkäfig und unterhielt sich mit dem Gefangenen. Ansonsten war es völlig still an Bord. Ohne Eile oder Höflichkeit erhob sich der Wachmann und stapfte auf Zamp zu, der ihn mit erhobenen Brauen und sichtlicher Mißbilligung über die Langsamkeit erwartete. Auf *Miraldras Zauber* wurden die Besucher mit größerer Ehrerbietung empfangen.

Der Wächter erkannte Zamp. Er drückte die Finger grüßend gegen die Stirn. »Einen guten Abend, mein Herr. Meister Ashgale ist bedauerlicherweise nicht an Bord. Er begab sich irgendwohin an Land.« Ein wenig brummend fügte er hinzu: »Ich würde nur zu gern mit ihm tauschen.«

Zamp nickte verstehend. »Hast du eine Ahnung, wo ich ihn finden könnte?«

»Er hat es mir nicht gesagt, aber ich glaube, es läßt sich erraten. Es gibt fünf Gasthäuser in dieser Stadt. Das vornehmste ist *Der fröhliche Glasbläser.* Wenn mich nicht alles täuscht, trinkt Meister Ashgale dort seinen Schoppen Wein.«

Zamp ließ seinen Blick über das Schiff schweifen. »Hat Meister Ashgale täglich Vorstellungen gegeben?«

»Ja, das hat er. Und nie zuvor zeigte er sich so peinlich genau, was Details anbelangt. Die Darbietungen fanden allgemeinen Beifall.«

Aus dem Käfig erklang ein Ruf: »Wärter, welche Stunde haben wir?«

Der Wachmann schrie zurück: »Was kümmert dich die Zeit? Du mußt nirgendwo hin.« Er blinzelte Zamp zu. »Was haltet Ihr von diesem beachtlichen Brocken blutrünstiger Männlichkeit? Meister Ashgale gab zehn Eisenheller für ihn. Die Lanteener sind ungemein gläubig, und das Vergnügen, ihm die Kehle durchzuschneiden, ist ihnen verwehrt.«

Zamp spähte in den Käfig. Er sah ein schwarzbärtiges Gesicht und funkelnde Augen. »Beeindruckend. Was war sein Verbrechen?«

»Raub, Plünderung, Greuel und Mord. Aber alles in allem gar kein so übler Bursche.«

»Wo bleibt denn mein Bier?« rief der Gefangene.

»Alles zu seiner Zeit«, erwiderte der Wächter.

»Meister Ashgale inszeniert offenbar eine Tragödie?« erkundigte sich Zamp.

»Wir beabsichtigen *Emphyrion* zu spielen, vermutlich auch für den Wettbewerb. Der Gefangene weigert sich, seine Zeilen zu lernen — ein unkameradschaftlicher Bursche. Nun ja, ich an seiner Stelle wäre vielleicht auch nicht sehr am Erfolg des Stückes interessiert.«

»Wärter!« rief der Gefangene. »Ich bin bereit für mein Bier!«

»Alles zu seiner Zeit«, wiederholte der Wachmann. »Hast du deine Rolle jetzt gelernt?«

»Ja, ja«, knurrte der Gefangene. »Soll ich Euch die Zeilen aufsagen?«

»Ja, so befahl es Meister Ashgale.«

Mit gelangweilter Stimme rezitierte der Schwarzbärtige:

»›Prinz Orchelstyn, wie habt Ihr mich betrogen! Für alle Zeit wird Euer Name geschmäht sein! Nie wird Rosemund sich Euch in Liebe zuneigen, auch wenn Ihr Perlen und Eisen vor ihre Füße legt. Mein Geist, kalt und schrecklich, wird zwischen ihr und Euch stehen, wenn Ihr versucht, sie in die Arme zu schließen. Nehmt mir das Leben, Prinz Orchelstyn . . .‹ Den Rest habe ich vergessen.«

»Hmm«, brummte der Wächter. »Sehr überzeugend klang es nicht. Aber weshalb sollte ich dir das Bier verweigern?«

»Einen guten Abend noch«, verabschiedete sich Zamp und stieg die Laufplanke wieder hinunter. Aufrechten Gangs schritt er die Promenade entlang, wo flackernde orangefarbene Fackeln die Verkaufsstände zu beiden Seiten beleuchteten. Hier wurden in schwimmendem Fett gebackene Weißfische feilgeboten, Konfekt jeder Art, gegrillte Miesmuscheln auf Spießen, und alles mögliche andere. Etwas entfernter am Kai hatten inzwischen noch weitere Showboote angelegt, die Zamp jedoch aus der Ferne nicht identifizieren konnte. Das nächste mochte Lemuriel Bokes *Chrysantheme* sein.

Ein Schild an einem größeren Haus aus braunen Glasziegeln und verwittertem Holz verriet, daß das hier *Der fröhliche Glasbläser* war. Zamp trat durch die Tür und stand in einem riesigen Schankraum, der von zwanzig Lampen aus rotem, blauem und grünem Glas beleuchtet wurde. An den langen Tischen und in den Nischen saßen dichtgedrängt die Bürger der Stadt in knielangen Kitteln und breitkrempigen Hüten, aber dazwischen auch die Showbootleute. Die Luft hier war warm und schwer von den vielen Menschen, und erfüllt von Stimmengewirr, Gelächter, dem Klirren von Gläsern und einer dünnen, wimmernden Musik. Das Lampenlicht spiegelte sich funkelnd in Tausenden von Glasverzierungen überall im Raum. Eine Ochsenlende drehte sich auf einem Spieß über offenem Feuer. Ein Koch, dem der Schweiß über den nackten Oberkörper rann, bestrich das Fleisch hin und wieder mit einer Mischung aus Fett und Gewürzen, und schnitt mit einem gewaltigen Tranchiermesser die von den Gästen bestellten Stücke ab.

Auf einer niedrigen Bühne im hinteren Teil des Zimmers saß eine Band aus vier Nomaden in grobgewebten rot-braunen Hosen, schwarzen Lederwesten und verwegen auf dem Kopf sitzenden schwarzen Filzhüten. Mit Konzertina, Tamburin, Schlagzeug und Gitarre spielten sie eine vergnügte Weise, zu der ein etwas mehr als angeheiterter Gast mit bedächtiger Miene, doch keinem großen Erfolg, zu tanzen versuchte.

Garth Ashgale hatte in einer Nische links vom Eingang Platz genommen. Er war ein gutaussehender, dunkelhaariger Mann mit bleichem, ernstem Gesicht, von elegantem, selbstsicherem Auftreten, etwa ein paar Jahre älter als Zamp. Neben ihm saß eine junge Frau von vornehmem Äußeren. Ein langes schwarzes Cape hing ein wenig zurückgeschlagen über den Schultern; eine weiche schwarze Mütze bedeckte ihr seidiges Haar, das so blond war wie das Zamps und in schlichter Natürlichkeit bis in Kinnhöhe herabfiel. Eine junge Frau von bemerkenswerter Schönheit, dachte Zamp, obgleich ihm ihre blasierte Vornehmheit nicht mehr zusagte als Garth Ashgales lässige Eleganz.

Zamp rückte seine Manschetteneisen zurecht und zupfte an seinem Rock. Dann schritt er auf die Nische zu, nahm den Hut ab und verneigte sich höflich. Wie sehr es ihn befriedigte, als er bemerkte, daß Ashgale erstaunt die Brauen hob. »Einen guten Abend, Meister Ashgale.«

»Auch Euch einen guten Abend, Meister Zamp.« Ashgale unternahm keine Anstalten, ihn mit der jungen Frau bekannt zu machen, die Zamp mit einem hochmütigen Blick bedachte, ehe sie sich den Musikanten zuwandte.

»Ich bin überrascht, Euch hier zu sehen«, sagte Zamp. »Wenn Ihr Euch erinnert, unterhielten wir uns in Coble über das Leck in Eurem Kielgang. Und einen Tag oder so später erzählte mir jemand, daß Ihr Euer Schiff in die Werft zur Reparatur gebracht hättet.«

Garth Ashgale schüttelte lächelnd den Kopf. »Ihr müßt einem Lügner zum Opfer gefallen sein.«

»Das ist durchaus möglich«, erwiderte Zamp. »Ich bin ein einfacher Mann und habe mich zu meinem Stand durch Tüchtigkeit und mein Bemühen, immer das Beste zu geben, hochgearbeitet.

Andere gingen hinter meinem Rücken mit Bosheit und Verleumdungen gegen mich vor. Aber was brachte es ihnen ein? Nichts! Ich ignoriere solche Menschen. Und wenn sie mir nachblicken und voll Neid mit den Zähnen knirschen, was schert es mich?«

»Wie recht Ihr damit tut«, pflichtete ihm Ashgale bei. »Was Euren Ruf betrifft, so ist er durchaus berechtigt. Eure dressierten Insekten findet man überall amüsant, und ich halte Eure Grotesken für die schrecklichsten am ganzen Fluß. Aber was führt Euch so weit nordwärts, Ihr, der Ihr doch dafür bekannt seid, daß Ihr Euch nicht gern allzuweit von Coble entfernt?«

Zamp hob leicht die Schultern. »Kein besonderer Grund. Vor ein paar Monaten lehnte ich König Waldemars Einladung ab, zu den Mornuner Festspielen zu kommen und eine Vorstellung zu geben. Ich schlug einen Wettbewerb vor, um einen Ersatz zu finden. Und genau das beschloß er schließlich auch. Ich bin als Kritiker und Ratgeber für König Waldemars Beauftragten hier, der sehr an meiner maßgeblichen Meinung über die Darbietungen der sich zur Qualifikation beteiligenden Schiffe interessiert ist.«

Garth Ashgale hob die Augen zur Zimmerdecke und schüttelte verwundert den Kopf. Inzwischen winkte Zamp einen Schankburschen herbei. »Bring mir Bier, und dieser charmanten Dame und Meister Ashgale nach Belieben.«

Die junge Frau zuckte gleichgültig die Schulterachseln. Garth Ashgale deutete auf die leere Weinflasche. Der Schankbursche eilte davon, um das Gewünschte zu bringen.

»Ich traf unterwegs Meister Osso Santelmus«, erzählte Zamp. »Und ich glaube, daß noch weitere Boote von gleich gutem Ruf wie die *Zwei Masken* und *Fironzelles Goldene Vorstellung* unterwegs sind. Es wird mir ein Vergnügen sein, als Begutachter die Vorstellungen zu besuchen.«

Garth Ashgales Lächeln wirkte angespannt. »Ihr werdet also nicht an dem Wettbewerb teilnehmen?«

Zamp schüttelte verneinend den Kopf. »Ich verfüge über Reichtum, Gesundheit und Ehren. Was könnte ich noch begehren? Mögen andere diese flüchtigen Ziele verfolgen. Aber sagt, Garth Ashgale, wo sind Eure Manieren geblieben? Weshalb macht Ihr mich nicht mit Eurer bezaubernden Begleiterin bekannt?«

Ashgale warf einen amüsierten Blick auf die junge Frau. »Weil ich diese reizende Dame selbst nicht kenne. Die Schankstube war voll. Ich fragte sie, ob ich mich zu ihr an den Tisch setzen dürfe, und sie war so freundlich, es zu gestatten.«

Die junge Frau erhob sich. »Ich überlasse Euch den Tisch nun ganz.« Mit einem kühlen Nicken wandte sie den beiden Männern den Rücken und verließ *Den fröhlichen Glasbläser.*

Zamp starrte der graziösen Gestalt nach. »Welch merkwürdige Person!«

»›Merkwürdig‹?« Garth Ashgale zuckte die Achseln und hob die Brauen, als wundere er sich über Zamps Bemerkung. »Ich halte sie für entzückend.«

»Oh, da teile ich Eure Meinung«, versicherte ihm Zamp. »Ich finde es nur sehr ungewöhnlich, jemanden wie sie hier in Lanteen zu sehen. Sie ist doch gewiß keine Glasbläsertochter. Oder was meint Ihr?«

»Ich war gerade dabei, ihr eine entsprechende Frage zu stellen, als Eure Ankunft mich daran hinderte«, erwiderte Ashgale. »Und nun, glaube ich, werde ich zu meinem Schiff zurückkehren. Ich wünsche Euch noch einen guten Abend, Apollon Zamp.«

Die beiden Männer verneigten sich flüchtig, dann verließ auch Garth Ashgale *Den fröhlichen Glasbläser.* Sofort rief Zamp den Schankburschen herbei. »Die Dame im schwarzen Cape, die an diesem Tisch saß — kennst du ihren Namen?«

»Nein, mein Herr. Sie hat ein Zimmer in Aldermans Herberge und nimmt regelmäßig ihre Mahlzeiten bei uns ein. Ihre Manieren und ihre Haltung sind die einer Edelfrau. Auch bezahlt sie in guten Eisenhellern. Aber das ist alles, was ich über sie weiß.«

»Also im Grunde genommen eine mysteriöse Person.«

»Das könnte man sagen, mein Herr.«

Zamp blieb noch eine Stunde. Er lauschte der Musik und amüsierte sich, als die Glasbläser sich in einem einheimischen Tanz drehten.

Gewisse Entscheidungen mußten getroffen werden. Durch seine Ankunft in Lanteen hatte er Ashgale die Nutzlosigkeit seiner gemeinen Botschaftsunterschlagung bewiesen. Aber was nun? Sollte er sich an dem Wettbewerb beteiligen, um vielleicht die Einladung nach Mornune zu gewinnen? Hierin Erfolg zu verzeichnen, wäre süß. Andererseits wäre es unerträglich bitter, wenn es ihm nicht gelänge — obgleich Zamp keinerlei Verlangen danach hegte, die lange Reise flußaufwärts und durch den Grundlosen See zu machen.

Nach einem weiteren Bier entschied er sich. Er würde an dem

Wettstreit teilnehmen, doch so tun, als wäre ihm nicht wirklich ernst damit, als beteilige er sich nur, weil er ohnedies hier war. Sein gefährlichster Konkurrent war natürlich Garth Ashgale. Zwei Methoden, den Sieg zu erringen, boten sich von selbst an. Er, Zamp, könnte alle nur mögliche Anstrengung auf sich nehmen, um eine ganz offensichtlich überlegene Aufführung zu bieten. Oder er konnte seine Bemühungen in eine andere Richtung lenken: nämlich für eine zweifellos minderwertige Darbietung Garth Ashgales zu sorgen. Beide Möglichkeiten mußten aus allen Blickwinkeln genauestens betrachtet werden.

Zamp überlegte noch eine Weile, dann zahlte er und trat ins Freie. Die Händler entlang der Promenade löschten ihre Lichter und schoben ihre Verkaufsstände von hinnen. Nebelschwaden, die der Wind aus dem Norden herantrug, verbargen das Wasser und wirbelten um die Topplichter der im Hafen liegenden Schiffe. Morgen würden zweifellos die *Zwei Masken* und andere Showboote ankommen. Doch keines davon war ernsthafte Konkurrenz für *Miraldras Zauber.* Doch *Fironzelles Goldene Vorstellung* durfte nicht so leicht genommen werden. Trotz seiner eleganten Lässigkeit und gemeinen Unkollegialität hatte Garth Ashgale doch beachtliche Erfolge erzielt, daran ließ sich nicht rütteln.

Tief in Gedanken versunken kehrte Zamp zu seinem Schiff zurück. Im Vorübergehen bemerkte er Licht in der Heckkabine von *Fironzelles Goldene Vorstellung.* Zweifellos hing Garth Ashgale dort seinen Überlegungen nach.

Wie Zamp erwartet hatte, trafen am nächsten Tag Osso Santelmus' *Zwei Masken,* dicht gefolgt vom *Erhebenden Geisterboten* und dem *Visselbezwinger* ein.

Santelmus kam an Bord von *Miraldras Zauber,* um sich zu einem Glas Weinbrand einladen zu lassen und Neuigkeiten mit Zamp auszutauschen. »Eine beachtliche Teilnehmerzahl«, bemerkte Santelmus. »Es dürfte zu einem spannenden Wettstreit kommen.«

»Ganz gewiß«, pflichtete Zamp ihm bei. »Bedauerlicherweise sind mir jedoch einige Einzelheiten noch nicht vertraut. Wann, beispielsweise, sollen die Qualifizierungsvorstellungen stattfinden? Wie sollen sie vor sich gehen? Wer nimmt die Beurteilung vor?«

»Hätte man Euch die ursprüngliche Bekanntmachung übermittelt, müßtet Ihr jetzt nicht danach fragen«, brummte Santelmus.

»Wir sollen uns am heutigen Tag hier einfinden und werden dann erst alles Weitere erfahren. Ich nehme an, Ihr beabsichtigt, ein bemerkenswertes neues Stück zu bieten?«

»Die Zeit für eine Neuinszenierung ist bedauerlicherweise zu kurz für mich gewesen. Ich werde deshalb lediglich eine meiner üblichen musikalischen Komödien aufführen.«

»Auch auf der *Zwei Masken* ist nichts Neues geplant«, versicherte ihm Santelmus. »Ich erwarte nicht zu gewinnen, außer der Fluß verschlingt alle meine Konkurrenten. Weshalb also sollte ich mich und meine Truppe unnötigen Strapazen aussetzen?«

Zamp schenkte ihre Becher wieder voll. »Ihr seid zu pessimistisch«, tadelte er.

Santelmus schüttelte betrübt den Kopf. »Meine triumphalen Erfolge liegen schon lange zurück.« Er lächelte. »Ich erinnere mich an eine Werbung für mein Wunderbad. Ich hatte zwei Schwestern dafür engagiert. Zur Demonstration lud ich jeweils eine Dame aus den Zuschauerreihen ein, die sich aus nächster Nähe von der Wirkung meines Zaubermittels überzeugen sollte. Die häßliche Schwester kam auf die Bühne und stieg in die Wanne — Ihr wißt schon, eine Wanne von der Art, wie man sie für Schwitzbäder benutzt, oben geschlossen und mit nur einer runden Öffnung —, in der die schöne Schwester bereits verborgen kauerte. Ich goß etwa zwei Fingerbreit meiner Regenbogenessenz in das Wannenwasser. Strahlend vor Glück kletterte kurz darauf die schöne Schwester heraus. Dieser kleine Trick brachte mir beachtliche Eisensummen ein.«

»Weshalb gabt Ihr ihn dann auf?«

»Die Umstände zwangen mich dazu. Die Schwestern entwikkelten einen Groll gegen mich, und eines Tages tauschten sie boshafterweise ihre Rollen. Ich stand hilflos auf der Bühne und mußte mitansehen, ohne etwas dagegen unternehmen zu können, als die schöne Schwester in die Wanne kletterte und kurz darauf scheinbar voll Pockennarben und mit häßlich langer Nase dem Wasser entstieg. Das erschütterte mich so sehr, daß ich diese Art von Werbung nie wieder anwendete.«

»Ich geriet einmal in eine ähnliche Verlegenheit«, gestand Zamp. »In Langlin am Suanol erachtet man den Konsonanten ›r‹ als beleidigende Obszönität, was ich jedoch nicht wußte. Bei meiner Begrüßungsansprache bewarf man mich jedenfalls mit Steinen, die diese Sadisten extra für den Zweck mitgebracht hatten.«

»Nun, das Leben eines Künstlers ist immerhin ereignisreich.« Santelmus erhob sich. »Ich fürchte, ich muß mich jetzt um meine Truppe kümmern.«

Zamp begleitete seinen Besucher zur Laufplanke. An Deck schlugen ihnen laute Deklamationen und Musik von *Fironzelles Goldener Vorstellung* entgegen. Santelmus nickte. »Garth Ashgale ist eifrig am Proben. Er übersieht keine Einzelheiten. Aber was bedeutet dieses Hämmern?«

»Keine Ahnung«, erwiderte Zamp achselzuckend. »Vermutlich eine Reparatur.«

Santelmus schritt die Laufplanke hinunter, und Zamp kletterte eilig zum Mastkorb hoch, von wo aus er einen freien Blick auf *Fironzelles Goldene Vorstellung* hatte. Es sah ganz so aus, als hätte Ashgale, genau wie Zamp zuvor, Schwierigkeiten mit seiner Antriebsachse. Der große Schaft aus mit Harz behandeltem Skeel war auf das Achterdeck gebracht worden und lag zur Überprüfung auf mehreren Holzböcken. Zamps eigener Ingenieur, Elias Quaner, gab offenbar seinem Vetter an Bord des anderen Showboots gute Ratschläge.

Zamp kletterte wieder hinunter. Als Quaner auf *Miraldras Zauber* zurückkam, befahl er ihn zu sich in die Kabine. »Wie steht es mit Ashgales Antriebsachse?«

»Sie ist lediglich ein wenig verbogen, doch dagegen läßt sich mit Dampf und Druck leicht etwas machen.«

»Und die Schraube?«

»Sie wurde zur Überholung in die Werft gebracht. Meister Ashgale beabsichtigt eine lange Reise in den Norden, und ist darauf bedacht, daß sich alles in bestem Zustand befindet.«

Zamp holte seinen besten Weinbrand aus dem Schrank und schenkte großzügig ein. Den Becher reichte er Elias Quaner. »Ihr wißt zweifellos, weshalb wir hier sind?«

»Ich hörte mehrmals Gerüchte über einen Wettstreit in Mornune.«

»Diese Gerüchte entsprechen der Wahrheit. Zweifellos ist Euch auch klar, daß mit *Miraldras Zauber*, falls sie gewinnt, auch alle, die zu ihr gehören, reich würden?«

Elias Quaner, ein untersetzter Bursche mit ernsten blauen Augen und rotbraunem Haar, das er in den typischen Quaner-Ringellocken trug, erwiderte vorsichtig. »Das jedenfalls ist die Hoffnung der Besatzung.«

Zamp ließ die Katze um eine Spur weiter aus dem Sack. »Wir

können uns entweder mit aller Anstrengung bemühen, zu gewinnen, oder zusehen, daß Ashgale keine Chance hat.«

»Oder beides.«

»Wie Ihr sagt, oder beides . . . Ashgales Antriebsachse ist von beachtlichem Durchmesser, nicht wahr?«

»Genau vierzig Zentimeter, wie unsere auch.«

»Was bedingtermaßen auch die Öffnung im Achtersteven ist?«

»Fast genau.«

»Und wie wird das Wasser davon ausgeschlossen?«

»Gewöhnlich benutzt man dafür einen Stöpsel.«

»Einen von außen eingeführten?«

»Das ist die einfachste und beste Methode.«

»Und wie ließe dieser Stöpsel sich entfernen?«

Elias Quaner biß sich auf die Lippe, dann murmelte er: »Auf mehrere Arten. Durch einen festen Schlag, beispielsweise.«

»Wäre ein solcher Schlag schwierig?«

»Durchaus nicht. Jemand mit derartiger Absicht brauchte sich lediglich auf das Steuerruder stellen und mit einem schweren Hammer zuschlagen.«

Zamp hob sein Glas. »Auf Eure Gesundheit und die Kraft von Bonkos rechtem Arm! Zur richtigen Zeit werden wir uns noch einmal über diese Sache unterhalten. Inzwischen — kein Wort zu irgend jemandem! Am wenigsten zu Eurem Vetter an Bord von *Fironzelles Goldene Vorstellung*!«

»Ich verstehe vollkommen.«

Poch, poch, poch! klopfte es an die Tür.

Chaunt, der Steward, trat mit einem grellgelben Briefumschlag ein. »Dies wurde soeben abgegeben«, erklärte er.

Zamp riß das Kuvert auf und zog ein genauso grellgelbes Blatt heraus. Er las:

An den geschätzten Apollon Zamp.

Ich richte dieses Schreiben im Namen König Waldemars von Mornune an Euch. Da Euer edles Schiff in Lanteen vor Anker liegt, lade ich Euch ein, Euch an einem morgen stattfindenden Wettbewerb zu beteiligen.

Es soll folgendermaßen vonstatten gehen: Der Impresario jedes Schiffes bietet jenes Programm dar, das er für sein bestes erachtet. Ein anonym bleibender Beobachter wird jede Vorstellung begutachten und die Wahl der besten treffen. Die Darbietungen finden in folgender Reihenfolge statt: angefangen morgen mittag mit der Zwei Masken *nördlich im Hafen, zum jeweils nächsten, südwärts gelegenen Schiff, bis zum südlichsten, nämlich* Miraldras Zauber.

Am darauffolgenden Morgen wird der Impresario, auf dessen Schiff die Wahl gefallen ist, benachrichtigt, und die amtliche Mitteilung an der Anschlagtafel vor Dem fröhlichen Glasbläser *ausgehängt.*

Es wird vorgeschlagen, daß den Zuschauern der morgigen Vorstellungen keine Eintrittsgebühr abverlangt wird, und daß zwischen jeder Darbietung auf den einzelnen Schiffen eine Pause von fünfzehn Minuten eingehalten wird.

Ein beachtlicher Preis rückt in die Reichweite des morgigen Siegers! Jeder versuche, sein Bestes zu geben!

Bestätigt mit dem Siegel des Hauses der Bohun.

Das rote Siegel, das von dem gelben Blatt hing, stellte zwei Greifen im Kreis dar, von denen jeder in des anderen Schwanz biß.

Zamp reichte Elias Quaner den Brief, der ihn auf die bedächtige Quaner-Art zweimal las.

»Unsere Vorführung folgt demnach jener von Garth Ashgale«, bemerkte der Schiffstechniker.

»So sehe auch ich es. Unsere eigene Antriebsachse sitzt fest und sicher?«

»Ohne Zweifel.«

»Garth Ashgale verfügt über eine ungewöhnlich ausgeprägte Fantasie. Wir müssen wachsam sein. Es wäre vielleicht angebracht, die gesamte Truppe und Mannschaft für den Rest des Tages und die Nacht an Bord zurück zu beordern.«

»Eine vernünftige Vorsichtsmaßnahme.«

Osso Santelmus eröffnete den Wettbewerb mit einer seiner üblichen Darbietungen. Seine Clowns machten ihren Klamauk bei dröhnender Musik. Ein Zauberer verlieh bestimmten Gegenständen die Fähigkeit, Flügel zu entfalten und über die Bühne zu fliegen. Santelmus selbst rezitierte einen humorvollen Monolog und ahmte einen Kampf zwischen zwei Vulps und einem Grotok nach.

Die nächste Vorstellung an Bord der *Visselbezwinger* verriet etwas mehr Ambition mit der Aufführung des Bühnenstücks, *Die Legende des Malganaspenwalds,* in sechzehn Aufzügen. Der *Erhebende Geisterbote* erfreute die Zuschauer mit dem Ballett, *Die zwölf Jungfrauen und Buffo, der lüsterne Oger.* Der Mittnachmittag wurde durch die Komödie, *Gazilda und seine unglücklichen doppelgelenkigen Hansnarren,* an Bord der *Feuerglas Prisma* verkürzt. Als die Sonne Phaedra allmählich im Lant unterging, spielte man auf der *Chansonnette* die etwas makabere Burleske, *Die Abendgesellschaft des Ols.*

Die erfreute Bevölkerung Lanteens, die ein so großzügiges Angebot kostenloser Unterhaltung nicht gewohnt war und voll ausnutzen wollte, drängte sich als nächstes an Bord von *Fironzelles Goldene Vorstellung,* wo Garth Ashgales diszipliniertes Achtmannorchester eine fröhliche Mazurka spielte.

Garth Ashgale trat auf die Bühne und blieb lächelnd in dem ihn einhüllenden Schein von einem Dutzend Lampen stehen. Er trug einen Anzug aus kostbarem dunkelblauen Samt, ein Hemd aus feinstem blütenweißen Batist, und den Kopfputz eines Sarklentiner Magiers. Sein Auftreten war ungezwungen und gewinnend, er hielt die Hände in einer ausholenden Geste und gebot dem Orchester Schweigen. Hinter ihm öffnete der Vorhang sich eine Spur und gestattete die Andeutung eines Blickes auf die Kulissen.

»Meine teuren Freunde aus Lanteen!« rief Garth Ashgale. »Es ist mir eine unsagbare Freude, vor einem so wertgeschätzten Publikum eine Vorstellung zu geben. Ich verspreche euch, meine lieben Freunde, weder eure Intelligenz noch eure Gefühle mit ordinären Schwänken, geistlosem Gehupfe oder unzüchtigen Verrenkungen zu beleidigen. Nein! Zu diesem erfreulichen Anlaß präsentiere ich euch das Drama, *Rorqual,* ungekürzt und authentisch, einschließlich des schrecklichen Todes des Verräters Eban Zirl.«

Poch! Zamp, der am Bug von *Miraldras Zauber* stand, verzog erschrocken die Miene. Das Hämmern war lauter als erwartet. Aber Ashgale hielt in seiner Begrüßungsrede nicht inne, und schon einen Augenblick später kletterte Bonko, der Bootsmann, an einer Strickleiter aus dem dunklen Wasser hoch und stand unmittelbar darauf triefnaß ganz in Apollon Zamps Nähe. Er winkte ihm bedeutungsvoll zu und zog an einem Tau einen schweren Stahlhammer herauf, den er sofort im Werkzeugschrank verstaute. Zamp wandte seine Aufmerksamkeit erneut Garth Ashgales Bemerkungen zu.

». . . allen sind die Umstände dieses einmaligen Wettstreits bekannt. Ich hoffe von Herzen, daß der edle Beobachter aus Mornune, dessen Identität uns nicht bekannt ist, unserer Darbietung all die hehren Gefühle entnimmt, die wir mit unseren ganzen

Kräften und aus tiefster Seele versuchen, in dieses Drama hineinzulegen.

Und nun, meine teuren Freunde: *Rorqual*!«

Der Vorhang öffnete sich jetzt ganz und offenbarte eine der prächtigsten Bühnenausstattungen Ashgales.

»Wir befinden uns hier im Dalaris Tempel«, kommentierte Ashgale. »Die Priesterinnen begrüßen Prinz Orchelstyn mit Musik und heiligem Gesang. Sie kommen hinter den mächtigen Tempelsäulen in wiegenden, graziösen Bewegungen hervor.«

Bonko schloß sich nun Zamp am Bug an. »Tut sich schon etwas?«

»Das Heck beginnt zu sinken. Ashgale hat noch nichts bemerkt.«

Weiter kommentierte Ashgale mit klarer Stimme: »Prinz Orchelstyn ahnt nicht, daß er zum rituellen Gemahl der Göttin Sofre erkoren wurde . . .«

Zamp flüsterte: »Er scheint aufmerksam zu werden. Ah, ein Verdacht beunruhigt ihn . . . Nun hegt er keine Zweifel mehr.«

Fironzelles Goldene Vorstellung tauchte heckvoraus immer tiefer in das Wasser, und die Menge, die sich gerade erst an Bord gezwängt hatte, drängte sich nun aufgeregt über die Laufplanke an Land, während Ashgale auf der Bühne hin und her rannte und seiner Mannschaft Befehle erteilte.

Zamp wandte sich an Bonko. »Laß unsere Trosse gut bewachen. Schick Sibald die Masten hoch, um Stagen und Wanten zu überprüfen. Postiere einen Mann am Steuerruder, damit er verdächtige Schwimmer vertreibt. Ein paar Mann sollen die Decks, Niedergänge und äußeren Schandeckel patrouillieren. Sieh zu, daß alle die Augen offenhalten!«

Bonko beeilte sich, die Befehle weiterzugeben. An Bord von *Fironzelles Goldene Vorstellung* hatte Phinian Quaner, der Ingenieur, einen Stöpsel aus alten Lumpen improvisiert, um die Menge des einströmenden Wassers zu vermindern. Das Schiff lag schief, sein Achterdeck stand schon fast unter Wasser. Garth Ashgale rettete aus seiner Kabine, was er in der Eile konnte: Bühnenwerke, Aufzeichnungen, Listen, persönliche Dinge, Kleider, seine Eisentruhe. Die Menge blieb noch eine Weile beobachtend am Kai stehen, dann, als sie überzeugt war, daß das Schiff in den nächsten Minuten noch nicht sinken würde, begab sie sich an Bord von *Miraldras Zauber*.

Zamp wartete, bis alle Plätze besetzt waren, ehe er auf die

Bühne trat. »Mit großem Bedauern bemerkte ich die mißlichen Umstände an Bord des Schiffes meines Kollegen Garth Ashgale. Das Unglück kam jedoch nicht unerwartet. Wir hatten uns bereits in Coble über die Notwendigkeit einer Überholung des Schiffes unterhalten. Wie dem auch sei, wir hoffen alle, daß *Fironzelles Goldene Vorstellung* bald repariert und wieder einsatzfähig sein wird.

Doch nun zu unserem Beitrag an der Unterhaltung dieses bemerkenswerten Tages: unser spannendes und entspannendes Phantasiewerk, *Ki-chi-ris Zauberschränke.*«

Zamp trat zurück. Der Vorhang öffnete sich zum Arbeitsraum des Magiers Frulk. Begleitet von einer Vierteltaktmusik aus Trillern und quiekenden Tönen kam Frulk auf die Bühne und machte sich sofort an seine Experimente, bei denen Blumen in schöne Maiden verwandelt werden sollten. Aber selbst seine ernsthaftesten Bemühungen führten zu keinem Erfolg. Zuerst wurden aus den Blumen wirbelnde, bunte Rauchwölkchen, dann ein Schwarm weißer Vögel, danach ein in allen Farben glitzerndes Feuerwerk. Endlich erkannte Frulk, wo sein Fehler lag, und hopste vor Aufregung in einem sehr ungewöhnlichen, erheiternden Tanz umher. Nun stellte er sechs schmale Schränke nebeneinander auf und legte in jeden eine Blume: eine Elanthis, eine Teerose, einen Berberitzenzweig, eine purpurne Tangelo, eine blaue Xythlilie und einen Märzenbecher.

Mit größter Sorgfalt nahm Frulk nun seine Zauberriten vor, während die Musik erwartungsvoll anschwoll. Der Magier flüsterte noch einen Zauberspruch, dann öffnete er die Schranktüren. Sechs wunderschöne Maiden traten heraus. Frulk brach in einen Freudentaumel aus, der sich in hohen, beschwingten Sprüngen ausdrückte. Die bezaubernden Mädchen führten inzwischen ein Ballett auf und bewirkten Wunder mit ihren grazilen, geschmeidigen Körpern. Die Schönheit der jungen Frauen betörte Frulk, sie stieg ihm in den Kopf. Er begehrte die graziösen Schönen. Er näherte sich ihnen, versuchte sie in die Arme zu schließen. Aber verwundert in ihrer Unschuld und ihrer plötzlichen Furcht vor ihm, entwischten sie ihm immer wieder.

Die ganze Zeit schon hatte Frulks zänkisches Weib Lufa von einem Fenster aus hoch in der Wand die Szene beobachtet und dabei ständig ihren Gesichtsausdruck gewechselt, so daß er einmal Schock, dann Ärger, Grimm und schließlich die Rachsucht einer Furie verriet.

Frulk rannte wie ein Besessener hinter und zwischen den Maiden her, während sie ihm auswichen und davontanzten, um schließlich hastig in ihre Schränke zu springen und die Türen hinter sich zuzuwerfen. Frulk riß die Türen wieder auf, fand jedoch nur die Blumen vor, die er ursprünglich in die Schränke gelegt hatte.

Nachdenklich stiefelte er nun auf und ab, bis er sich entschloß, sein Experiment zu wiederholen. Lufa betrat den Raum und schickte Frulk fort, etwas für sie zu holen. Kaum hatte der Magier den Raum verlassen, öffnete das eifersüchtige Weib die Schränke. Sie riß die Blumen heraus, zerfetzte sie, schlug ihre Zähne in Stengel und Blütenblätter und zermalmte sie schließlich unter ihren Füßen. Dann nahm sie giftige Gewächse aus einem Korb: Löwenzahn, Wolfsmilch, Bilsenkraut, Euerruth, Negenkraft und Springwurz. Diese legte sie anstatt der Blumen in die Schränke und verließ kichernd und mit hämischen Bocksprüngen den Raum.

Frulk kehrte zurück. Als er sich vergewissert hatte, daß Lufa sich nirgendwo im Zimmer versteckt hielt, machte er sich an seine Zauberei und führte die Beschwörungen durch. Auf Zehenspitzen näherte er sich dann den Schränken und hielt sich bereit, die betörenden Wesen zu fassen, sobald sie herauskamen. Hastig riß er alle Türen auf. Sechs grauenhaft mißgestaltete Wesen stürmten heraus. Entsetzt sprang Frulk zurück, und während das Orchester einen sich überschlagenden Twostep spielte, verfolgten die gräßlichen Ungeheuer Frulk durchs ganze Zimmer. Dann fiel der Vorhang.

Bonko kam angerannt, um Zamp Bericht zu erstatten. »Ich habe überall, wie befohlen, Wachen aufgestellt. Die Ankertrossen waren mit Säure getränkt und bis auf einen dünnen Strang durchgefressen. Es hätte nicht mehr lange gedauert und sie wären gerissen und wir hinaus auf den Fluß getrieben.«

Zamp schnaubte entrüstet. »Dieser Halunke Ashgale hat keine Skrupel. Sind die Trossen repariert?«

»Sie sind so gut wie neu.«

»Dann haltet weiter die Augen offen.«

Wieder öffnete sich der Vorhang, diesmal zu einem von Zamps berühmten beweglichen Bildern. Zwanzig Schauspieler in schwarzen Gewändern und schwarzen Masken standen vor einer schwarzen Kulisse und hielten farbige Scheiben auf Stäben, die sie zu komplexen geometrischen Mustern vereinten. Die

Trommeln dröhnten rhythmisch, und das Vibraphon klingelte gedämpft. Immer neue Muster bildeten die Scheiben, bis ihre Bewegungen schon fast hypnotisch wirkten.

Bonko kam angerannt. »Ein Feuer im vorderen Laderaum. Ein Phosphorzünder war unter Heu und alten Lumpen versteckt.«

Zamp folgte Bonko eilig und stellte fest, daß Rauch aus der Ladeluke drang. Aber die Mannschaft hatte bereits eine Kette gebildet und reichte Eimer um Eimer Wasser weiter, bis das Feuer ganz gelöscht war.

»Der Zeitzünder funktionierte pünktlich. Jemand wollte zweifellos eine Panik unter den Zuschauern hervorrufen«, erklärte Bonko Zamp.

»Ashgale hat die Seele eines tollwütigen Hundes, er schreckt vor nichts zurück! Haltet weiter sorgfältig Wacht!«

Der Vorhang fiel. Jongleure kamen heraus, um die kurze Pause für den Aufbau des nächsten Bühnenbilds mit ihren Kunststücken zu überbrücken. Sie warfen Ringe über die Zuschauer hinweg, und die Ringe kehrten in einem weiten Bogen wieder in die Hand der Jongleure zurück.

Erneut nahm Bonko Zamp zur Seite. »Zwei Männer in aufgebauschten Gewändern sitzen im Zuschauerraum. Ich glaube, sie haben etwas darunter versteckt.«

»Bitte sie unauffällig auf das Achterdeck, durchsuche sie und behandle sie dementsprechend, was du findest.«

Wenige Minuten später kehrte Bonko zurück. »Schurken, genau wie ich vermutete. Sie hatten Schachteln mit Mäusen, Flöhen und Feuerhornissen unter den Umhängen verborgen, die sie gerade auf die Zuschauer loslassen wollten. Wir haben die Burschen durchgewalkt und sie in den Fluß geworfen.«

»Ausgezeichnet«, lobte Zamp. »Haltet weiter die Augen offen.«

Als der Vorhang sich erneut öffnete, war die Oberfläche eines exotischen Planeten zu sehen. Zwei Männer landeten in einem Kleinstraumschiff. Sie staunten über die Fremdartigkeit dieser Welt und erlebten einige, für die Zuschauer sehr lustige Mißgeschicke. Auf den Bäumen saßen gigantische Insekten, die auf bizarren Instrumenten eine gespenstische Musik machten. Abrupt verstummten sie, als eine Gruppe fast nackter, fast menschlicher Wesen auf allen vieren herbeiliefen. Die Kreaturen machten Freudensprünge und überschlugen sich schier vor Begeisterung. Dann musterten sie die Raumfahrer mit liebevoller Zudringlichkeit. Die Insektenmusikanten stimmten erneut ihre geisterhafte Musik an. Die auf allen vieren laufenden Geschöpfe begannen einen exzentrischen, fast unsittlichen Tanz, dem die Raumfahrer sich anschlossen. Der Tanz artete in eine nahezu bacchantische Raserei aus.

Abrupt erstarb die Musik. Eine unheilschwangere Stille senkte sich auf die Szenerie herab. Und nun setzte die Musik schwer, düster, drohend wieder ein. Eine titanische Kreatur erschien, halb Tier, halb Oger. Mit einer dutzendriemigen Peitsche zwang sie die halbmenschlichen Geschöpfe, vor ihr im Staub zu kriechen. Die Raumfahrer beobachteten die gigantische Kreatur zuerst mit vor Grauen geweiteten Augen, dann töteten sie sie mit ihren Energiewaffen. Die Musik wurde zu schrillem, gräßlichem Mißklang. Eine rasende Wut erfüllte daraufhin die Halbmenschen. Sie machten riesige Sätze, sprangen die Raumfahrer an und zerfleischten sie, ehe sie noch ihre Strahler einsetzen konnten. Schließlich hüpften die Eingeborenen in einem hektischen Reigen zur gespenstischen Trauermusik um den toten Tieroger herum. Und der Vorhang fiel.

Von Außenbord kam das Krachen eines schweren Schlages, gefolgt von heiseren Schreien und einem lauten Platschen. Zamp sah sofort nach. Bonko erklärte: »Drei Männer in einem Ruderboot versuchten einen Explosivkörper an unsere Hülle zu befestigen. Ich ließ einen schweren Stein in ihren Kahn fallen, dann riß die Strömung sie mit sich.«

»Ashgale gibt sich ja weidlich Mühe«, brummte Zamp. »Doch glücklicherweise, dank deiner Wachsamkeit, ohne Erfolg. Unsere Vorstellung nähert sich ihrem Ende. Aber laßt in eurer Achtsamkeit nicht nach.«

Zamp stellte sich so, daß er die Zuschauer genau überblicken konnte. Unter ihnen befand sich der Beauftragte von Mornune. Welcher war es? Aus Gesichtern und Kleidung der Zuschauer ließ sich nichts entnehmen. Sein Inkognito war vollkommen.

Der Vorhang öffnete sich für Zamps traditionelles großes Finale. Das Orchester spielte ein Crescendo, die Schauspieler marschierten, hüpften und schlugen Rad über die Bühne, je nach Rolle; die Jongleure wirbelten brennende Reifen; Bühnenzauberer brannten ein kleines Feuerwerk ab.

Zamp trat auf die Bühne. Als der Vorhang fiel, verbeugte er sich. »Wir hoffen, unsere Darbietungen haben euch so sehr erfreut, wie es uns freute, sie für euch zum Besten geben zu dürfen. Wenn wir das nächstemal wieder am Fluß an eurer herrlichen Stadt vorbeikommen, werden wir unsere Freundschaft erneuern. Alle an Bord von *Miraldras Zauber* wünschen euch einen angenehmen Abend.«

4

Die ganze Nacht hielten die Pumpgeräusche und das Fluchen von *Fironzelles Goldener Vorstellung* Zamp wach. Am Morgen hing das Heck des Schiffes immer noch tief im Wasser.

Zamp genoß ein zeitiges Frühstück in seiner Kabine, dann kleidete er sich mit der üblichen Sorgfalt an. Er wählte eine dunkelgraue Kniehose, ein grünes Wams mit einer roten Kordelapplikation, und eine rot-grüne Kappe. Danach wartete er auf die Entscheidung des Beauftragten aus Mornune.

Eine halbe Stunde verging. Zamp schlenderte zum Bug und sah zu, wie das Heck von *Fironzelles Goldene Vorstellung* allmählich gehoben wurde. Wasser sprudelte aus Schläuchen, die aus den Bullaugen heraushingen. Ashgale war nirgendwo zu sehen.

Als Zamp gerade einen Spaziergang mittschiffs machte, kam ein junger Mann in der einfachen Kleidung eines Lanteeners die Laufplanke hoch. Zamp blieb stehen. Der junge Mann trat auf ihn zu. »Seid Ihr Apollon Zamp, der Schiffmeister, mein Herr?« erkundigte er sich.

»Der bin ich.«

»In diesem Fall habe ich Euch eine Botschaft auszuhändigen.« Der junge Mann brachte eine schwarze Plüschmappe zum Vorschein, die er Zamp überreichte, woraufhin er sich sofort zurückzog und das Schiff verließ.

Zamp runzelte nachdenklich die Stirn. Er legte die schwere Plüschmappe auf eine Bank an Deck und betrachtete sie aus sicherer Entfernung.

Bonko kam den Niedergang hoch und blickte Zamp verwundert an. »Was bereitet Euch Sorgen, Herr?«

»Die Mappe dort. Sie könnte alles mögliche enthalten.«

Bonko sah sie sich überlegend an. Dann brummte er: »Nun, wir werden ihrem Inhalt vorsichtig zu Leibe rücken. Geduldet Euch einen Augenblick, bis ich ein paar Klemmschrauben geholt habe.«

Nach wenigen Minuten kehrte Bonko mit Klemmschrauben und einem Strick zurück. Er befestigte das untere Mappenstück mit einer Klemmschraube an der Bank und knüpfte den Strick an die zweite Klemmschraube, die er am Umschlag der Mappe festmachte. Das andere Strickende nahm er in die Hand und kletterte damit zum Mastkorb hoch.

Zamp stellte sich hinter das Deckhaus.

»Fertig?« schrie Bonko.

»Fertig!« rief Zamp zurück.

Bonko zog am Strick, aber die Klemmschraube löste sich vom Umschlag. Diese Vorsichtstaktik hatte versagt.

Hinter Zamp stand Garth Ashgale, der unbemerkt an Bord gekommen war und den beiden mit erstaunt erhobenen Brauen zugeschaut hatte. »Was in aller Welt macht ihr hier?« erkundigte er sich.

Zamp räusperte sich ein wenig verlegen, dann rückte er seine Kappe zurecht. »Wir versuchen die schwarze Mappe dort zu öffnen.«

Garth Ashgale runzelte verwundert die Stirn. »Das läßt sich doch gewiß auf einfachere Weise ermöglichen?« Er trat zu der Mappe, hob sie auf und öffnete sie. »Ich fürchte, Ihr habt die Schwierigkeit dieser Handlung etwas überschätzt«, meinte er.

Zamp schwieg. Er nahm Ashgale die Mappe aus der Hand und holte ein flaches, rechteckiges Stück Metall heraus, das in der Sonne glänzte. Mit sauberen schwarzen Lettern war eine Botschaft auf diese Tafel geritzt.

Hiermit wird bekundet, daß Meister Apollon Zamp mit seinem Schiff, Miraldras Zauber, *dem Ensemble und der Mannschaft, einschließlich des Orchesters, zur Beteiligung am Großen Fest in Mornune eingeladen wird, das am dreizehnten Tag nach der diesjährigen Sommersonnenwende stattfindet. Diese Tafel gilt für alle oben Genannten sowohl als Passierschein durch das Mandamantor, den Grundlosen See und überall in Mornune während der Zeit der Festivitäten, als auch für die Rückkehr auf dem gleichen Weg.*

Ausgestellt im Namen Seiner Majestät, Waldemar, König von Soyvanesse.

»Ah, ja«, murmelte Zamp. »Ich hatte damit gerechnet.« Er gab Ashgale die Silbertafel zu lesen. Ashgale tat es mit unbewegter Miene.

»Meinen Glückwunsch«, gratulierte er schließlich. Er schob

die Tafel unter den Arm und blickte scheinbar geistesabwesend über den Fluß. Hastig griff Zamp nach der wertvollen Einladung. Er atmete tief und sagte höflichkeitshalber, doch nicht übermäßig freundlich: »Es verspricht ein schöner Tag zu werden. Möchtet Ihr eine Tasse Tee mit mir trinken?«

»Mit Vergnügen«, versicherte ihm Ashgale. Die beiden spazierten über Deck und stiegen zum Heckkastell hoch. Zamp rückte zwei Korbsessel an den schweren Kartentisch und bat Ashgale, Platz zu nehmen. Die beiden Männer streckten die Beine aus, und Chaunt brachte Tee und Kekse.

»So gern ich es getan hätte, war ich gestern abend leider nicht in der Lage, mir Eure Vorstellung anzusehen«, entschuldigte sich Ashgale. »Wir hatten einen unangenehmen Zwischenfall, der uns viel Ärger und Mühe bereitete. Ich habe jedoch gehört, daß Euer Programm von der üblichen Zusammensetzung war: eine geschickte Mischung aus Platitüden, Anspruchslosigkeit und Firlefanz. Später einmal, wenn ich meinen Drang des Intellekts überwunden habe, mache ich es mir vielleicht ebenfalls leichter und biete zur Abwechslung eine Saison oder auch zwei Schwänke und Gaukeleien.«

»Eine großartige Idee!« lobte Zamp. »Es ist ein schwieriges Gebiet, denn es verlangt ein ungewöhnliches Timing und ein Fingerspitzengefühl, das weder gelehrt noch erlernt werden kann, sondern das einem in die Wiege mitgegeben sein muß. Selbstverständlich helfe ich Euch gern, so gut ich es kann, aber ich muß Euch warnen, ich bin ein strenger Lehrherr.«

»Wir werden sehen. Wir werden sehen«, erwiderte Ashgale wegwerfend. »Ich habe mehrere Monate Zeit, meine Pläne auszuarbeiten und reifen zu lassen, da ich beabsichtige, nach Coble zurückzukehren, um mein Schiff zur Überholung in die Werft zu geben.« Ashgale nippte an seinem Tee. »Was habt Ihr vor? Der Wettstreit in Mornune findet erst in zwei Monaten statt.«

Zamp tippte mit den Fingerspitzen abfällig auf die Silbertafel. »Das ist zwar ein recht hübscher Siegespreis, aber ich glaube nicht, daß ich mich viel darum kümmern werde. Zu dumm, daß ich ihn nicht auf irgend jemanden übertragen kann, der ihn wirklich haben möchte und auch nutzen könnte.«

Ashgale verzog etwas zweifelnd das Gesicht. »Mornune liegt so weit flußaufwärts. Ich kann mir nicht vorstellen, daß ein vernünftiger Mensch einem Irrlicht bis in so gefährliche Ferne folgen würde.«

Zamp winkte Chaunt herbei. »Bring mir das *Flußverzeichnis.*« Er wandte sich wieder an Ashgale. »Es interessiert mich, wie eine solche Reise aussehen würde. Schauen wir mal nach.«

Chaunt legte den schweren braunen Band auf den Tisch. Zamp blätterte durch die Velinseiten. Laut las er vor:

MORNUNE: Eine wohlhabende Stadt an der Cynthiana-Bucht am Nordende des Grundlosen Sees, gegründet von mersischen Falkenmännern aus der Großen Luftsteppe nördlich von Drachenweg im westzentralen Lune XXII. Von Coble kann Mornune am besten während der Sommermonsune erreicht werden, da sie ausreichende Kraft bieten, um gegen die Visselströmung anzukommen. Die Rückfahrt ist am günstigsten während der herbstlichen Flaute oder der Wintermonsune. Es ist sowohl auf der Hin- als auch Rückfahrt mit achtzehn bis zweiundzwanzig Tagen zu rechnen. Entlang dem Vissel sind Städte und Gemeinden von unterschiedlicher Bedeutung anzufinden, wie Prärieblick, Idanthus, Port Venoble, Garken, Port Wheary, Orangenhain, Cockaigne, Oxyrhincus. Einige dieser Orte sind wegen der Bedrohung durch die Tinsitala-Stämme befestigt, andere sind ohne jede Verteidigung, ihre Bürger ziehen sich, wenn angegriffen, in ihre Boote zurück oder verstecken sich in den Marschen.

Bedeutende Nebenflüsse des Vissels sind die Murne (Mündung bei Wigstadt), der Wergenz (bei Gotpang), der Suanol (bei Fudurth), der Lant (bei Lanteen) und der Pelorus (bei Skivaree).

Räuberische Nomaden treiben ihr Unwesen entlang der Ufer. Es sollten deshalb Vorkehrungen getroffen werden. Aus diesem Grund ist es auch nicht ratsam, über Nacht am Ufer anzulegen.

Mornune selbst ist berühmt für seine schöne Architektur und den Reichtum seiner herrschenden Kaste, deren Abstammung bis auf Rorus Cazcar vom Magischen Rock zurückreicht.

Zamps Augen überflogen den Rest der Seite. »Hier steht noch mehr, aber ich nehme an, Ihr habt das Flußverzeichnis ohnedies selbst gründlich studiert.«

Ashgale nickte kurz. »Ich habe die Möglichkeiten einer Fahrt in Betracht gezogen, allerdings ohne echtes Interesse.«

Zamps Blick wanderte über den Lant und darüber hinweg auf die glitzernde Endlosigkeit des Vissels, wo er hoch vom Norden herabströmte, bis weit, weit, wohin das Auge kaum noch reichte, über das Antlitz des Großplaneten, bis der Vissel nicht mehr als ein dünner Silberfaden zu sein schien.

»Aha«, rief Ashgale. »Ich sehe, Ihr habt Euch entschlossen, die Reise zu machen.«

»Es ist ein Land, das ich noch nie gesehen habe«, murmelte

Zamp nachdenklich. »Ein Vermögen erwartet mich dort, wenn ich mich nur dazu überwinden kann, danach zu greifen.«

Ashgale starrte nun auch über das Wasser, aber sein Blick wirkte düster. »Nun, ich werde jetzt jedenfalls nach Coble aufbrechen. Bleibt Ihr hier in Lanteen?«

»Und bezahle einen Monat lang umsonst Gehälter? Nein, gewiß nicht. Der Lant reizt mich. Vielleicht fahre ich bis Port Whant oder Bilch und Funkwald.«

»Port Whant ist ein schwermütiger Ort«, warnte Ashgale. »Ihr werdet nur ein Publikum für Tragödien finden. Für Vergnügen und Humor haben die Whanter keinen Sinn.«

Zamp nickte ernst. »Das entnahm ich dem *Flußverzeichnis.* Ich werde mich dementsprechend auf ein passendes Stück vorbereiten. Ich dachte dabei an mein eigenes Werk, *Evulsifer,* oder *Die Legende des vergessenen Mädchenberges.*«

Ashgale rieb sein Kinn. »Könntet Ihr einen Missetäter brauchen? Ich hätte einen billig abzugeben: ein mürrischer Bursche, der sich keine Mühe mit seinem Text gibt. Er war ursprünglich für die gestrige Vorstellung gedacht. Jetzt benötige ich ihn nicht mehr.«

»Könnt Ihr mir etwas mehr über ihn sagen?«

»Ich erstand ihn hier in Lanteen. Er ist ein verurteilter Raubmörder. Ein geborener Schurke. Gebt mir hundert Heller, wenn Ihr an ihm interessiert seid.«

»Hundert Heller! Mein guter Ashgale! Ich habe keinen Bedarf an einem so teuren Hilfsmittel. Es kommt mich billiger, eine Puppe zu köpfen.«

»Nun, wie Ihr meint. Bedenkt jedoch das ausdrucksvolle Gesicht dieses Schurken, seine heisere Stimme, allein seine finstere Echtheit! Hundert Heller sind wahrhaftig ein geringer Preis für einen solchen Typ.«

Zamp schüttelte lächelnd den Kopf. »Meister Ashgale, ich weiß, daß Ihr pech hattet, und mein Mitgefühl ist Euch dessenthalben gewiß. Aber trotzdem kann ich nicht so tief in meine Kassette greifen. Ich nehme ihn euch ab, wenn Ihr ihn loshaben wollt, aber ich bin nicht bereit, auch noch etwas dafür zu bezahlen.«

»Kommt, kommt, Apollon Zamp!« rief Ashgale. »Wir wissen doch beide, wie absurd eine solche Feilscherei ist. Macht mir entweder ein faires Angebot, oder wir betrachten dieses Thema als beendet.«

Zamp zuckte die Achseln. »Feilschen liegt mir nicht. Ich kann Euch zehn Heller bieten, das sollte gerade Eure Auslagen dekken.«

»Ich halte Freundschaft und Geschäfte streng getrennt«, erklärte Ashgale. »Wie sehr ich Euch auch schätze, kann ich doch keinen solchen Verlusthandel eingehen.«

Schließlich einigte man sich auf die Summe von zweiundzwanzig und ein Drittel Heller. Ashgale nahm das Geld und verabschiedete sich. Zamp schickte Bonko und vier Mannschaftsmitglieder mit einem Käfig auf *Fironzelles Goldene Vorstellung.* Schon bald darauf befand der Gefangene sich auf *Miraldras Zauber.*

Zamp blickte in den Käfig. Er fand den Burschen jedoch auch jetzt nicht anziehender als am Abend seiner Ankunft. »Ich verabscheue die Greueltaten, die zu deiner Inhaftierung geführt haben«, wandte er sich an den Verbrecher. »Trotzdem werde ich dich nicht schlecht behandeln, besonders, wenn du dich bereit erklärst, der Aufführung von *Evulsifer* zu einem wirkungsvollen Schluß zu verhelfen.«

»Spart Euren Atem!« brummte der Gefangene. »Es besteht doch kein Zweifel, daß Ihr mir nach dem Leben trachtet. Also, tut Euer Schlechtestes und seid verflucht!«

»Du siehst die Sache falsch«, berichtigte ihn Zamp. »Nicht ich sprach dein Todesurteil, sondern die Stadt Lanteen. Wir können die Hinrichtung lediglich zu einem angenehmeren Anlaß machen. Statt eines einsamen, grimmigen Todes in einem düsteren, modrigen Kellerverlies kannst du dein Ende auf offener Bühne als wertvoller Mitspieler in einer großartigen Rolle finden. An deiner Stelle würde ich diese Chance mit beiden Händen ergreifen.«

»Ich bin gern bereit, mit Euch zu tauschen«, knurrte der Gefangene. »Ansonsten scheint mir ein Tod wie der andere.«

»Noch etwas«, gab Zamp zu bedenken. »Evulsifer, den du spielen sollst, ist ein ehrenwerter Mann von angenehmem Äußeren — gewöhnlich übernehme ich diese Rolle bis zum Augenblick der Hinrichtung. Du paßt natürlich nicht auf Evulsifers Beschreibung, und ich würde deshalb deinen Bart scheren und dein Haar stutzen müssen und dich mit einer Perücke und prachtvoller Kleidung ausstatten. Andernfalls würdest du in einem schwarzen Kittel mit Kapuze sterben.«

»Ich bin nicht eitel«, brummte der Raubmörder. »Wenn Ihr unbedingt einen Gecken hinrichten wollt, dann legt doch Euren eigenen Kopf auf den Block, und alle Bedingungen sind erfüllt.«

»Wie uneinsichtig du bist!« sagte Zamp abfällig. »Erwarte keine Gefälligkeiten von mir.«

Der Gefangene rüttelte am Käfiggitter. »Fürchtet Euch schon jetzt vor Eurem Ende! In meinem Leben nach dem Tod werde ich meine Feinde grauenvoll bestrafen!«

»Ich glaube nicht, daß wir uns im gleichen Jenseits wiederfinden werden«, erwiderte Zamp von oben herab und wandte dem Käfig den Rücken. Einen Augenblick lang dachte er noch über die Drohung des Gefangenen nach. Konnte es so etwas wirklich geben? Wenn ja, welche Schrecken waren dann im Leben nach dem Tode zu erwarten! Hmm! Das gäbe ein Thema für ein neues Drama.

Am Bug fand er Bonko. »Bereite alles für die Abfahrt vor«, befahl Zamp ihm. »Wir werden so bald wie möglich den Lant hochsegeln.«

»Ich werde eine Stunde brauchen, um alle Weinstuben durchzukämmen«, gab Bonko zu bedenken.

»Also gut. Dann legen wir gegen Mittag ab.«

Zamp kehrte zum Heckkastell zurück und konsultierte das *Flußverzeichnis.* Er las:

PORT WHANT: Ursprünglich von einem Stamm weißer Nenen besiedelt, auf deren Einfluß auch jetzt noch die Erregbarkeit und Starrköpfigkeit der Bürger zurückzuführen ist. Trotzdem sind die Whanter nicht geizig und können sich durchaus als begeisterte Zuschauer, bei allerdings nur wirklich erstklassigen Darbietungen, erweisen. Andererseits sind die Bürger dafür bekannt, bei schlechten, ihnen nicht zusagenden Vorführungen mit ihrem Mißmut nicht hinter dem Berg zu halten. Es kann vorkommen, daß sie so weit gehen, ihren Eintritt zurückzuverlangen. In diesem Fall wird der kluge Schiffsmeister ihrem Wunsch willfahren.

Die Whanter werden von einem Kriegsherrn regiert, der sie bei ihren Ausfällen anführt, und den sie hoch verehren. Der gegenwärtige Regent ist Lop Loiqua, ein Mann von beachtlicher Macht und großem Tatendrang.

Keinesfalls dürfen spöttische oder parodistische, ja nicht einmal humorvoll gemeinte Bemerkungen über die Stadt oder den Kriegsherrn gemacht werden. Die Whanter sind von Natur aus grimmig. Sie haben kein Verständnis für Humor, und lehnen deshalb Komödien und leichte Unterhaltung ab. Tragödien wie Xerxonistes *oder* Das Ungeheuer von Munt *werden dagegen gewöhnlich gut aufgenommen.*

Die Whanter sind sehr farbbedacht. Frauen sollten sich nicht in Gelb kleiden, da das als sexueller Anreiz gilt und als Aufforderung betrachtet wird. Aus demselben Grund wird den Männern abgeraten, Rot zu tragen, da diese Farbe als Herausforderung angesehen werden kann. Schwarz ist die Farbe der Erniedrigung, und gewöhnlich auf Parias beschränkt . . .

»Eine Person möchte Euch sprechen, Herr«, meldete Chaunt, der Steward. »Sie wartet auf der Laufplanke.«

Zamp stand auf und blickte zum Hauptdeck hinunter. »Wahrhaftig, wahrhaftig! Führe sie in meine Kabine.« Zamp zupfte an seinem Wams, rückte seine Mütze zurecht, wie sie ihm am kleidsamsten schien, dann stieg er zum Hauptdeck hinunter und betrat seine Kabine.

Seine Besucherin stand am Tisch, mit einer Hand auf die kostbare, gewachste Holzplatte gestützt. Die beiden musterten sich einen Augenblick lang schweigend, dann nahm Zamp die Mütze ab und warf sie in einer galanten Geste von sich. Die junge Frau beobachtete ihn ausdruckslos, sie zeigte weder Interesse noch Gefallen an seinem Benehmen. Sie trug Kleidung, die ihre schlanke Gestalt vorteilhaft betonte: eine lange graue Hose aus weichfließendem Stoff, schwarze knöchelhohe Schuhe, ein wallendes, dunkelblaues Cape. Ein schwarzes Barett mit Quaste, die über ihr rechtes Ohr baumelte, hielt ihr dichtes, glänzendblondes Haar locker zusammen. Ihre Kleidung verriet weder ihre Rasse noch Kaste, noch ihren Heimatort, stellte Zamp bedauernd fest. »Ich glaube, wir kennen uns bereits aus *Dem fröhlichen Glasbläser*«, sagte er.

Die junge Frau wirkte ein wenig verwundert. Zamp fragte sich, ob es tatsächlich möglich war, daß er dort überhaupt keinen Eindruck auf sie gemacht hatte.

»Ich nehme im *Glasbläser* meine Mahlzeiten ein. Ihr seid Apollon Zamp?«

»Der bin ich. Und wer seid Ihr?«

»Ich möchte ein Mitglied Eures Ensembles werden.«

»Oh! Bitte setzt Euch. Darf ich Euch einen Becher Wein anbieten?«

»Nein, danke, nichts.« Die junge Frau setzte sich in den Sessel, den Zamp für sie herbeischob. »Sicher fragt Ihr Euch, wie es mit meinen schauspielerischen Fähigkeiten aussieht. Nun, sie sind nicht groß, aber andererseits verlange ich auch kein hohes Honorar.«

»Ich verstehe«, murmelte Zamp. »Welcher Art sind Eure Fähigkeiten denn?«

»Nun, ich kann ohne weiteres kleinere Rollen übernehmen. Ich spiele nicht schlecht Gitarre. Und ich kann Schachvorführungen geben.«

»Das sind zweifellos einige Talente«, murmelte Zamp. »Wie sieht es mit beschwingten Tänzen aus?«

»Das ist etwas, worin man mich nie unterwies«, erwiderte die junge Frau ein wenig von oben herab.

»Hmm. Kennt Ihr die Tragödie *Evulsifer*?«

»Ich fürchte, nein.«

»Der nackte Geist von Prinzessin Azoë wandelt während des zweiten Aktes auf der Brustwehr von Burg Doun. Diese Rolle könntet Ihr vermutlich spielen.«

»Die Nacktheit ist natürlich nur vorgetäuscht?«

»Der Eindruck des Gespenstischen wird durch einen schleierfeinen Überwurf bewirkt. Die Nacktheit läßt sich jedoch besser durch Echtheit als Vortäuschung darstellen. Dies, jedenfalls, ist unsere Erfahrung.«

Die junge Frau blickte durch das Fenster über das Wasser. Zamp studierte ihr Profil, das er von absoluter Perfektion fand. »Na gut«, murmelte sie, mehr zu sich als zu Zamp, »was macht es schon aus?«

Zamp sagte: »Ihr kennt meinen Namen, doch Euren habt Ihr mir noch nicht verraten.«

»Nun, Ihr dürft mich folgendermaßen anreden . . .« Sie zögerte und runzelte die Stirn. »Es ist sehr schwierig, Schicklichkeit mit Zweckmäßigkeit zu verbinden.«

»Vielleicht würde es helfen, wenn Ihr mir ganz einfach Euren Namen nennt?«

»Demoiselle Tatwiga Berjadre Ilkin al Marilszippor cam Zatofoy dal Tossfleur cam Ysandra dal Attikonitsa al Blanche-Aster Wittendore.«

»Ich muß gestehen, Eure Abstammung ist ungemein beeindruckend.« Zamp lächelte. »Ich werde Euch Demoiselle Blanche-Aster nennen. Und wo seid Ihr zu Hause?«

»Ich bin auf Burg Zatofoy im Lande Wyst geboren.«

Zamp strich sich über das Kinn. »Sowohl Burg als auch Land sind mir unbekannt.«

»Sie liegen so fern wie meine Vergangenheit, über die ich vorziehe, nicht zu sprechen.«

»Wie Ihr wollt.« Zamp zuckte die Achseln. »Wenn Ihr Euch wirklich unserem Ensemble anschließen möchtet, müßt Ihr möglicherweise Eure Einstellung ein wenig ändern. Wir sind eine aufeinander abgestimmte Truppe. Menschen, die sich nicht anpassen können, die auf ihre Weise verletzend oder aufbrausend sind, oder sich vor ihren Pflichten drücken, können wir nicht dulden. Umsicht, Zurückhaltung, Verschwiegenheit und Takt sind gerade in unserem Beruf unbedingt erforderlich. Wir fahren von Stadt zu Stadt, und jede Stadt unterscheidet sich von der anderen. Wir müssen uns demnach auf jede von neuem einstellen, um ja niemanden zu beleidigen oder gegen irgendwelche Sitten oder örtlichen Gesetze zu verstoßen. Beispielsweise muß ich Euch bitten, in Port Whant kein Gelb zu tragen, da dies als sexuelle Aufforderung angesehen wird.«

Demoiselle Blanche-Aster bedachte ihn mit eisigem Blick. »Ich bin überzeugt, solch vulgäre Sitten sind ungewöhnlich.«

Zamp lachte. »Durchaus nicht. Ich kann Euch schon jetzt prophezeien, daß Ihr in einem Monat oder so Worte wie *gewöhnlich* und *ungewöhnlich* gar nicht mehr benutzen werdet.«

Demoiselle Blanche-Aster blickte an ihm vorbei durch das Heckfenster. Zamp hatte das Gefühl, daß sie sich jeden Augenblick erheben und das Schiff verlassen würde. Aber schließlich seufzte sie und beschloß offenbar, sich auch mit Ungewöhnlichem abzufinden. Zamp atmete erleichtert auf.

»Was Euer Honorar betrifft, nun, ich kann Euch das Gehalt einer Ersatzmimin zahlen, das natürlich erhöht wird, sobald Ihr neue Fähigkeiten entwickelt habt. Ich halte sehr viel davon, daß die Mitglieder meines Ensembles nicht nur in einem Fach, sondern in möglichst vielen Künsten bewandert sind. Das wirkt sich als sehr günstig für die gesamte Truppe aus.«

Demoiselle Blanche-Aster hob gleichgültig die Schultern. »Als Unterkunft bin ich mit einer Kabine wie Eurer zufrieden, natürlich mit anschließendem Bad.«

Zamp starrte sie ungläubig an. »Meine verehrte junge Dame, es gibt keine zweite Kabine wie diese an Bord!« Er erlaubte sich einen galanten Scherz, der ihm jedoch selbst, kaum daß er ihn ausgesprochen hatte, als unpassend erschien. »Es steht Euch natürlich frei, meine Kajüte mit mir zu teilen.« Sichtlich verlegen fügte er sofort hinzu: »Das würde allerdings verständlicherweise die Mißgunst weniger bevorzugter Mitglieder des Ensembles hervorrufen.«

Demoiselle Blanche-Aster überging seinen nicht ernstgemeinten Vorschlag, als hätte er ihn nie geäußert. Ihre Stimme hätte Wasser zu Eis erstarren lassen. »Im Grunde genommen verlange ich lediglich, meine Unterkunft mit niemandem teilen zu müssen, dafür bin ich gern bereit, auch Unannehmlichkeiten zu erdulden.«

Zamp zupfte an seinem blonden Spitzbart. »Im Hinblick auf Eure zweifellos edle Herkunft mögt Ihr Eure Mahlzeiten mit mir in meiner Kajüte einnehmen. Auf dem Unterdeck befindet sich eine Krankenstation unmittelbar neben meinem privaten Bad. Ihr könnt sie als Eure Kabine einrichten. Sie ist zwar weder sonderlich hell noch geräumig, aber sie ist der einzige Ort an Bord, den Ihr mit niemandem zu teilen braucht.«

»Sie wird mir genügen müssen. Ich werde sofort meine Sachen an Bord bringen lassen.«

»Wir legen mittags ab. Bitte beeilt Euch.«

Zamp begleitete Demoiselle Blanche-Aster an Deck und sah ihr mit merkwürdiger, wohliger Schwäche in den Knien nach. Verzaubert schüttelte er den Kopf. Eine ungewöhnliche Frau, derengleichen es gewiß nur wenige gab! Er streckte den Hals, um die kerzengerade, grazile Gestalt auch noch die Promenade entlangschreiten zu sehen. Ein Geschöpf von der Schönheit des frischen Morgens und einer von innen heraus leuchtenden Intelligenz! Selbst ihre Vornehmheit war faszinierend! Zweifellos haftete ihr ein Rätsel an, das konnte selbst der Dümmste nicht übersehen. Weshalb sollte eine so ungewöhnliche Frau wie sie sich für das Leben einer Showboot-Mimin entscheiden? Wahrlich, ein Rätsel, das er sich zu lösen bemühen würde — genau wie alle anderen, die ihr anhafteten. Zamp blickte bereits voll Erwartung auf die kommenden Tage, als wäre er wieder ein grüner Jüngling, der sich zum erstenmal verliebt hatte.

Jetzt winkte er Chaunt herbei und gab ihm den Auftrag, die Krankenstation als Kabine herzurichten. Dann kehrte er ins Heckkastell zurück und widmete sich wieder, wenn auch nicht sehr konzentriert, dem Flußverzeichnis.

BILCH: Wie auch andere Gemeinden im Lanttal ist diese Stadt ständig von unvorhersehbaren Überfällen durch die Whanter bedroht. Ihre Bürger entwickelten deshalb in ihrem Wesen eine merkwürdige Mischung aus Nervosität und Furcht, unterdrückter Feindseligkeit und dem normalen menschlichen Bedürfnis nach Selbstbestätigung und Selbstachtung. Die

Bürger von Bilch wirken dadurch auf Außenstehende als unsicher und ständig wechselnden Stimmungen unterworfen. Der Beamte, der einen noch einen Augenblick zuvor unterwürfig willkommen hieß, mag sich schon im nächsten als unfreundlich und uneinsichtig erweisen. Andererseits kann es leicht vorkommen, daß Jugendliche, die im Dunkeln verborgen harmlose Besucher mit Steinen bewerfen, diese gleichen Besucher unter eigener Lebensgefahr vor dem Ertrinken retten ...

Die Ensemblemitglieder kamen nach und nach die Laufplanke hoch und nahmen die dicken Holzstifte neben ihrem Namen aus der Anwesenheitstafel. Zwei Dienstmänner brachten Demoiselle Blanche-Asters Gepäck an Deck: drei polierte Reiskörbe mit Eisenbeschlägen, Eisenangeln und Eisenverschluß — wahrlich teure Behälter! Zamp schlenderte zum Bug. Er wollte nicht gesehen werden, wenn Demoiselle Blanche-Aster selbst an Bord kam. Ein oder zwei Tage würde er höflichen Abstand bewahren, ja möglichst wenig auch nur in ihre Nähe kommen. Eine solche Haltung mußte zweifellos ihre Fantasie reizen, und das weibliche Bedürfnis, Männer zu erobern. Sie würde sich fragen, weshalb sie offenbar keinen Eindruck auf ihn gemacht zu haben schien, und würde sich deshalb um ihn bemühen ...

Gart Ashgale, der am Achterdeck seiner *Fironzelles Goldenen Vorstellung* stand, rief über das Wasser: »Ihr fahrt also jetzt ab?«

»So ist es. Und Ihr?«

»Bedauerlicherweise sind noch einige Reparaturen vorzunehmen, sonst würde auch ich den Lant hochsegeln. Wie weit beabsichtigt Ihr Euch zu begeben?«

»Ich habe mich noch nicht entschieden.«

»Also dann, viel Glück und ein großes Publikum. Was werdet Ihr in Port Whant spielen?«

»*Evulsifer*, obgleich wir in unseren Rollen ziemlich eingerostet sind.«

»Eine ausgezeichnete Wahl. Die Whanter sind finstere Burschen. Zeigt ihnen viel Blut, und sie werden etwaige Mängel übersehen.« Garth Ashgale — sein Lächeln schien Zamp fast ein wenig zu breit — winkte abschiednehmend und drehte sich um.

Demoiselle Blanche-Aster kam an Bord. Sie blieb kurz stehen, schaute nach rechts und links auf dem Deck, dann die Masten hoch, schließlich schritt sie in majestätischer Haltung zum Achterdeck, lehnte sich an die Reling und blickte nordwärts dem schäumenden Vissel entgegen.

Die Ochsen wurden an das Gangspill geschirrt. Zamp gab Befehl, Anker zu lichten. *Miraldras Zauber* trieb hinaus auf den Lant. Und nun ließ Zamp die Segel setzen, und das Schiff fuhr lantaufwärts.

Zamp hörte Demoiselle Blanche-Asters Schritte hinter sich, noch ehe sie die Lippen öffnete. »Meister Zamp, gestattet.«

Er drehte sich um. Demoiselle Blanche-Aster blickte ihn verwirrt und unsicher an. »Wohin fahren wir denn?« erkundigte sie sich besorgt. »Der Vissel fließt dort unten.«

»Richtig. Das hier ist der Lant. Wir werden in einigen der Lantstädten Vorstellungen geben.«

»Fahrt Ihr denn nicht in den Norden zu den Großen Festspielen?«

»Ich habe mich noch nicht endgültig entschieden. Aber ich glaube, vermutlich nicht. Die Reise ist lang und der Erfolg ungewiß.«

»Aber Ihr habt doch König Waldemars Einladung errungen!«

»Das Fest findet erst in zwei Monaten statt. Mir bleibt noch genügend Zeit, falls ich doch beschließen sollte, daran teilzunehmen.«

Demoiselle Blanche-Aster blickte auf Lanteen zurück, dann setzte sie sich nachdenklich in einen Korbsessel.

Zamp zog einen zweiten heran und ließ sich neben ihr nieder. »Noch heute nachmittag beginnen wir mit den Proben für *Evulsifer*. Auch ich spiele mit. Ich übernehme die Rolle des Titelhelden.«

»Und ich muß heute noch nackt über die Brustwehr wandeln?«

»Nur, wenn Ihr Euch dazu entschließen könnt.«

Demoiselle Blanche-Aster nickte kurz. »Ich bin bereit, mich mit Erniedrigungen abzufinden, aber ich hoffe, Ihr haltet sie in Maßen.«

»Ihr redet, als erwarte Euch Schreckliches. Ich werde dafür sorgen, daß es Euch auf *Miraldras Zauber* gefallen wird. Wißt Ihr, daß ich Euch noch nicht lachen sah?«

Demoiselle Blanche-Aster blickte ihn ausdruckslos an. »Weshalb macht Ihr Euch Gedanken über mich? Wir sind uns doch völlig fremd.«

»Ihr dürft es nicht aus dieser Sicht sehen!« rief Zamp. Er dachte flüchtig, daß seine Absicht, anfangs Abstand zu bewahren, durch sie selbst zunichte gemacht worden war. »In meiner Position bin ich sehr einsam. Nun seid plötzlich Ihr hier: eine

Person von großer Schönheit und Intelligenz. Ist es da ein Wunder, daß ich mir Gedanken über Eure so sichtliche Bedrücktheit mache? Oder daß ich auf die Sonne hinweise, die die Wellen in allen Farben schillern läßt? Oder wie die weißen Segeln sich blähen und vom blauen Himmel abheben? Oder wie angenehm es ist, hierzusitzen und nur den Finger zu heben, und schon bringt Chaunt auf Wunsch Tee oder etwas Erfrischendes auf Eis, oder sonst irgend etwas.«

Demoiselle Blanche-Aster versuchte ein schwaches Lächeln. »Euer Chaunt ist leider nicht allmächtig.«

»Oh, Ihr hättet gern etwas, das über seine Möglichkeiten hinausgeht? Was könnte das wohl sein? — Nein, verratet es mir nicht. Vielleicht will ich sogar, daß es Euer Geheimnis bleibt.« Zamp wartete und beobachtete sie heimlich aus gesenkten Wimpern. Aber sie schwieg und blickte über das sonnenfunkelnde Wasser.

Eine Weile verharrten beide stumm, dann sagte Zamp schließlich: »Ein Wort über Eure Rolle. Sie ist sowohl einfach als auch schwierig. Ihr habt keinen Text zu sprechen, aber Ihr müßt den Anschein eines echten Geistes erwecken. Bei Eurem Anblick soll den Zuschauern ein kalter Schauder über den Rücken rinnen.«

»Ich habe Geister auf Burg Zatofoy wandeln gesehen. Ich werde in dieser Hinsicht keine Schwierigkeiten haben.«

»Gestattet mir die Frage, weshalb Ihr Euch nun auf dem Lant, statt auf dieser, Eurem Stand gemäßen Burg aufhaltet?«

»Aus dem einleuchtendsten Grund. Die Burg wurde erobert, meine Familie ermordet. Ich hatte Glück, mit dem Leben davonzukommen. Burg Zatofoy gibt es nicht mehr, sie wurde niedergebrannt und bis auf die Grundmauern zerstört.«

Zamp schüttelte mitfühlend den Kopf. »Es gibt zweifellos Schlimmeres als ein Leben an Bord von *Miraldras Zauber*.«

»Zweifellos.«

Chaunt kam auf sie zu. »Wo soll ich decken, Herr?«

»In der Kajüte. Die hochverehrte Demoiselle Blanche-Aster wird die Mahlzeiten mit mir einnehmen.«

Beim Mittagessen war Demoiselle Blanche-Aster so wenig mitteilsam wie zuvor. Zamp bemerkte jedoch, daß sie mit gutem Appetit aß.

Am Nachmittag probte das Ensemble *Evulsifer* zu Zamps voller Zufriedenheit. Demoiselle Blanche-Aster wandelte auf durchaus eindrucksvolle Weise auf der Brustwehr. Bonko, in der Rolle des Henkers, enthauptete eine Puppe mit großer Präzision.

Während des Abendessens wirkte Demoiselle Blanche-Aster etwas entspannter. Zamp gab sich jedoch Mühe, nicht zu persönlich zu werden. Als der Tisch abgeräumt war, schenkte er purpurnen Likör in zwei Kelche und holte eine kleine Gitarre aus einem Schrank. »Ich möchte Euch gern spielen hören, wenn es Euch nichts ausmacht.«

Ohne große Freude nahm Demoiselle Blanche-Aster die Gitarre, zupfte an den Saiten und legte sie schließlich auf den Tisch.

»Sie ist falsch gestimmt.«

»Wie hättet Ihr sie denn gern gestimmt?«

Demoiselle Blanche-Aster stimmte die Gitarre selbst, dann spielte sie eine langsame, einfache Weise in rhythmischen Akkorden. »Es ist ein Lied«, erklärte sie. »Aber ich habe die Worte dazu vergessen.« Erneut legte sie die Gitarre auf den Tisch und erhob sich. »Ich bin nicht in der Stimmung zu spielen. Bitte entschuldigt mich.« Sie verließ die Kabine.

Zamp folgte ihr hinaus auf Deck. Die Sonne war jenseits des niedrigen Lantufers untergegangen. Ihr letztes Nachglühen färbte das Wasser. Zamp rief Bonko und erteilte ihm die Befehle für den Abend. »Der Wind scheint mir frisch und stetig zu bleiben. Wir werden weitersegeln, bis es dunkel wird, und dann in der Flußmitte ankern. Laß Räubernetze auswerfen und schick vier Mann in den Ausguck. Wir befinden uns hier in Nomadengebiet. Größte Wachsamkeit ist geboten.«

Zamp nahm die Gitarre mit auf das Ackterdeck und spielte eine halbe Stunde, was ihm gerade in den Sinn kam. Aber Demoiselle Blanche-Aster, die eine Weile am Bug gestanden hatte, kehrte, ohne sich um ihn zu kümmern, zum Heck zurück und begab sich zu ihrer Kabine.

5

Am Nachmittag des zweiten Tages, nachdem sie Lanteen verlassen hatten, tauchte Port Whant am Nordufer auf. Die Stadt war eine dicht aneinandergedrängte Anhäufung von zwei- und dreistöckigen Häusern aus Holz und getünchtem Stein, mit Dächern, die in den unmöglichsten Winkeln und Höhen aneinandergereiht waren. Zamp hatte *Miraldras Zauber* festlich aufgeputzt. Kulissen aus Weidenruten und Holz hoben sich über die Schandekkel mittschiffs, um den Eindruck einer trutzigen Burg zu erwekken. Entlang der Reling flatterten Fahnen und Banner in Weiß und Grün, den Farben, die den Whantern noch am ehesten zusagten.

Mit großem Aufwand näherte *Miraldras Zauber* sich dem Hafen von Port Whant. Die Fähnchen flatterten, ein Teil der Akrobaten schlug Rad zur lauten Musik von Hörnern, Trommeln und Tschinellen, während ein anderer mit Werbetafeln und dem Wappen von Port Whant auf den Stagen hin und her marschierte. Die Mädchen des Ensembles drängten sich auf der Brustwehr der Burgkulisse. Sie trugen Gewänder in Hellblau, das für Keuschheit stand.

Etwa ein Dutzend Bürger kam auf den Kai. Sie waren in unförmige dunkelbraune Umhänge gehüllt und blieben in kleinen schweigenden Gruppen auf dem Pier stehen. Zamp forderte sein Ensemble auf, sich noch mehr anzustrengen.

Das Schiff glitt an den Pier. Die Trossen flogen über die Poller. Das Schiff legte dicht an der Hafenmauer an. Die Künstler gaben ihr Bestes. Die Akrobaten machten Luftsprünge, überschlugen sich, hüpften wieder auf die Beine, während jene auf den Stagen vortäuschten, herabzufallen und sich gerade noch im letzten Augenblick zu fangen. Die Mädchen trugen nun hüftlange Kittel aus durchsichtigem hellblauen Schleiergewebe. Sie rannten von einem der Burgkulissenfenster zum anderen und winkten mit einem Maximum an Verlockung, doch einem Minimum an Herausforderung.

Weitere Bürger kamen nun auf den Kai und bildeten ebenfalls in fast düsterem Schweigen kleine Gruppen. Zamp ließ sich nicht entmutigen. Jede Gemeinde entlang den Flüssen hatte ihre eigene Art, und Port Whant war eben für seine mürrische Zurückhaltung gegenüber Fremden bekannt.

Die Laufplanke wurde auf den Kai herabgelassen. Zamp trat hinaus. Er blickte über die Schulter zurück und warf seinen Arm in einer fröhlichen Geste hoch. Das Treiben endete, und die Ensemblemitglieder kehrten dankbar auf das Hauptdeck zurück.

Zamp blieb einen Augenblick lang stehen, um die Aufmerksamkeit der Whanter auf sich zu lenken. Er trug eines seiner prachtvollsten Kostüme: einen breitkrempigen braunen Hut mit einem riesigen orangefarbenen Federbusch; ein orange-schwarz gestreiftes Wams, das von einem breiten Gürtel über den braunen Pluderhosen zusammengehalten wurde; und dazu kniehohe Stiefel, deren weiche Schäfte sorgfältig in zierliche Falten gelegt waren. Die Gesichter, die vom Kai zu ihm emporblickten, verrieten weder Feindseligkeit noch Freundlichkeit, aber ebensowenig Interesse. Zamp spürte nur, daß eine innerliche Düsterkeit von ihnen ausging. Keine ausgesprochen schönen Menschen, dachte er. Sowohl Männer als auch Frauen hatten bleiche, breite Gesichter, strähniges schwarzes Haar, buschige dunkle Brauen, und waren von untersetzter Statur. Doch trotz der auffälligen Gleichheit von Kleidung und Aussehen war der Eindruck von Persönlichkeit und Stolz, vielleicht gerade aufgrund dieser brütenden Melancholie, die Zamp mit allen Mitteln durchbrechen wollte, so stark.

Er hob die Hände. »Freunde von Port Whant. Ich bin Apollon Zamp. Dies hier ist mein wundersames Showboot *Miraldras Zauber*. Wir sind den Lant hochgesegelt, um euch eine unübertreffliche Aufführung zu bieten.

Für heute abend haben wir ein Programm zusammengestellt, wie es in der langen und glorreichen Geschichte von Port Whant vielleicht einmalig sein und bleiben wird!

Freunde! Heute abend besteht unser Programm nicht aus einem, nicht aus zwei, sondern aus drei Stücken! Jedes einzelne von absoluter Vollkommenheit! Als erstes: die Vogelmenschen — so nennen sie sich, da sie wahrhaftig durch die Luft zu fliegen scheinen. Die Schwerkraft bedeutet ihnen nicht mehr als der Dreck dem Huhn. Sie springen, sie hüpfen, sie werfen sich durch die Luft und drehen sich mit unvorstellbarer Grazie im Sprung. Als zweites: ein schelmisches Spiel, trotzdem durchaus sittsam und nicht provozierend. Es heißt: *Die Liebe ferner Regionen und ferner Zeiten*. Ich bin überzeugt, meine Damen und Herren, daß ihr über diese absolut authentischen Sitten und Gebräuche staunen werdet. Selbstverständlich ist alles sauberer Spaß. Unsere Mädchen tragen Bleichgrün und Blaßblau, und ihre kecken Scherze sind wahrhaftig nicht ernstzunehmen. Falls einer von euch ein derartiges Programm als beleidigend oder zweideutig empfindet, bitte ich ihn, sich mit mir in Verbindung zu setzen, und wir werden dann statt dessen ein anderes, aber genauso amüsantes Stück einschieben. Drittens, und als Höhepunkt des Abends: die berühmte Tragödie um Haß und Leidenschaft und Schmerz, *Evulsifer*! Ihr werdet eindringlichen Realismus miterleben! Ihr werdet Zeuge des Verrats an einem König, einer Palastorgie und des Todes eines Verräters in blutiger Wirklichkeit sein. Ein Programm zur Erbauung und Belehrung eines anspruchsvollen und kritischen Publikums, wie ihr es hier in Port Whant seid!

Verlangen wir eine hohe und übertriebene Eintrittsgebühr für diese großartige Unterhaltung? Durchaus nicht! Ein einziger Heller verschafft euch Zutritt zu dieser beeindruckenden Vorstellung. Also dann! Wir freuen uns, in einer Stunde die gesamte Bevölkerung von Port Whant hier am Kai begrüßen zu dürfen. Es ist genügend Zeit für alle, nach Hause zurückzukehren, um die gute Neuigkeit auch an Nachbarn und Freunde weiterzugeben und die ganze Familie mit an Bord unseres wundersamen Showboots zu bringen!«

Wieder hob Zamp die Hände. Die Schiffskapelle spielte einen Tusch. »In einer Stunde, also, wird diese Laufplanke euch in eine Welt bunter Lichter und zauberhafter Abenteuer bringen. Habt Dank für eure Aufmerksamkeit, Freunde.« Zamp verbeugte sich und schwenkte verabschiedend den Hut. Die Whanter murmelten einander etwas zu und verließen den Kai.

»Seltsame Menschen«, sagte Zamp kopfschüttelnd zu Bonko. »Sie scheinen mir blutlos und apathisch zu sein, als wären sie soeben vom Totenbett auferstanden.«

»Was schreibt das *Flußverzeichnis* über sie?« erkundigte sich Bonko.

»Die Whanter werden als temperamentvoll und aufbrausend beschrieben, und als leicht zu beleidigen. Diese hier benehmen sich dagegen, als gehörten sie einer frömmelnden Sekte der Selbstverleugner an.«

»Da kommt ein alter Mann. Fragt ihn doch aus.«

Zamp musterte den Greis, der am Pier entlangspazierte. »Trotz größtem Interesse, ja, und wohl auch Neugier, zögere ich doch, hier Fragen zu stellen, denn wie leicht ist es möglich, den Grimm dieser Menschen heraufzubeschwören. Aber dieser Mann sieht eigentlich nicht sehr furchterregend aus.«

Zamp schritt die Laufplanke hinunter auf den Kai und wartete, bis der Alte ihn erreicht hatte. »Guten Nachmittag, Großvater. Was gibt's Neues in Port Whant?«

»Die Neuigkeiten sind immer die gleichen«, erwiderte der Greis. »Mord, Gefangennahme, Niederlage und Unheil. Weshalb interessiert Ihr Euch so sehr für unser großes Unglück?«

»Damit meine Truppe und ich euch aufmuntern können«, erwiderte Zamp schnell. Offenbar mußte man sich sogar vor dem Greis in acht nehmen. »Unsere Tragödie *Evulsifer* hilft vielleicht, eure Seelen von unnötigem Gram zu erleichtern.«

»Leichter gesagt als getan«, brummte der Greis. »Lop Loiqua ist fort, ein Opfer gemeinen Verrates, und er nahm ein Stück unserer Herzen mit sich. Wo finden wir wieder einen wie ihn, der als die Geißel des Tales bekannt war? Die Ankunft Eures Schiffes mag sehr wohl ein Omen sein.«

»Das ist es ganz gewiß!« versicherte ihm Zamp beschwörend. »Ein Omen guter Unterhaltung, doch nichts anderes.«

»Bestimmt wollt Ihr uns nicht vorschreiben, wie wir die Omen auszulegen haben?«

»Durchaus nicht! Es war nur mein Wunsch, euch darauf aufmerksam zu machen . . .«

»Eure Wünsche sind von keinerlei Bedeutung für uns. Ihr wißt nichts von uns und unseren Gewohnheiten.«

Der Greis drehte sich auf dem Absatz um und hinkte davon. Nach ein paar Schritten blieb er jedoch stehen und blickte über die Schulter zurück. »Ich will Euch nur noch darauf aufmerksam machen, daß Eure Aufdringlichkeit ganz gewiß jeden anderen, von Gram weniger Gebeugten als mich sehr erzürnen würde!« Er humpelte weiter.

Zamp stieg nachdenklich die Laufplanke wieder hoch. Er rief sein Ensemble herbei und hielt eine kurze Ansprache.

»Ein Wort zu unserer bevorstehenden Aufführung und zu unserem allgemeinen Verhalten hier in Port Whant. Die Bürger dieser Stadt sind weder leicht zu behandeln noch sind sie sonderlich aufgeschlossen. Haltet euch von jeglicher Vertraulichkeit fern. Beantwortet jede Frage mit einem ehrlichen Ja oder Nein, gefolgt von jeweils ›mein Herr‹ oder ›meine Dame‹. Keines der Mädchen darf auch nur eine Spur von Gelb an sich tragen. Die Männer müssen dafür sorgen, daß nicht ein Hauch von Rot an ihrem Kostüm zu bemerken ist. Schwarz ist die Farbe der Schande und Demütigung. Vermeidet also Schwarz. Blickt nicht auf die Zuschauer, sie würden sich sonst sofort angestarrt und somit beleidigt fühlen. Bemüht euch um eine gleichmäßig freundliche, sanfte Miene, aber lächelt nicht, da das als Spott oder Hohn ausgelegt werden könnte. Wir werden sofort nach der Vorstellung aufbrechen. Am liebsten täte ich es gleich, müßte ich nicht ihre Rache befürchten. Und nun, schlüpft in eure Kostüme. Laßt all eure Geschicklichkeit und Vorsicht walten.«

Zamp begab sich in seine Kabine und gönnte sich einen Becher Wein. Demoiselle Blanche-Aster stand am Achterdeck. Zamp trank den Becher aus und ging, ihr Gesellschaft zu leisten.

»Habt Ihr meine Worte gehört?« erkundigte er sich. »Selbst als nackter Geist müßt Ihr Takt walten lassen.«

Demoiselle Blanche-Aster schien auf leicht verbitterte Weise amüsiert. »Genügt es nicht, daß ich mich vor diesen Rüpeln zur Schau stelle? Muß ich auch noch an ihr besseres Ich apellieren?«

»Wenn möglich, ja. Wandelt gemächlich und mit abwesendem Blick. Ihr braucht die Rolle nicht zu übertreiben. Und nun ist wohl Zeit, Euch umzukleiden.«

»Es eilt noch nicht. Der Abend ist nicht gerade warm.«

Zamp verließ sie, um sich noch kurz mit Bonko zu besprechen. »Ich brauche wohl nicht extra zu betonen, daß auch unser Notsystem in Bereitschaft gehalten werden muß?«

»Ich habe schon dafür gesorgt, Herr. Die Pumpen und Winden sind bemannt, die Ochsen ans Gangspill geschirrt.«

»Sehr schön. Seid alle wachsam.«

Eine halbe Stunde verging. Trotz ihrer scheinbaren Geistesabwesenheit begannen die Whanter sich am Kai zu versammeln. Als Zamp die Kasse öffnete, zahlten sie ohne Murren den nicht unbeträchtlichen Eintrittspreis und nahmen gesetzt ihre Plätze ein.

Zamp hielt die kürzeste Ansprache seit langem, und das Abendprogramm begann. Zamp war sehr zufrieden mit seinen Jongleuren und Akrobaten. Nie zuvor hatten sie mit solcher Sorgfalt gearbeitet. Die Zuschauer, obgleich immer noch mürrisch und düster, gaben doch bei besonders waghalsigen Kunststücken ihrem Erstaunen durch bewunderndes Murmeln Ausdruck. Ja, im großen und ganzen hatte er wahrhaftig Grund, zufrieden zu sein.

Der zweite Teil der Darbietungen begann genauso reibungslos. Abgestimmt auf die Whanter hatte Zamp bestimmte Szenen gekürzt und andere verändert, so daß das Stück kaum viel mehr als eine Aneinanderreihung von unverfänglichen Liebeswerbungen war, denen im Grund genommen nur noch die ausgefallenen Kostüme und das malerische Bühnenbild Reiz verliehen. Das Publikum schien leicht amüsiert, zeigte jedoch einen Anflug von Erregung bei den wenigen und nur ganz schwach erotischen Szenen, die Zamp gestattet hatte. Doch niemand beschwerte sich oder schien sich in seinen Gefühlen verletzt zu fühlen. Und wieder atmete Zamp erleichtert auf, in der Überzeugung, daß den Whantern die Vorstellung gefiel.

Dann deklamierte er den Prolog zu *Evulsifer*, in einen wallenden blauen Umhang gekleidet, der das Kostüm darunter verhüllte. Das Orchester spielte als Ouvertüre eine Zusammenstellung der musikalischen Begleitung der Tragödie, und Zamp, der sich bereits ein wenig wohler fühlte, bereitete sich nun schon fast freudig erregt auf den ersten Akt vor. Swince hatte sich mit dem Bühnenbild diesmal selbst übertroffen. Der große Salon in Asmelonds Palast war prächtig in Scharlachrot, Purpur und Grün gehalten, und die Kostüme König Sandovals und seiner Höflinge waren fast zu prunkvoll.

Die Hofintrigen schienen zuerst nur unbedeutend, doch dann begannen sie schier unmerklich das Komplott anzuschüren, bis König Sandoval und Prinz Evulsifer von einer Flut von Gefühlen überschwemmt wurden, gegen die sie nicht mehr ankamen.

Zamp arrangierte die Palastorgie mit größerer Freiheit, als er ursprünglich beabsichtigt gehabt hatte, aber den Zuschauern schien es durchaus recht zu sein. Sie waren nun offenbar von der Aufführung gefesselt, und als der Rebell Trantino sich hinter dem Thron erhob, um König Sandoval zu erdolchen, schrien sie sogar vor Entsetzen auf.

Der zweite Akt spielte auf der Goschenebene vor der Burg Doun, wo Evulsifer, den man der Mittäterschaft an der Ermordung seines Vaters beschuldigte, Zuflucht gefunden hatte.

Vor der Burg tat sich allerhand in schneller, mitreißender Folge. Evulsifer mußte drei Duelle austragen, mit immer gefährlicheren Gegnern, die er alle besiegte. Dann trat er hinaus in den Mondschein[1] zu einem Stelldichein mit seiner geliebten Lelanie. Er sang ein sehnsuchtsvolles Lied zu den sanften Akkorden seiner Gitarre, und sie schwor ihm Zuneigung so unerschütterlich wie die Liebe der sagenhaften Prinzessin Azoë für ihren Geliebten Wylus. Und plötzlich zuckte Lelanie vor Grauen zurück und deutete auf die Brustwehr. »Dort wandelt Azoës Geist!« rief sie. »Es ist ein unheilvolles Omen!«

Auch Zamp warf den Kopf zurück, um besser auf die Brustwehr sehen und sich von Demoiselle Blanche-Asters Fähigkeiten

---

1. Der Großplanet hat keinen Mond, aber der Begriff des Mondscheins mit seiner romantischen Assoziation steckt tief in der Psyche der Menschen des Großplaneten.

überzeugen zu können. Ein dünnes, aber geschickt drapiertes Schleiergewebe ließ die Gestalt des Geistes für die Zuschauer nebelhaft erscheinen. Zamp, der näher stand, hatte jedoch eine bessere Sicht, wenngleich sie auch weniger gespenstisch wirkte. Er konnte wahrhaftig nichts an der Formvollendetheit dieses Geistes auszusetzen finden. Der Geist verschwand. Zamp sprach seine Zeilen ein wenig mechanisch, und dann endete dieser Akt mit Evulsifers Gefangennahme, die er der Treulosigkeit und Heimtücke Lelanies zu verdanken hatte.

Der dritte Akt sah Evulsifer in Ketten vor seinen Anklägern. Er schmähte sie und forderte sie zum Zweikampf, doch sie achteten nicht auf ihn. Er wurde zum Tode verurteilt und, an einen Pfosten gekettet, alleingelassen. Evulsifer hielt seinen tragischen Monolog. Dann erschien Lelanie auf der Bühne, und die beiden führten jene gewisse Szene auf, die auf Dutzend verschiedene Arten gespielt werden kann. War sie gekommen, ihn zu verhöhnen und ihn sein Elend noch stärker spüren zu lassen? Oder war ihr Herz von Liebe und Schuld, Grausamkeit und Reue hin- und hergerissen? Verleitete sie eine unglückliche Besessenheit, Böses zu tun? Schließlich trat Lelanie ganz dicht an Evulsifer und küßte ihn zärtlich auf die Stirn. Doch sofort sprang sie zurück und spuckte ihm ins Gesicht, ehe sie fast hysterisch lachend von der Bildfläche verschwand.

Bei Sonnenaufgang mußte Evulsifer sterben. Schon zeichneten sich auf dem düsteren Grau des Himmels blaßrote Streifen ab. Evulsifer sprach seinen letzten trübsinnigen Monolog und blickte zu der Plattform hoch, auf der Bonko, als Henker kostümiert und maskiert, den Richtblock aufstellte und die Schärfe seiner Axt überprüfte.

Die ersten Sonnenstrahlen erfüllten den Morgenhimmel. Evulsifer wurde vom Pfosten losgekettet. Man warf ihm einen schwarzen Umhang über und zog ihm die schwarze Kapuze über den Kopf. Dann wurde er hinter die Kulissen abgeführt, wo der Gefangene, genau wie er in Umhang und Kapuze gekleidet und gerade aus dem Käfig gebracht, auf seinen unfreiwilligen Auftritt wartete.

»Müßt Ihr mich so grob behandeln?« wütete er. »Haltet ein! Ich habe mir den Arm mit einem Splitter aufgerissen. Bringt mir einen Verband!«

»Deine Verletzung ist unbedeutend«, brummte Bonko. »Und jetzt komm mit!«

Der Gefangene schlug mit Füßen und Ellbogen um sich und brüllte wie ein Löwe, bis man ihm notgedrungenermaßen einen Knebel zwischen die Zähne schob. Dann zerrte man ihn hinaus auf die Bühne und auf die Plattform, wo er sich immer noch wütend wehrte und auf zufriedenstellend dramatische Weise stöhnte. Es bedurfte vier Männer, ihn mit dem Hals auf den Block zu drücken, dabei verschob sich seine Kapuze ein wenig.

Der Henker hob die Axt. Die Sonne strahlte nun voll auf die Bühne. »Köpft ihn!« brüllte der Verräter Toraphin. Der Henker ließ die Axt herabsausen. Der Kopf löste sich vom Rumpf, befreite sich aus der Kapuze, hüpfte auf die Plattform und rollte über die Bühne, wo er so liegen blieb, daß die toten Augen geradewegs auf die Zuschauer starrten.

Wie unangenehm, dachte Zamp. Der Höhepunkt war dadurch etwas des Mysteriösen beraubt. Aber trotzdem schienen die Zuschauer ungemein beeindruckt, ja sie waren wie gelähmt. Die Augen quollen ihnen schier aus den Höhlen, als sie auf den Schädel starrten. Merkwürdig, dachte Zamp.

Jemand flüsterte stöhnend, ja schmerzerfüllt: »Lop Loiqua!«

Ein anderer zischte zwischen zusammengebissenen Zähnen: »In Schwarz getötet!«

Ein Name schien in Zamps Kopf zu explodieren: Garth Ashgale!

Doch jetzt war keine Zeit, sich gehen zu lassen. Zamp warf Umhang und Kapuze von sich und rief Bonko: »Mach dich bereit, die Trossen zu kappen! Setz die Ochsen in Bewegung. Laß die Segel hissen. Ich spreche mit den Whantern!« Bonko rannte, um die drei Befehle gleichzeitig auszuführen. Zamp trat auf die Bühne.

»Meine Damen und Herren, hochgeschätzte Bürger Whants — hiermit ist unsere Vorstellung beendet. Bitte verlaßt das Schiff in geordneten Reihen. Für morgen laden wir euch zu einem vergnüglichen Programm voll Zauber und Geschicklichkeit ein . . .« Zamp duckte sich. Eine Axt schwirrte an seinem Ohr vorbei. Die Zuschauer hatten ihre Erstarrung überwunden und sprangen auf die Füße. Jedes der wutverzerrten Gesichter war auf ihn gerichtet. Männer und Frauen kletterten übereinander in völliger Disziplinlosigkeit, nur um Hand an Apollon Zamp legen zu können.

Zamp sprang hastig hinter die Bühne und schlug den Alarmgong. Mannschaft und Ensemble, die viele hundertmal auf einen solchen Notfall gedrillt worden waren, handelten mit wohlüberlegter Schnelligkeit. Die Trossen wurden gekappt, und das Schiff trieb aus dem Hafen. Verriegelungen an den Schandecks lösten sich, die Reling klappte zurück und hing die Schiffshülle hinab. Unter dem Deck arbeiteten Akrobaten, Magier und Stewards an Schrauben und Gleitschienen, um das Deck in einzelnen Teilen über das Wasser zu schieben. Die Ochsen drehten das Gangspill, um die Pumpen zu betätigen. Wasserschwalle spülten die Whanter über die nun schief hängenden Decks in den dunklen Lant hinunter.

Trotzdem gelang es ein paar von ihnen, das Vorderdeck zu erreichen. Einige stürzten sich auf die Männer mit den Schläuchen und hoben sie über Bord. Andere rannten zu den großen Buglampen und schleuderten Fackeln zu den Segeln empor. Wieder andere schafften Öl aus dem Vorpiek herbei und gossen es über das Deck. Flammen prasselten und loderten hoch in die Nacht.

Zamp brüllte in den Laderaum hinunter: »Schiebt die Decks wieder zurück!« Aber die Männer dort unten erfüllte das Feuer so sehr mit Panik, daß sie hochstürmten und auf das Achterdeck eilten.

Der ganze Bug stand bereits in Flammen. Whanter rannten wie die Irren hin und her und brüllten und heulten. Der durch die hinausragenden Deckteile noch offene Laderaum hinderte sie daran, zum Achterdeck zu gelangen und dort ihr Zerstörungswerk fortzusetzen. Schließlich wurden sie durch das Feuer gezwungen, über Bord zu springen.

»Flußabwärts!« brüllte Zamp. »Wir nutzen die Strömung so lange wie möglich. Bemannt die Pumpen! An die Schläuche!«

Aber niemand wagte sich unter dem brennenden Takelwerk in den Laderaum.

»Mit aller Kraft flußab!« brüllte Zamp und schwenkte herausfordernd Evulsifers Schwert in Richtung Port Whant. »Wir fahren mit unserem guten Schiff, so lange es uns trägt, dann legen wir an, und wehe denen, die versuchen, uns anzugreifen!«

Bonko, der immer noch das Henkerskostüm trug, widersprach höflich. »Es ist vernünftiger, die Rettungsboote zu nehmen, Herr. Wenn wir anlegen, verbrennen sie möglicherweise mit dem Schiff, und dann werden die Whanter uns morgen zweifellos einholen.«

Zamp warf die nutzlose Klinge von sich und starrte düster auf die prasselnden Flammen. »Du hast recht. Haltet euch bereit, die Boote ins Wasser zu lassen. Wir bleiben auf dem Schiff, solange

es geht, dann ziehen wir uns mit den Booten zurück und überlassen *Miraldras Zauber* notgedrungen ihrem Schicksal.«

Bonko rannte Befehle brüllend deckauf. Zamp begab sich in seine Kajüte. Er schlüpfte aus dem Kostüm und in einen grauen, hautengen Anzug, zog sich eine Fischermütze über das Haar, schnallte seinen besten Degen mit Stahlklinge um und schob eine Pfeilschleuder und ein Pfeilmagazin in den Gürtel. Dann blickte er sich vor Gram und Wut halbblind in der Kabine um. Alles, was er hier um sich sah, war kostbar: seine Aufzeichnungen, die Masken, Erinnerungsstücke, Anerkennungsschreiben, seine Preise, sein geschnitztes Mobiliar, der weiche blaue Teppich, seine Kassette . . . Er kramte hastig in der großen Truhe und brachte einen Lederbeutel hervor, in den er sein gesamtes Eisen füllte: fünf Pfund, vielleicht sogar mehr. Was sonst? Aber er konnte nichts weiter mitnehmen. Alles würde den Flammen zum Opfer fallen. Doch eines Tages würde ihm ein neues Schiff gehören. Das schönste und beste auf dem Fluß. Er wollte keine wehmütigen Erinnerungen, nichts, das ihn an die alte *Miraldras Zauber* erinnerte, außer vielleicht Garth Ashgales präparierten Schädel wie eine Jagdtrophäe auf einer Scheibe an der Wand . . . Fast hätte er seine Juwelen vergessen! Er eilte zu seiner Kommode und leerte den Inhalt seiner Schmuckkassette in seine Jackentasche: eine Schnalle aus Topas und Galenit; ein goldenes Armband mit Amethysten und Eisen; eine Silberkette mit einem großen Cabochonperidot; einen Smaragdohrclip; die auf Silber geprägte Einladung nach Mornune; ein Gehänge aus Eisenstäbchen, das er gewöhnlich an sein schwarzes Samtbarett steckte, wo es klingelnd herunterbaumelte. Alles schob er in seine Tasche. Aber jetzt blieb keine Zeit mehr für sonst etwas. Eilig warf er sich den Lederbeutel über die Schulter und kehrte auf das Achterdeck zurück.

Bonko hatte ganze Arbeit geleistet. Neben jedem der vier Rettungsboote stand ein Viertel des Ensembles und der Mannschaft. Zamp brauchte nur noch den Befehl zu geben, die Boote ins Wasser zu lassen. Ein wenig seitwärts von allen blickte Demoiselle Blanche-Aster mit einem Bündel ihrer Habe ins Wasser. Am Vorderdeck loderten und prasselten die Flammen und beleuchteten den Lant. Es war ein grandioses, dramatisches Bild.

Bonko kam auf Zamp zu. »Wir müssen die Boote hinablassen. Die Planken lösen sich bereits durch die Hitze, und Wasser dringt am Bug ein. Es wäre leicht möglich, daß das Schiff jeden Augenblick mit der Nase voraus in die Tiefe taucht.«

»Also gut. Laßt die Boote hinab. Vergewissert euch, daß die Tiere losgebunden werden, damit sie um ihr Leben schwimmen können.«

Die Rettungsboote setzten auf dem Fluß auf: drei Pinassen und das etwas komfortablere Kommandantengig, auf das Zamp Demoiselle Blanche-Aster einteilte. Sie kletterte die Strickleiter hinunter, und Zamp reichte Chaunt, dem Steward, ihr Bündel und danach seinen eigenen schweren Lederbeutel.

»Chaunt«, bat er, »kümmere dich gut um diesen Beutel. Verstau ihn unter dem Bug.«

»Jawohl, Herr.«

Zamp verließ als letzter das Schiff, als bereits das Wasser über Deck wallte und ihm bis zu den Knien reichte. Im Gig angekommen, gab er den Befehl: »Legt ab!«

Die Ruder setzten sich in Bewegung. Die vier Boote lösten sich von dem brennenden Wrack. Zamp schaute mit starrem Blick geradeaus. Er wollte den Untergang seines stolzen Schiffes nicht sehen. Flackernder orangefarbener Schein huschte über seine Schultern und spielte auf den Gesichtern jener, die zurückblickten.

In plötzlicher Verwunderung schaute Zamp von einem zum anderen im Boot. Wo war Chaunt? Ganz sicher nicht hier im Gig. Merkwürdig! Ah, dort saß er in der Pinasse, nur ein paar Meter heckwärts. Zamp rief ihm zu: »Chaunt! Wo ist mein Beutel?«

»Sicher in Eurem Boot verwahrt, Herr, unter dem Bug, wie Ihr befohlen habt.«

»Sehr gut.«

Die Boote folgten der Biegung des Flusses. Jetzt warf Zamp doch einen letzten Blick über die Schulter zurück. Die Whanter, statt sie in ihren eigenen Booten zu verfolgen, hatten sich daran gemacht, das sinkende Schiff zu plündern. Zamp konnte sie mit affenartiger Geschicklichkeit vor den Flammen hin und her springen sehen.

Doch nun verhinderte das Ufer seine Sicht. *Miraldras Zauber* war nicht mehr als ein brennender Schein in der Ferne. Und bald darauf war auch der verschwunden.

6

Die ganze Nacht hindurch trieben die Boote flußabwärts. Nur hin und wieder benutzte die Mannschaft die Ruder, um eine größere Entfernung zwischen sich und die Whanter zu legen, die sich vielleicht doch entschlossen hatten, sie zu verfolgen.

Bei Morgengrauen legten sie an einem in den Fluß ragenden Uferstück an, wo sie ungestört Maste und Segel setzen konnten. Bonko machte ein Feuer, über dem die Schauspieler Sandkrabbler rösteten, während die Mannschaft die vier Boote auftakelte.

Zamp sah, daß Demoiselle Blanche-Aster sich auf ihr Bündel stützte, dabei fiel ihm sein Beutel wieder ein. Er fand ihn auch sofort im Bug. Flüchtig hob er ihn hoch. Am Gewicht schien sich nichts geändert zu haben, also schob er ihn wieder zurück, versteckte ihn jedoch ein wenig besser.

Als er zu den anderen zurückkehrte, bemerkte er, daß sich einige der Besatzungsmitglieder um Bonko geschart hatten und auf ihn einredeten. Ein paar Meter entfernt unterhielten Schauspieler und Musiker sich offenbar nicht weniger hitzig.

Gleich darauf kamen Bonko und Viliweg, der »Meister der Wunder«, auf Zamp zu. Viliweg ergriff das Wort. »Einige der Artisten brachten einen gewissen Punkt zur Sprache . . .«, begann er.

»Genau wie mehrere der Mannschaftsmitglieder«, warf Bonko ein, der immer noch das Henkerskostüm trug.

». . . nämlich«, fuhr Viliweg fort, »daß es nach Ankunft in Lanteen zweifellos zu einem nicht übersehbaren Durcheinander kommen könnte, und in der Aufregung vielleicht die Honorare und Löhne nicht gezahlt werden.«

Nun sprach Bonko: »Die Mannschaft ist der Ansicht, daß jetzt die beste Zeit für die Abrechnung ist, damit wir alle, wenn wir in Lanteen ankommen, bereits die nötigen Mittel zur Hand haben und keine unnötige Zeit verlieren.«

Viliweg gab ihm recht. »Es wäre sehr umständlich, die vielen Leute in Lanteen erst wieder zusammenzusuchen, um sie auszuzahlen. Eine Arbeit, die man wahrhaftig niemandem zumuten kann.«

Zamp blickte erstaunt von einem zum anderen. »Ich glaube, ich höre nicht recht! Kehrt zu euren Gruppen zurück und gebt bekannt, daß mein dringlichster, nächster Schritt die Beschaffung eines neuen Schiffes ist, damit allen ihre Arbeit erhalten bleibt. Aus diesem Grund schlage ich vor, die Schiffskasse in Verwahrung zu behalten.«

Viliweg räusperte sich. »Einige Angehörige des Ensembles vermuteten diese, Eure Reaktion. Ich gebe zu, daß Eure Einstellung durchaus wohlgemeint ist. Andererseits aber könnte es leicht sein, daß Eure Pläne sich nicht durchführen lassen, was die meisten befürchten. Kurz gesagt, jeder des Ensembles besteht darauf, sein Honorar sofort in Eisen ausbezahlt zu bekommen.«

»Auch die Mannschaft verlangt jetzt und hier ihren Lohn«, sagte Bonko fest.

Zamp schüttelte verwirrt den Kopf. »Diese Einstellung ist äußerst bedauerlich! Haben wir denn jeglichen Gemeinsinn verloren? Nur indem wir zusammenhalten und miteinander arbeiten und indem jeder vielleicht ein Opfer bringt, können wir unser Ziel erneut erreichen!«

Mit sanfter Stimme versicherte ihm Viliweg: »Euer Vorschlag hat meine Zustimmung, aber er muß folgendermaßen erweitert werden: Jeder erhält nun sein ganzes Entgelt, dazu eine Erschwerniszulage und eine Vergütung für den Verlust seiner persönlichen Habe. Dann, wenn die Gelegenheit sich ergibt, werden wir unser Geld und unsere Fähigkeiten zum Wohle aller zusammenlegen. Alles andere steht außer Frage.«

Zamp machte eine verärgerte Geste. »Nie rechnete ich mit einer solch niedrigen und selbstsüchtigen Einstellung! Die Weinstuben und Bierhäuser von Lanteen werden die einzigen sein, die an unserem Unglück profitieren. Trotzdem, wenn ihr auf eurer Dummheit besteht, bleibt mir nichts anderes übrig, als eurer Forderung nachzukommen. Ich möchte jedoch gleich jetzt darauf aufmerksam machen, daß ich mich nicht von früherer Freundschaft und Treue leiten lassen werde, wenn ich ein neues Schiff erstehe und Mannschaft und Ensemble dafür auswähle.«

»All das ist nicht mehr als Traumschleier der Großen Gespinsteweber«, erklärte Viliweg abfällig. »Zahlt das Eisen aus!«

»Also gut«, sagte Zamp stumpf. »Stellt euch in einer Reihe auf. Viliweg, Ihr erstellt eine gemeinsame Quittung, auf der jeder einzelne den Empfang seines Honorars beziehungsweise Lohnes bestätigt.«

»Das tue ich gern«, versicherte ihm der Bühnenzauberer. »Ich glaube, daß ich mit meinem Bündel auch Papier und Schreibstift gerettet habe.«

»Noch ein letztes«, rief Zamp ihm nach, als Viliweg davoneilen wollte. »Ihr erwähntet eine Erschwerniszulage und eine Vergütung für persönliche Habe. Im Augenblick bin ich nicht in der Lage, dafür aufzukommen. Das Arbeitsverhältnis endete gestern abend beim Streich von Bonkos Axt. Die Bezahlung wird bis zu diesem Moment berechnet.«

Zamps Erklärung wurde mit Protestrufen aufgenommen, die er jedoch ignorierte. Er hob eine Bank aus dem Kommandantengig, die er als Zahltisch zu benutzen gedachte, dann holte er den Lederbeutel aus der Kabine und sprang damit zurück auf das Uferstück.

»Also gut!« rief er. »Stellt euch auf und kommt einer nach dem anderen zu mir. Nach Erhalt eures Eisens unterschreibt ihr die Quittung und tretet zur Seite. Versucht nicht, euch der Reihe noch einmal von hinten anzuschließen. Beschwerden und sonstige Unstimmigkeiten haben zu warten, bis wir Lanteen erreichen. Wer ist der erste? Ihr, Viliweg?«

»Ja. Da ich die Unterschriften überwachen muß, dürfte es wohl am günstigsten sein, wenn Ihr mich als ersten ausbezahlt. Ihr schuldet mir Honorar für genau zwei Monate, vier Tage, elf Stunden und sechzehn Minuten.«

»Was!« schrie Zamp. »Wollt Ihr mich übers Ohr hauen? Habt Ihr den Vorschuß von dreiunddreißig Hellern vergessen, den ich Euch in Lanteen gab?«

»Dreizehn Heller!« brüllte Viliweg zurück. »Ich ersuchte Euch um fünfzig, aber Ihr behauptetet, Ihr könntet mir nur dreizehn aus Eurer Wechselgeldkasse geben.«

»Das stimmt nicht! Außerdem schuldet Ihr mir für Kleinigkeiten aus dem Magazin ungefähr elf Heller, die ich Euch abziehen muß. Auch . . .«

»Einen Moment!« rief Viliweg empört. »Ja, wirklich, ich habe mir aus dem Magazin ein Tiegelchen Haarpomade geholt, eine Decke für mein Bett und eine Schachtel getrocknete Feigen. Aber all das verlor ich durch das Feuer. Ich konnte diese Sachen weder benutzen noch genießen!«

Zamp schüttelte energisch den Kopf. »Trotzdem muß ich Euch diese Dinge anrechnen. Auch habt Ihr Euch bei der Zeitspanne, für die ich Euch Honorar schulde, um drei Wochen und vier Tage verrechnet. Ich schulde Euch nach meiner Aufstellung, aufgerundet noch dazu, die Summe von siebenundsechzig Hellern. Habt die Güte, sie zu quittieren.«

Viliweg hob erzürnt die Hände und ballte sie zu Fäusten.

Zamp, der das etwas übertriebene Temperament der Künstler kannte, achtete überhaupt nicht mehr auf ihn. Er öffnete ungerührt den Lederbeutel und leerte seinen Inhalt auf die Bank. Heraus fielen — sechs schwere Steine!

Zamp blinzelte und starrte ungläubig darauf. Dann straffte er die Schultern und blickte die Reihe der auf ihr Geld Wartenden entlang. Ziemlich dem Ende zu stand Chaunt, der Steward.

»Chaunt!« rief Zamp. »Bemühe dich hierher!«

Chaunt kam auf ihn zu. »Ja, Herr. Ist etwas nicht in Ordnung?«

»Als ich dir diesen Beutel übergab, enthielt er fünf Pfund gutes Eisen. Nun sehe ich nur Steine vor mir. Wie erklärst du dir das?«

Chaunt sah ihn sichtlich verwirrt an. »Ich habe absolut keine Erklärung! Ich gab den Beutel an den Jongleur Barnwick weiter und bat ihn, ihn unter dem Bug zu verstauen . . .«

»Ich habe den Beutel nie in der Hand gehabt!« protestierte Barnwick scharf. »Du täuschst dich!«

»Nun, entweder warst du es oder jemand, der dir ähnlich sieht«, erwiderte Chaunt. »In der Dunkelheit und dem Durcheinander kann ich mich natürlich leicht getäuscht haben.«

»Chaunt, bring deine Reisetasche herbei. Ich will sie mir von innen ansehen«, befahl Zamp.

Chaunt verzog finster das Gesicht. »Ich weigere mich aus zwei Gründen. Erstens bin ich ein Ehrenmann, und es gefällt mir nicht, daß meine Redlichkeit in Frage gestellt wird. Zweitens enthält die Tasche die Ersparnisse meines Lebens, die ein Unvernünftiger möglicherweise als das verschwundene Eisen identifizieren könnte.«

Zamp überlegte einen Augenblick lang. Allein der Gedanke war absurd, daß dieser Bursche Chaunt, der dafür bekannt war, seinen Lohn so schnell auszugeben, wie er ihn bekommen hatte, überhaupt wußte, was Sparen war. Wenn er, Zamp, jedoch andererseits hier und jetzt versuchte, sein Eisen zurückzubekommen, mußte er es sofort ausbezahlen und würde auch keinen einzigen Heller zurückbehalten können. Er würde warten, bis sie in Lanteen ankamen, ehe er sich Chaunt vorknöpfte. Also sprach er zu seiner ehemaligen Mannschaft und dem bisherigen Ensemble:

»Jemand bemächtigte sich unrechtmäßiger Weise meines Eisens, so daß ich gegenwärtig völlig mittellos dastehe. Aus diesem Grund ist es mir unmöglich, euren Forderungen nachzukommen. Ich schlage vor, daß wir — statt sinnlos unser Pech zu beklagen — unsere Möglichkeiten, sowohl was Talente als auch Geld anbelangt, zusammentun, um gemeinsam erneut anzufangen. Und nun sollten wir uns möglichst schnell weiter auf den Weg nach Lanteen machen, ehe die Whanter uns hier entdekken.«

»Nicht so hastig«, rief Chaunt. »Gewiß, ich habe meine unbedeutenden Ersparnisse, aber ich bestehe trotzdem auf meinem Lohn. Gestattet, daß ich frage, was Eure Rocktaschen so ausbeult?«

»Ein paar persönliche Dinge«, brummte Zamp.

»Juwelen und Eisen aus Eurer Schatulle?«

»Das muß aufgeteilt werden!« forderte Viliweg. »Gebt alles jemand Vertrauenswürdigem wie Bonko oder mir zur Verwahrung, bis wir es in Lanteen verkaufen und den Erlös verteilen können.«

»Kommt überhaupt nicht in Frage.« Zamp machte einen Schritt zurück und schob die Finger in den Gürtel, jederzeit bereit, die Pfeilschleuder herauszureißen. »Meine Pretiosen gehören mir allein. Und jetzt in die Boote!«

Ohne große Begeisterung nahmen Mannschaft und Ensemble ihre Plätze wieder ein, mit Ausnahme von Chaunt.

»Was ist, willst du nicht einsteigen?« fragte ihn Zamp.

»Nein, besser nicht«, erwiderte der Steward. »Die Bewegung des kleinen Bootes macht mich seekrank. Ich werde den Uferweg nach Lanteen nehmen. Es ist ja nicht mehr weit.«

»Ich bleibe und leiste Chaunt Gesellschaft«, erklärte Bonko, und sprang an Land.

»Wie ihr wollt«, rief Zamp und ließ die Boote ablegen.

»Ich habe es mir überlegt«, rief Chaunt plötzlich mit sichtlichem Schrecken. »Ich fahre doch lieber im Boot mit.«

Jemand schrie: »Die Whanter kommen! Sie reiten am Ufer herbei!«

»An die Ruder!« brüllte Zamp. »Paddelt um euer Leben! Setzt die Segel!«

Ein Trupp Whanter, tief über die schwarzen Pferde gebeugt und mit flatternden Umhängen, brauste mit donnernden Hufen das Ufer entlang. Bonko und Chaunt rannten, was sie konnten, aber die Whanter holten sie ein und machten sie nieder. Dann legten sie ihre Pfeile an die kurzen Bogen, aber inzwischen hatten die Boote glücklicherweise bereits die Flußmitte erreicht und waren zu weit entfernt für einen wirkungsvollen Treffer.

Eine Stunde lang ritten die Whanter am Ufer neben den Booten her, doch als sie schließlich einsahen, daß sie damit doch nichts erreichten, gaben sie es auf und kehrten den Weg zurück, den sie gekommen waren.

Die Strömung und guter Wind verhalfen den Booten zu schneller Fahrt. Mit der Abenddämmerung erreichten sie Lanteen.

Alle Showboote hatten die Stadt bereits verlassen, nur *Fironzelles Goldene Vorstellung* lag noch am Kai. Unzählige bunte Lichter brannten bereits. Garth Ashgale spielte heute vor einem ungewöhnlich großen Publikum. Groll, so bitter wie Galle, stieg in Zamp hoch. Mit zusammengebissenen Zähnen kauerte er auf seinem Platz im Gig. Es hatte keinen Sinn, jetzt zu wüten und zu fluchen, aber eines Tages würde es anders aussehen!

Nachdem sie die Boote vertäut hatten, kletterten sie auf den Pier. Wie ein Häufchen Elend blieben sie stehen und blickten hilfesuchend auf Zamp.

»Ich fürchte, wir müssen nun alle unsere eigenen Wege gehen«, sagte er mit düsterer Stimme. »Ich bin ruiniert. Ich kann euch weder gute Ratschläge geben noch euch Mut machen. Mein einziger Vorschlag ist: seht zu, daß ihr irgendwie gut nach Coble gelangt — und vielleicht fahren wir alle einmal gemeinsam wieder mit neuem Erfolg den Vissel auf und ab. Das Ensemble ist hiermit aufgelöst.«

»Wohin geht Ihr?«

Zamp drehte sich um. Demoiselle Blanche-Aster blickte ihm entgegen. Zamp seufzte voll Melancholie. War es möglich, daß sein Unglück einen Funken von Sympathie in ihrem kühlen Herzen entzündet hatte? Wenn es so war, hätte er jetzt gar nichts dagegen, ein wenig getröstet zu werden. Er nahm ihr ihr Bündel ab.

»Wohin beabsichtigt Ihr zu gehen?« fragte sie erneut.

Zamp überlegt. »*Der Grüne Stern* am Ende der Promenade ist zwar nicht sehr vornehm, aber dafür billig. Für mich also das Richtige.«

»Dann auch für mich«, entschied sie.

In dieser düstersten Stunde seines Lebens empfand Zamp plötzlich einen Hauch von Freude und Hoffnung. Bedächtig erklärte er: »Es gelang mir, ein paar Pretiosen zu retten. Ihr Erlös dürfte genügen, uns bequem nach Coble zu bringen. Ich bin sehr gern bereit, mit Euch zu teilen.«

»Ich habe ausreichende Mittel für meine Bedürfnisse.«

Zamp hob die Schultern und blies die Wangen ein wenig auf. Es war wahrhaftig nicht leicht mit ihr.

Nebeneinander schritten sie die Promenade entlang. Als sie an *Dem Fröhlichen Glasbläser* vorbeikamen, schlug ihnen der betörende Duft brutzelnden Fleisches entgegen. Aber leider waren die Preise in diesem Gasthaus nicht gerade niedrig. Im *Grünen Stern* konnten sie für ein Zehntel dessen, was sie hier für ein einfaches Mahl bezahlen müßten, einen großen Teller Gulasch, ein Stück Brot und einen Krug Sumpfwurzelbier bekommen.

Wo die Promenade endete, führte ein Steg auf schiefen Stelzenpfosten über den Ebbestrand[1] zum *Grünen Stern*, ein etwas windschiefes Bauwerk aus alten Planken, Treibholz und Abfallglas aus den Glasbläsereien. Auf der Veranda saßen vier Männer, die Füße bequem über das Geländer gestreckt, bei Bier und lautem Gespräch. Sie verstummten jedoch, als Zamp und Demoiselle Blanche-Aster über die Veranda das Gasthaus betraten. Sie blickten ihnen nach und flüsterten miteinander.

Die Schankstube war ein verhältnismäßig großer Raum mit schiefer Decke, die von nicht weniger krummen Balken gestützt wurde. Lampen in Form von grünen Sternen warfen ein gespenstisches Licht auf die Tische, an denen einfaches Volk saß, das hier Abendunterhaltung suchte. Vielleicht fand es sie zum Teil in der etwas sentimentalen Musik, die eine reichlich schlampige Frau einer Ziehharmonika entlockte.

Zamp trat an die Theke und winkte dem Wirt. »Wir benötigen Unterkunft für zumindest eine Nacht, dazu ein kräftiges Mahl, das ich möglichst schnell aufzutragen ersuche.«

»Sehr gut, mein Herr. Unser bestes Zimmer ist glücklicherweise heute frei. Seid Ihr nicht vielleicht gar Meister Apollon Zamp von dem berühmten Showboot?«

»Ja, ich bin Zamp.«

Der Wirt trat respektvoll hinter der Theke hervor. »Hier entlang, mein Herr, meine Dame. Euer Zimmer hat eine herrliche Sicht über den Fluß.«

Das Zimmer schien wirklich recht komfortabel. Sein Boden war mit Schilfmatten bedeckt, die Matratze mit flauschigem Flitterkraut gefüllt, und auf dem Tisch stand ein Krug mit Wasser.

---

1. Es handelt sich hier um Sonnengezeiten. Der Großplanet hat keinen Mond.

Eine anschließende Toilette hing windschief über dem Ebbestrand.

Zamp legte Demoiselle Blanche-Asters Bündel auf die Matratze, dabei öffnete es sich, und all die Dinge, die sie entschieden hatte mitzunehmen, fielen heraus, darunter eine offensichtlich sehr kostbare, kunstvoll bestickte blaue Jacke, die Zamp noch nicht an ihr gesehen hatte.

Der Wirt fragte: »Findet das Zimmer Eure Zufriedenheit, mein Herr?«

»Durchaus, durchaus«, versicherte ihm Zamp. »Wir sind in etwa fünf Minuten in der Gaststube und erwarten unser Mahl.«

Der Wirt verließ sie. Zamp drehte sich um, als spürte er Demoiselle Blanche-Asters eisigen Blick auf sich. »Ihr wollt doch nicht etwa vorschlagen, daß wir uns diesen Raum teilen?« Ihre Stimme klang noch frostiger.

Zamp musterte das Zimmer. »Es sieht doch recht sauber und auch bequem aus. Weshalb also nicht?«

Nun klirrte Demoiselle Blanche-Asters Stimme wie zerspringendes Glas. »Ich lege keinen Wert darauf, irgendeine Art von Raum mit Euch zu teilen!«

Zamps Gemütsverfassung war nach allem, was er hatte mitmachen müssen, nicht die stabilste. Er schleuderte seinen Hut auf den Boden, hob Demoiselle Blanche-Asters Bündel auf und drückte es ihr in die Arme. »Sucht Euch selbst ein Zimmer«, knurrte er. »Mir hängt Euer Hochmut allmählich zum Hals heraus. Geht Euren Weg und belästigt mich nicht länger.«

Demoiselle Blanche-Aster marschierte zur Tür, öffnete sie, doch dann zögerte sie. Sie senkte den Kopf, da sah Zamp Tränen in ihren Augen. Sein Zorn war gewöhnlich sehr kurzlebig, aber im Augenblick entschied er sich für ein unfreundliches Schweigen. Schließlich wollte er nicht ständig nach ihrer Pfeife tanzen.

Demoiselle Blanche-Aster kehrte ins Zimmer zurück und legte ihr Bündel auf den Boden. Sie sah so hilflos und jung und bis zur Erschöpfung müde aus. Zamp kam auf sie zu, hob das Bündel auf, legte es auf einen Stuhl und riß sie in die Arme. Trotz ihres sichtlichen Entsetzens drückte er seine Lippen auf die ihren und küßte sie heftig. Sie war erstarrt und wehrte sich nicht. Genausogut hätte Zamp auch eine Puppe küssen können. Frustriert ließ er sie los.

Demoiselle Blanche-Aster wischte sich den Mund ab und fand endlich Worte. »Apollon Zamp«, sagte sie. »Es ist wahr, ich will

Euch nach Mornune begleiten. Aber ich hatte wahrhaftig gehofft, daß Ihr Eure Lüste zügeln oder sie zumindest an jemand anderem, nicht an mir, austoben würdet. Ich stehe vor einem Dilemma. Ich möchte weder meine Absicht noch was Ihr meinen Hochmut nennt aufgeben.«

Zamp warf die Arme hoch und schritt mit langen, federnden Schritten im Zimmer hin und her. »Euer Verhalten macht mich verrückt! Bin ich denn so abstoßend? Fließt Blut oder Essig in Euren Adern? Haltet Ihr das Leben für so lang, daß wir es uns leisten können, das Glück aufzuschieben?« Er kam wieder auf sie zu und legte die Arme um ihre Taille. »Spürt Ihr denn nicht, wie Euer Herz schneller schlägt, wie eine wohlige Wärme Euch durchströmt und eine angenehme Schwäche Eure Glieder erfaßt?«

»Ich empfinde nur Hunger und Erschöpfung.«

Zamp ließ verärgert die Arme fallen. »Niemand kann behaupten, daß Apollon Zamp je eine Frau gegen ihren Willen nahm. Trotzdem denke ich gar nicht daran, dieses Zimmer zu räumen. Teilt es mit mir, oder sucht Euch ein anderes. Die Wahl liegt bei Euch.«

»Ihr dürft das Bett nehmen, ich werde auf dem Boden schlafen.«

»Wie Ihr wollt. Aber laßt uns jetzt die Hände waschen und dann unser Essen einnehmen.« Als sie in die Gaststube zurückkehrten, stellten sie fest, daß die meisten des alten Ensembles ebenfalls im *Grünen Stern* eingekehrt waren und nun wegen Unterkunft und Abendmahl mit dem Wirt verhandelten.

Das Essen für Zamp und Demoiselle Blanche-Aster stand schon bereit: Schalen mit dicker Suppe, eine Platte mit gebratenen Lerchen, ein Ragout aus Muscheln, Fisch und Gemüsen, und dazu ein Laib Pollenbrot — ein noch reichlicheres Mahl, als Zamp erwartet hatte, dem sowohl er als auch Demoiselle Blanche-Aster eifrig zusprachen. Während des Essens gab Zamp seiner Verwirrung und Enttäuschung Demoiselle Blanche-Aster gegenüber Ausdruck. »Ich bin kein Mann, der sich von Gefühlen den Verstand rauben läßt. Ich muß jedoch gestehen, daß Euer Benehmen mich etwas von meiner kühlen Umsicht ablenkt . . .«

Eine breitschultrige Gestalt beugte sich über den Tisch. Es war Ulfimer, einer der Clowns. »Ihr, der Ihr behauptet, mittellos zu sein und deshalb mein Honorar nicht bezahlen konntet, sitzt nun hier und verspeist Lerchen, während ich meine Stiefel verkaufen mußte, um mir wenigstens einen Teller Haferschleim leisten zu können! Es dürfte Euch nicht schwerfallen, meinen Grimm zu verstehen!«

»Wie ungerecht!« rief Zamp erbost. »Du neidest mir ein Mahl — mir, der ich mein Schiff, mein Eisen und alles verlor! Was hast du denn schon zu beklagen? Lediglich das Honorar, das du dir verdienst, indem du den Zuschauern gräßliche Grimassen schneidest!«

»Mindert meine Verdienste nicht!« brummte Ulfimer erzürnt. »Was auch immer, Ihr sitzt hier mit Butter um Euer Kinn, während mein Magen vor Hunger knurrt und meine Gedärme sich nach Eßbarem winden.«

»Die Zeit wird alles in Ordnung bringen«, versicherte ihm Zamp. Ulfimer schlurfte von hinnen, und Zamp wandte seine Aufmerksamkeit wieder Demoiselle Blanche-Aster zu. »Mir deucht, Ihr mißversteht die Art meiner Leidenschaft. Ich denke nicht an eine gewöhnliche kleine Liebesaffäre, sondern . . .«

Wieder wurde er unterbrochen, diesmal von der Mimin Lael-Rosza, die einen bösen Blick auf Demoiselle Blanche-Aster warf, als sie sprach. »Apollon Zamp, ich kann meine Verbitterung nicht länger zurückhalten. Ihr habt nach und nach jede von uns Schauspielerinnen ins Bett geholt, und was haben wir davon? Nichts! Hier sitzt Ihr nun mit Eurer neuesten Eroberung, während ich und Krissa und Demel und Septine auf den Strich gehen müssen, um nicht zu verhungern.«

Zamp bemühte sich um eine ruhige Stimme. »Deine Worte werfen kein gutes Licht auf dich. Ich werde sicher in absehbarer Zeit ein neues Schiff mein eigen nennen, und beabsichtige sodann, alle treuen Mitglieder des alten Ensembles wieder aufzunehmen.«

Lael-Rosza hatte sich inzwischen, ohne auf ihn zu achten, mit verächtlicher Miene umgewandt und stolzierte davon.

Zamp seufzte tief. »Im Augenblick hat das Glück mich verlassen, aber es wird gewiß wiederkehren.« Er blickte Demoiselle Blanche-Aster an. »Gerade jetzt brauche ich Euer Verständnis und Eure Zuneigung besonders. Glaubt mir, ich werde es Euch nicht vergessen, wenn die Sonne wieder für mich scheint. Wäre es inzwischen, heute nacht, beispielsweise, zuviel verlangt . . .«

Wieder näherte sich jemand ihrem Tisch und beugte sich zwischen sie. Zamp blickte hoch. Es war Garth Ashgale.

»Ah, hallo, Zamp. Ich habe von Eurem Pech erfahren. Mein Beileid! Wir alle fühlen mit Euch!«

»Ich bin betrübt, doch nicht entmutigt«, erklärte Zamp. »Ich werde noch einmal von vorn anfangen. Die Zeit wird kommen, da ich meine Freunde belohnen und meine Feinde bestrafen kann. In gewisser Weise hat jener gemeine Mensch, der mein Unglück plante, mir einen Dienst erwiesen. Doch trotzdem wird er keine Gnade bei mir finden.«

»Ha, ha, Zamp! Wunderbar! Ich bin erfreut, daß die bedauerlichen Ereignisse Euch nicht gebrochen haben.« Mit sichtlicher Neugier blickte er auf Demoiselle Blanche-Aster hinab, aber Zamp dachte gar nicht daran, sie miteinander bekannt zu machen. Scheinbar besorgt erkundigte sich Ashgale nun: »Wie sieht es jetzt mit dem Wettbewerb in Mornune aus?«

Zamp brummte: »Was mich betrifft, mag König Waldemar zu seiner Unterhaltung seine Zehen zählen.«

Demoiselle Blanche-Aster hob die Brauen. Als Zamp ihren Blick bemerkte, fügte er hinzu: »Bis jetzt ist jedenfalls noch nichts entschieden. Vielleicht mache ich die Reise doch noch.«

»In den Beibooten, die Euch nach Lanteen gebracht haben?«

»In Coble wird alles geklärt werden.«

Ashgale konnte seine Neugier nicht länger zügeln. »Und diese reizende junge Dame? Was wird aus ihr?«

»Sie gehört zu meinem Ensemble.«

»Tatsächlich?« Ashgale wandte sich nun direkt an Demoiselle Blanche-Aster. »Darf ich mich nach Eurem Fach erkundigen?«

Demoiselle Blanche-Aster machte eine abweisende Geste. »Ich bin sehr vielseitig. Ich singe in zwei Stimmlagen. Ich ringe mit bärtigen Athleten. Ich dressiere Ols und bringe ihnen bei, Mazurka zu tanzen.«

»Beachtlich!« rief Ashgale. »Hättet Ihr nicht Lust, Eure Künste auf meinem Schiff auszuüben, nun da Zamp keines mehr besitzt?«

»Ich beabsichtige nicht, mich zu verändern.«

Ashgale lächelte höflich, dann blickte er quer durch die Gaststube zu den Tischen, an denen Zamps alte Truppe über ihrem Haferschleim saß. Ashgale rief den Wirt herbei.

»Bringt diesen großartigen Künstlern auf meine Rechnung das Mahl, das sie verdienen. Habt Ihr noch mehr dieser köstlichen Lerchen? Schafft sie herbei, dazu große Schüsseln voll Gulasch und zwei Dutzend Käsepasteten.«

»Bravo!« rief Viliweg. »Meister Ashgale ist ein wahrer Gönner.«

»Meine Großzügigkeit ist nicht ganz ohne Eigennutz«, erklärte Ashgale. »Ich habe beschlossen, in mein Repertoire auch ein paar leichtere Programmpunkte aufzunehmen. Deshalb bin ich bereit, gute Künstler, die gegenwärtig ohne Engagement sind, dafür in Betracht zu ziehen.«

»Ein Hurra für Meister Ashgale!« rief Alpo, der Akrobat.

Ashgale verbeugte sich und winkte erneut dem Wirt. »Kredenzt meinen Freunden eine Flasche Wein mittlerer Qualität.« Wieder erklangen Begeisterungsrufe. Ashgale hob Schweigen heischend die Hand. »Ich möchte euch bei eurem Mahl nicht stören. Laßt es euch gut schmecken und ruht euch aus, dann kommt morgen zu einer Besprechung zu mir auf *Fironzelles Goldene Vorstellung.*« Er drückte dem Wirt klingelnde Eisenmünzen in die Hand, verbeugte sich tief vor Demoiselle Blanche-Aster, und verließ die Gaststube.

Sofort sprang Zamp auf und stellte sich an den Tisch seines ehemaligen Ensembles. »Fallt nicht auf Ashgale herein«, warnte er. »Seine Angebote taugen nichts.«

Viliweg lachte spöttisch. »Habt Ihr bessere?«

»Die Frage war unnötig«, tadelte Zamp. »Laßt euch jedoch folgendes sagen: wenn die neue *Miraldras Zauber* den Fluß hochfährt, mag es euch leicht leid tun, daß ihr Zamp verlassen habt, um einer doppelzüngigen Schlange zu folgen.«

»Darob werden wir uns Sorgen machen, wenn es je nötig sein sollte«, erwiderte Alpo, der Akrobat grinsend, und löste ein lautes Gelächter bei seinen Kollegen und Kolleginnen aus. Viliweg, in seiner Begeisterung, schenkte der fetten Frau im Gewand aus schwarzen Glasperlen ein Eisenstück, woraufhin sie ihre Ziehorgel noch lauter spielte.

Zamp kehrte an seinen Tisch zurück und beugte sich zu Demoiselle Blanche-Aster vor. »Es ist unmöglich, hier unter diesem Pöbel eine Unterhaltung zu führen. Hättet Ihr Lust, mir auf der Veranda Gesellschaft zu leisten, oder zieht Ihr einen kleinen Spaziergang entlang der Promenade vor?«

Demoiselle Blanche-Aster erwiderte mit einer Stimme, die keine große Freude verriet: »Ich lege keinen Wert auf eine Unterhaltung. Aber bei diesem Krach zu schlafen, dürfte unmöglich sein.«

Zamp erhob sich und half Demoiselle Blanche-Aster mit einem Elan vom Stuhl, der seine Erschöpfung Lügen strafte. »Wir werden uns auf die Veranda setzen.«

Der Wirt zupfte ihn am Ellbogen. »Ich habe hier Eure Rechnung, Meister Zamp.«

Zamp starrte ihn verblüfft an. »Meine Rechnung? Ich werde alles zusammen bezahlen, wenn wir morgen das Haus verlassen.«

»Es unterlief mir ein bedauerlicher Irrtum. Viliweg hatte das Zimmer bereits bestellt gehabt, das ich versehentlich Euch zuwies.«

Zamp legte die Hand um den Degengriff.

»Ihr habt die Wahl zwischen drei Möglichkeiten«, sagte er drohend. »Ihr könnt Viliweg den doppelten Betrag für das Zimmer, den er Euch gerade in die Hand drückte, zurückgeben. Oder mir auf Eure Kosten das beste Gemach im *Fröhlichen Glasbläser* besorgen. Oder Ihr könnt Euch an Eurem roten Blut erfreuen, das gleich auf diesen Boden fließen wird.«

Der Wirt zog sich erschrocken einen Schritt zurück. »Eure Anschuldigung ist beleidigend! Ich nehme Drohungen nicht ungestraft hin, laßt Euch das gesagt sein! Doch nun, da ich genauer darüber nachdenke, wird mir bewußt, daß ich für Viliweg nicht das Zimmer *Flußblick* reserviert hatte, das ich Euch überließ, sondern einen Teil des Schlafsaals *Angenehme Ruhe,* dessen Fenster auf den Ebbestrand hinaussehen. Also besteht gar kein Grund zur Aufregung.«

»Sehr gut«, brummte Zamp. »Ich hoffe, es gibt keine weiteren Irrtümer.«

Als sie zur Tür schritten, rempelte Viliweg, der Bühnenzauberer, Zamp auf seinem Weg zur Bar an. Viliweg sagte mit scharfer Stimme: »Paßt doch auf, wo Ihr hintretet, Ihr seid mir schmerzhaft auf den Fuß gestiegen.«

»Haltet Euer loses Mundwerk«, knurrte Zamp mehr niedergeschlagen als verärgert. »Ihr kümmert mich im Augenblick am wenigsten.«

Viliweg warf ihm einen Blick von oben herab zu, ehe er sich abwandte. Zamp und Demoiselle Blanche-Aster gingen hinaus auf die Veranda. Sie setzten sich so weit entfernt wie nur möglich von der Gruppe Glasbläser, die immer noch ihr Bier und die kühle Abendluft genossen. Vor ihnen strömte der breite Fluß Lant seiner Vereinigung mit dem Vissel entgegen. Auf dem gegenüberliegenden Ufer flackerten ein paar gelbe Lampen. An Bord von *Fironzelles Goldene Vorstellung* brannten nur noch das

Topp- und das Diebeslicht. Aber die Beleuchtung der Verkaufsstände und Gasthäuser entlang der Promenade war sehr eindrucksvoll. Die Wände, die Unterhaltung und das Gelächter auf der Veranda dämpften die schrille Musik der Zieharmonika zu einem nicht unangenehmen Hintergrundgeräusch. Zamp fragte: »Möchtet Ihr einen Magenbitter oder ein Glas Dulcinato?«

Als sie schwieg, winkte er dem Schankburschen, der soeben eine neue Runde Bier auf dem Tisch der Glasbläser abgestellt hatte. »Bring uns zwei Kelche Ysanders Qualitätsmagenbitter, kühl, aber nicht auf Eis.«

Der Schankbursche schüttelte den Kopf. »Wir haben nur ein Faß *Blauer Ruin* und ein anderes mit *Meuterersrum*. Was zieht Ihr vor?«

»Dann bring uns lieber eine Flasche guten Weines«, bat Zamp. Er lehnte sich auf seinem Stuhl zurück. »Und nun noch einmal zu unserem Gespräch . . .«

»Ich würde es vorziehen, in aller Ruhe hierzusitzen.«

Zamp umklammerte die Stuhllehnen. »Aber es gibt doch soviel, über das man reden sollte. Ich weiß beispielsweise absolut nichts über Euch, außer daß Ihr sowohl bezaubernd als auch stolz seid.«

»Ich lege keinen Wert darauf, über mich zu sprechen.«

»Verratet mir eines«, bat Zamp hartnäckig. »Seid Ihr versprochen, verehelicht, oder auch nur einem fernen Liebhaber treu? Ist das der Grund für Eure Zurückhaltung?«

»Nichts davon.«

»Dann findet Ihr mich wohl abstoßend?«

Demoiselle Blanche-Aster richtete ihren Blick auf Zamp. »Wenn wir uns schon unbedingt unterhalten müssen, dann doch bitte über etwas Sinnvolles. Erstens einmal, wie stellt Ihr Euch vor, zu einem neuen Schiff zu kommen?«

»Wenn wir Coble erreicht haben, werden wir weitersehen.«

»Wie lange kann es dauern, ein Schiff für eine Reise den Vissel hoch auszustatten?«

Zamp zuckte die Achseln. »Das hängt von einem Dutzend verschiedener Umstände ab. Wenn ich meine fünf Pfund Eisen noch hätte, müßten sieben bis zehn Tage genügen. Ich würde jedoch sehr gern wissen, weshalb Ihr so darauf erpicht seid, nach Mornune zu gelangen.«

»Das ist kein Geheimnis. Wer Waldemars Wettbewerb gewinnt, erhält einen Palast und großen Reichtum. Ich begehre einen solchen Mann zum Gatten, um das Leben einer Edelfrau führen zu können.«

Zamp schüttelte verwundert den Kopf und schenkte von dem Wein ein, den der Schankbursche inzwischen gebracht hatte. »Ihr habt Euren Lebensweg mit großer Genauigkeit geplant.«

»Weshalb sollte ich das nicht? Habe ich denn mehr als ein Leben?«

»Ich habe hierüber keine festgelegte Meinung«, erwiderte Zamp. »Viele zermarterten sich deshalb bereits den Kopf, aber die Frage ist immer noch ungeklärt. Ich möchte es jedoch nicht unerwähnt lassen, daß Menschen mit einer zu starren Planung ihres Lebens häufig die faszinierenden Kurven und kleinen Nebenwege einer viel malerischeren Route entbehren müssen, die letztendlich doch zum gleichen Ziel führt.«

»Wann können wir Coble erreichen?«

»Das eine oder andere Schiff wird wohl schon in Bälde Lanteen verlassen, um flußabwärts zu fahren. Auf dem günstigsten werden wir eine Passage buchen.«

»Wie sieht es mit der Bezahlung dafür aus? Habt Ihr ausreichende Mittel?«

»Gewiß. Ich rettete meine Juwelen, die von nicht unbedeutendem Wert sind.« Zamp griff in seine Tasche und — stellte fest, daß sie leer war. Er richtete sich jäh auf. »Man hat mich bestohlen! Wie konnte es nur geschehen?« Ruckartig blickte er zur Tür. »Als Viliweg mich anrempelte, fuchtelte er unnötig mit den Händen herum. Und nun sind meine Pretiosen verschwunden!«

»Was ist mit der Silbertafel?«

Zamp tastete nach einer Innentasche. »Sie ist in Sicherheit.«

»Laßt sie mich sehen.«

Zamp holte die glänzende Tafel heraus. Demoiselle Blanche-Aster betrachtete sie und seufzte erleichtert. »Es ist noch dieselbe.«

Zamp ließ sich die Tafel zurückgeben und verstaute sie wieder in seiner Innentasche. »Sie ist auch meine letzte Rettung. Ich muß sie verwenden, um für unsere Unterkunft und Verpflegung hier aufzukommen.«

Demoiselle Blanche-Aster schüttelte den Kopf. »Ich werde den Wirt bezahlen. Ich werde auch die Mittel für die Passage nach Coble zur Verfügung stellen.«

Zamp blickte sie überrascht an. »Ich hatte keine Ahnung, daß Ihr über soviel Eisen verfügt.«

Demoiselle Blanche-Aster ignorierte diese Bemerkung. »Wir können die Angelegenheiten nun auf geschäftsmäßige Weise regeln. Ich bin in der Lage, unsere Fahrt nach Coble zu beschleunigen, aber ich bestehe darauf, daß Ihr mich von Euren erotischen Überlegungen ausschließt.«

»Pah!« brummte Zamp. »Was ist, wenn ich die Tafel in den Fluß werfe?«

»Ich könnte Euch nicht daran hindern.«

»Ihr könntet versuchen, mich davon abzuhalten.«

Demoiselle Blanche-Aster schwieg. Zamp holte die Silbertafel wieder heraus. Er betrachtete sie nachdenklich. Demoiselle Blanche-Aster erhob sich. Sie ging in die Gaststube und von dort aus vermutlich in ihr Bett im *Flußblick.*

Zamp knirschte mit den Zähnen und blickte zum Himmel hoch. Er schob die Tafel in seine Tasche zurück und blieb allein in der Dunkelheit sitzen.

Aus der Schenkstube drangen die Laute fröhlicher Unterhaltung in wechselnder Stärke heraus. Viliweg torkelte aus der Tür und lehnte sich an das Verandageländer. Zamp schlich sich von hinten an, packte den Bühnenzauberer an den Beinen und warf ihn hinunter in den Schlamm des Ebbestrands.

Mißmutig begab er sich schließlich ebenfalls in den *Flußblick.* Eine Lampe brannte gedämpft auf dem Tisch. Demoiselle Blanche-Aster lag auf dem Boden in einer Ecke. Ihr Kopf mit dem seidigen Blondhaar ruhte auf ihrer gestickten Jacke, und sie hatte sich mit ihrem Umhang zugedeckt.

Zamp spürte, daß sie noch wach war. Mürrisch brummte er: »Ihr könnt ruhig die Matratze mit mir teilen, ohne Euch Seelenqualen über die Heiligkeit Eures unberührbaren Leibes hingeben zu müssen, der schließlich im Grund genommen auch nur wie andere Frauenkörper ist. Im Augenblick reizt er mich nicht mehr als dieser Tisch hier.«

7

Coble, das an der Mündung des Visselhauptarms in die Überraschungsbucht lag, war eine Stadt mit hohen, spitzgiebeligen Häusern aus Holz und schwarzen Ziegeln, durchzogen von Hunderten Kanälen, überdacht von Kronen Tausender majestätischer

Titanenbäume, gegen deren Stämme sich unzählige Palmen und fiederlaubige Weiden schmiegten. Das Geschäftsviertel lag um einen nicht zu großen quadratischen Platz, den windschiefe und vom Alter gekrümmte Häuser mit verfärbten Fenstern umgaben. Etwa hundert Meter östlich davon floß der Vissel durch die Stadt, und hier am Bynumskai hatte die *Kosmische Panoptikum* angelegt. Dieses Schiff war ein fahrendes Museum, das Throdorus Gassoon gehörte. Die *Kosmische Panoptikum* konnte gewiß nicht als ein schönes Schiff bezeichnet werden. Sie war schmal und lang, hatte ein Heckschaufelrad, das von achtzehn Ochsen an drei Gangspillen zusätzlich zu den Segeln angetrieben wurde, die Gassoon nur unter optimalen Bedingungen setzen ließ.

Gassoon war so schmal und hager und unelegant wie sein Schiff. Sein Gesicht war lang und bleich, seine kleinen, fast farblosen Augen standen eng neben der an ein Pferd erinnernden Nase. Sein schütteres Haar war ein Wirrwarr von weißen Strähnen. Gewöhnlich trug er einen engen, biederen Anzug aus schwarzem Köper, dazu schwarze Strümpfe und schwarze Schuhe, was alles seine bleiche Haut und das weiße Haar noch unvorteilhafter hervorhob. Seine Arme und Beine waren schlaksig, seine Schritte weit und federnd, und er hatte die Angewohnheit, ab und zu plötzlich stehenzubleiben und sein langes Gesicht wie ein wieherndes Pferd hochzuwerfen.

Gassoon hatte wenige Freunde. Er widmete seine ganze Zeit, Liebe und Sorge seinen Kuriositäten, Relikten und allem, was mit seiner Sammlung zusammenhing. Besucher von überallher staunten über die Kostbarkeiten, die die *Kosmische Panoptikum* zur Schau stellte. Nirgendwo sonst und nie zuvor hatten sie Gleichartiges gesehen. Seine Glaskästen bargen eine Vielfalt an allem möglichen: Kostüme aus fernen Gegenden des Großplaneten; Waffen und Musikinstrumente; Modelle von Raumschiffen und Flugzeugen; Dioramen wundersamer Szenerien; Karten und Globen verschiedener bewohnter Welten; Fotografien, Bücher und Gemälde von der Erde, die die ersten Kolonisten auf den Großplaneten mitgebracht hatten; eine Periodensystemtafel mit Proben jeden Elements in winzigen Glasbehältern; eine Sammlung von Mineralien und Kristallen; eine Spielzeugdampfmaschine aus Messing, die Gassoon hin und wieder zur Freude der Kinder in Betrieb setzte.

Zweimal im Jahr, in der Zeit zwischen den Monsunen, wenn die Luft sich schwer und drückend herabsenkte, brachte Gassoon die *Kosmische Panoptikum* hinaus auf den Fluß und machte eine vorsichtige Fahrt zu den Deltastädten, ja manchmal wagte er sich auch ein Stück den Vissel aufwärts bis Wigstadt, ja sogar Ratwick. Und einmal ließ er alle Vorsicht außer acht und reiste bis Badburg. Solange es nur ging, vertraute er sich seinem Heckantrieb an. Er fühlte sich nicht recht wohl, wenn er die Segel benutzen mußte, denn er mißtraute den Launen der Elemente und den nichtkontrollierbaren Himmelskräften. Wirklich glücklich fühlte er sich eigentlich nur in der Sicherheit des Bynumskais.

Leute jeder Art kamen an Bord der *Kosmischen Panoptikum*, Menschen aller Rassen und Kasten und Hautfarben. Gassoon hielt sich für einen Experten; er war sicher, daß er von jedem einzelnen auf Anhieb sagen konnte, woher er stammte. Er hatte auch ein Auge für schöne Frauen. Sein Interesse war deshalb doppelt geweckt, als eines Nachmittags eine schlanke junge Frau in grauem Umhang mit der Haltung einer Königin sein Schiff betrat, deren Abstammung, was ihre Rasse betraf, jedoch nicht sofort ersichtlich war. Gassoon gefiel ihre kühle Unnahbarkeit, ihr glänzendes Blondhaar, der feine Schnitt ihrer Züge. Gern gab er sich grandiosen Tagträumen hin, in denen er mächtige Reiche eroberte, prachtvolle Städte gründete, und den Namen Throdorus Gassoon über den ganzen Großplaneten berühmt machte. Diese junge Dame mochte geradewegs aus einem dieser Träume gestiegen sein, so klaren Blickes, so von romantischer Nachdenklichkeit schien sie ihm, so voll unbeschreiblicher Ausstrahlung.

Zweifellos war sie eine ungemein interessante junge Dame. Gassoon betrachtete heimlich ihre Züge, ihre Kleidung, ihre Haltung, als sie seine ausgestellten Kostbarkeiten bewunderte. Sie zeigte besonderes Interesse an seinen Landkarten und Globen, was wiederum Gassoon gefiel, da es bewies, daß sie kein einfaches, ungebildetes Ding war, das über allen möglichen wertlosen Tand in Ahs und Ohs ausbrach.

Trotz all seines Wissens gab Gassoon sich einer sehr menschlichen Täuschung hin. Er bildete sich ein, daß alle, mit denen er zusammenkam, ihn aus den gleichen Augen sahen, wie er sich selbst. Gassoon betrachtete seinen engen schwarzen Anzug als das Non-plus-ultra vornehmer Eleganz. Begutachtete er sein bleiches, langnasiges Gesicht mit der wirren Mähne weißen Haares im Spiegel, sah er das Antlitz des ungebeugten Prometheus, eines idealistischen Ästheten. Zwischen seinen Relikten hatte Gassoon geliebt, gelitten, den Triumph des Siegers genossen und sich der Verzweiflung des Unterlegenen hingegeben; er hatte gewaltige Reiche aufgebaut, und gesehen, wie sie zerfielen; er hatte Musik gehört, die nicht für die Ohren Sterblicher bestimmt war; er war durch die Unendlichkeit des Alls gezogen. Schon ein einziger Blick mußte einem sensiblen Geist den wundersamen Reichtum hinter der edlen Erhabenheit seiner Stirn verraten.

Deshalb näherte er sich der jungen Frau im grauen Umhang ohne jegliche Verlegenheit oder Scheu. »Ich sehe, Ihr interessiert Euch für Landkarten, meine Dame. Das gefällt mir. Karten nähren die Vorstellungskraft, sie erweitern die Seele.«

Die junge Frau musterte ihn mit offenem Interesse. Auch ihr Selbstbewußtsein sagte Gassoon zu. Da gab es kein dummes Gerede, kein geschmackloses Geständnis völliger Unwissenheit, oder auch nur höfliche Phrasen. Sie fragte lediglich: »Seid Ihr der Eigner dieses Schiffes?«

»Ja, ich bin Throdorus Gassoon. Findet Ihr meine Ausstellung nicht beachtlich?«

Die junge Frau nickte ein wenig abwesend. »Ja, Eure einzelnen Stücke sind ungemein interessant. Ich halte sie für einmalig in Lune XXIII.«

»Und auch anderswo! Habt Ihr denn noch nie von der *Kosmischen Panoptikum* gehört?«

»Nein, noch nie.«

»Ha, ha! Ihr seid zumindest ehrlich. Und wo, wenn ich fragen darf, seid Ihr zu Hause?«

Die junge Frau blickte auch jetzt sichtlich abwesend auf die Karte. »Im Augenblick halte ich mich hier in Coble auf. Fahrt Ihr mit Eurem Schiff häufig zu fernen Orten?«

»Hin und wieder. Ich habe schon Ratwick und Wigstadt an der Mündung der Murne besucht, und des öfteren mache ich eine Runde durch das Delta.«

»Ihr seid demnach, in gewisser Weise, ein Wohltäter für all die Menschen, die sonst nie Gelegenheit hätten, diese herrlichen Dinge zu sehen.«

Gassoon winkte bescheiden mit seiner großen bleichen Hand ab. »So habe ich es noch nie gesehen, obwohl es vermutlich stimmt. Ich selbst gewinne große Freude daraus, den Leuten meine Kostbarkeiten zu zeigen. Kommt doch bitte hierher. Seht Euch das Olskelett in diesem Kasten an! Und das hier ist die Trancemaske eines Kalkarschamanen! Und diese Silbermünzen stammen aus dem Mittelalter der Erde, sie waren schon antike Seltenheiten, als jemand sie hierher zum Großplaneten brachte!«

»Bemerkenswert! Von allen Showbooten ist dies zweifellos das beachtlichste!«

Gassoon hob die Brauen. »*Showboot*? Nun, weshalb nicht? Ich werde doch vor einem Wort nicht zurückschrecken.«

»Ihr haltet wohl nicht sehr viel von den anderen Showbooten?«

Gassoon rümpfte die Nase. »Sicher erfüllen sie ihren Zweck.«

»In Lanteen besuchte ich die Darbietungen von *Miraldras Zauber* und *Fironzelles Goldene Vorstellung*. Ich fand sie auf beiden Schiffen sehr gelungen und gekonnt gemacht.«

»Gewiß. Doch bemerktet Ihr auch nur eine Spur von intellektuellem Gehalt? Nein? Das dachte ich mir. Apollon Zamp ist ein Geck, Ashgale ein Wichtigtuer. Ihre Zuschauer verlassen die Schiffe nicht klüger denn zuvor. Ist es da ein Wunder, daß so viele Menschen entlang dem Vissel nicht viel besser als Barbaren sind?«

»Ihr seid offenbar der Ansicht, daß Showboote es sich zur Aufgabe machen sollten, das Volk zu belehren, es zu bilden.«

»Darüber dürfte überhaupt kein Wort verloren werden. Stellt Euch das menschliche Gehirn einmal richtig vor! Es ist zu Erstaunlichem fähig, wenn es nur gezielt benutzt wird. Ist das nicht der Fall, verkümmert es zu einem Klumpen graugelben Fettes. Aber kommt doch mit in mein Büro, dort können wir unsere Unterhaltung in aller Bequemlichkeit fortsetzen.«

»Mit Vergnügen.«

Gassoon kam gar nicht auf den Gedanken, sich für die Unordnung in seinem Büro zu entschuldigen. Überall lagen hier Papiere, Rollen, Bücher, Kisten und alles mögliche andere herum, auch auf den beiden Ledersesseln am Tisch. Von denen war noch zusätzlich zu sagen, daß sie aufgrund einer Fehlbehandlung beim Gerben trotz ihres Alters immer noch einen unangenehmen Geruch ausströmten.

Gassoon machte einen der beiden Sessel frei. »Bitte setzt Euch. Darf ich Euch eine Tasse Tee anbieten? Entschuldigt mich, ich beauftrage nur schnell meinen Diener.« Gassoon trat hinaus aus dem Büro und rief einen Niedergang hinab: »Berard? Hörst du mich? Antworte gefälligst, wenn ich dich rufe! Bereite eine Kanne Tee und servier ihn in meinem Büro! Nimm die Mischung aus der roten Dose!«

Demoiselle Blanche-Aster betrachtete gerade eine Schriftrolle, die auf dem Tisch gelegen hatte, als Gassoon zurückkehrte. Er setzte sich ihr gegenüber, nachdem er auch den zweiten Sessel abgeräumt hatte, und überkreuzte die Arme über der Brust. Er beugte sich ein wenig vor. »Oh, ich sehe, Ihr interessiert Euch auch für Botanik.«

»Ein wenig. Aber ich möchte nicht behaupten, daß ich dies hier verstehe.«

»Es ist im Dialekt von Horn XIX Nord geschrieben. Wie es seinen Weg nach Coble über drei Ozeane und zwei Kontinente fand, ist unvorstellbar. Der Verfasser beschreibt die Verträglichkeit einheimischer Pflanzen mit von der Erde eingeführten, und nennt mehrere faszinierende Beispiele. Er stellt unter anderem auch fest, daß die exotischen Organismen nach einer gewissen Zeit absoluter Überlegenheit, oder bei anderen Exemplaren schon fast völliger Vernichtung, ›Frieden mit der Welt schließen‹, wie er es bezeichnet. Im Laufe der Jahrhunderte passen sie sich schließlich immer mehr der einheimischen Flora an. In seinem Schlußwort fragt er, ob das nicht auch bei den Menschen so ist, und zählt eine Reihe von Völkern auf, wie die Sporne vom Todestal, die Rhuter Langhälse, die padraischen Bergfinsterlinge, bei denen der Anpassungsprozeß bereits beachtlich fortgeschritten ist.«

»Ich habe noch nie von all diesen Orten oder diesen Menschen gehört«, gestand Demoiselle Blanche-Aster.

»Ich werde Euch die Orte auf meinen Karten zeigen«, bot Gassoon sich erfreut an.

Berard, der Steward, schlurfte mit einem Tablett herein. Er stellte es auf dem Tisch ab, zog den aromatischen Geruch schnüffelnd ein und verließ wortlos die Kajüte. Gassoon schnippte voll Erwartung begeistert mit den Fingern, dann goß er selbst den Tee in zwei schwarze irdene Tassen. Unter fragend gehobenen Brauen blickte er auf. »Oh, übrigens, mit wem habe ich das Vergnügen, mich unterhalten zu dürfen?«

»Demoiselle Blanche-Aster Wittendore ist der gebräuchliche Teil meines etwas umständlichen Namens.« Sie legte die Rolle auf den Tisch zurück. »Ich bin ungemein beeindruckt von Eurer Idee, die Menschen des Großen Visselbeckens zu informieren und zu belehren. Das zeugt von großem Idealismus und Wagemut.«

Gassoon blinzelte. Hatten seine Worte wirklich so viel ausgesagt? Auf jeden Fall empfand er die Anerkennung dieser gutaussehenden und intelligenten jungen Frau als äußerst erfreulich. »Ich muß gestehen, daß ich diese Idee bisher noch nicht in die Tat umgewandelt habe. Aber es gibt eben so wenige Menschen, die geeignet wären, ein Programm dieser Art durchzuführen.«

»Wie gedenkt Ihr vorzugehen? Ich nehme an, Ihr beabsichtigt Euer bemerkenswertes Schiff als Ausgangspunkt zu benutzen.«

Gassoon lehnte sich in seinem Sessel zurück und blickte zur Decke hoch. »Um ehrlich zu sein, ich bin noch zu keinem festen Entschluß gekommen.«

»Oh, das bedauere ich sehr.«

Gassoon legte die Fingerspitzen aneinander und runzelte überlegend die Stirn. »Ein derartiges Projekt ist nicht so einfach. Ich bin überzeugt, daß die Menschen überall eine Unterhaltung bevorzugen, die die Würde ihres Intellekts achtet und ihn nicht mit diesem Firlefanz beleidigt, wie er auf den üblichen Showschiffen geboten wird. Die Menschen besuchen diese Vorstellungen lediglich, weil ihnen nichts Besseres zur Auswahl steht.«

»Ihr habt gewiß recht«, murmelte Demoiselle Blanche-Aster. »Welche Art von Programm schwebt Euch vor?«

Gassoon erschreckte sie fast, als er mit der Faust auf den Tisch hieb und mit schallender Stimme erklärte: »Die Klassiker, selbstredend! Die großen Werke irdischer Meister!« Verlegen durch seine eigene Heftigkeit nahm er die Tasse in die Hand und nippte am Tee.

Demoiselle Blanche-Aster blickte ihn an. »Ich schäme mich geradezu, daß ich so wenig über diese Dinge weiß.«

Gassoon lachte. »Meine Träume überwältigen mich. Meine Ideen sind von keinem praktischen Wert.«

»Ihr seid nur zu bescheiden«, sagte Demoiselle Blanche-Aster sanft. »Überall erkennen die Menschen die innere Aufrichtigkeit, gleichgültig, in welcher Form sie sich offenbart. Ich persönlich bin ungegärter Ideen und unreifer Menschen leid.«

»Eure Einstellung spricht für Euch«, lobte Gassoon. »Zweifellos verfügt Ihr über große Urteilskraft. Ich muß jedoch zu bedenken geben, daß gerade die Werke, die ich im Sinn habe, hohe Ansprüche auch an jene stellen, die sie zu schätzen wissen. Die Metaphern enthalten dieweilen zwei oder gar drei Abstraktionen; die Monologe sind gar oft an eine Fantasiegestalt gerichtet; und die Sprache ist sowohl archaisch als auch doppelsinnig . . .

Trotzdem geht eine ungeheure Eindringlichkeit von diesen Werken aus.«

Gassoon lehnte sich im Sessel zurück und warf seine weiße Mähne schräg über die Stirn. »Ich stelle mir Fragen, auf die es keine Antworten gibt. Ist die Kunst absolut? Oder ist sie nur eine Schicht, die eine Kultur zu einem gewissen Zeitpunkt durchdringt? Im Grunde genommen sollte ich wohl fragen: nimmt man eine ästhetische Wahrnehmung durch den Geist oder das Herz auf? Wie Euch sicherlich bereits aufgefallen ist, neige ich zur Romantik — doch wie dem auch sei, eine anspruchsvolle Kunst verlangt auch ein anspruchsvolles Publikum.«

Demoiselle Blanche-Aster nippte an dem Tee in ihrer irdenen Tasse. »Ein erwähnenswerter Gedanke erfüllt mich, doch vielleicht sollte ich ihn lieber für mich behalten, um nicht Gefahr zu laufen, daß Ihr mich für aufdringlich haltet.«

»Nur heraus damit!« forderte Gassoon sie auf. »Euer Interesse bedeutet mir sehr viel.«

»Was ich Euch sagen werde, verknüpft sich auf so erstaunliche Weise mit Euren Ambitionen, daß wahrlich nur das Schicksal selbst die Hand im Spiel haben kann. Ihr wißt doch sicherlich von König Waldemars Festivitäten in Mornune?«

»Ich habe davon gehört.«

»Ich kam gestern mit einem Schiff hier in Coble an. Ebenfalls als Passagier an Bord befand sich Apollon Zamp, der ehemalige Eigner von *Miraldras Zauber*.«

»*Ehemaliger* Eigner?«

»Ja. Er verlor sein Showboot in Port Whant. Doch zuvor hatte er sich König Waldemars Einladung zum Fest in Mornune errungen. Was haltet Ihr davon, an seiner Statt nach Mornune zu fahren und an dem Wettbewerb teilzunehmen? Ich würde mich freuen, Euch zu begleiten.«

Gassoon blinzelte sie zuerst ungläubig an, dann aber zupfte er an seinem Kinn und murmelte: »Es ist jedoch ein sehr weiter Weg.«

Demoiselle Blanche-Aster lachte. »Dergleichen sollte doch einen Mann Eurer Art nicht schrecken.«

»Aber wäre ein solcher Plan denn überhaupt durchführbar?« fragte Gassoon fast ein wenig verzagt. »Schließlich erhielt doch Apollon Zamp die Einladung, nicht ich.«

Demoiselle Blanche-Aster versicherte ihm voll Überzeugung: »Zamp wird allein schon des großen Preises wegen mitmachen.«

Sie beugte sich vor und blickte Gassoon fest an. »Ist das nicht ein großartiges Abenteuer?«

»Ja, wahrhaftig«, krächzte Gassoon. »Aber Abenteuer — liegen mir nicht.«

»Das kann ich nicht glauben! Ich spüre doch den romantischen Eifer in Euch, der über das Alter hinausreicht!«

Gassoon zupfte am Revers seiner Jacke. »So alt bin ich gar nicht.«

»Nein, natürlich nicht. Ein Mann ist erst alt, wenn er seinen Träumen entsagt.«

»Nie!« rief Gassoon. »Nie!«

Demoiselle Blanche-Aster lächelte sanft. »Apollon Zamp und ich unterhielten uns an Bord recht angeregt. Ich bin sicher, daß er nicht nein sagen wird, wenn ich ihn bitte, Euch hier aufzusuchen. Zweifellos werden unsere gemeinsamen Bemühungen erstaunliche Früchte tragen.« Sie erhob sich.

Gassoon sprang auf. »Müßt Ihr denn wirklich schon gehen? Ich lasse uns frischen Tee bringen.«

»Ich muß Apollon Zamp finden. Ihr habt große Hoffnung und Begeisterung in mir geweckt, Throdorus Gassoon!«

»So geht!« rief Gassoon mit klingender Stimme. »Doch kehrt schnell zurück.«

»So schnell ich kann.«

Als Demoiselle Blanche-Aster das Schiff verlassen hatte, spazierte sie langsam den Bynumskai hinab, den Kopf nachdenklich gesenkt, und ihre Haltung verriet mehr Sanftheit und Melancholie, als sowohl Apollon Zamp denn auch Throdorus ihr zugetraut hätten. Einmal blieb sie stehen und blickte zurück auf die *Kosmische Panoptikum.* Nach einem kurzen Augenblick erzitterte sie unter einer Gefühlsregung, die sie sich selbst nicht hätte erklären können. Schließlich schritt sie weiter und durch einen Torbogen in eine krumme Gasse, die einmal enger, einmal breiter zwischen hohen Häusern aus dunklem alten Holz verlief. Sie überquerte eine bucklige Brücke über einen Kanal mit schwarzgrünem Wasser. Links kam sie an einem Bauwerk mit einem Dutzend exzentrischen Giebelfenstern vorbei, rechts war ein Bogengang mit einem Blumenladen und daneben eine kleine Buchbinderei. Sie erreichte einen Stadtplatz, dessen Breite geringer als die Höhe der Häuser ringsum war. In seiner Mitte, wo Händler in vier Ständen Blumen und Gemüse feilboten, hätte sie Zamp treffen sollen, aber er war nirgendwo zu sehen. Demoiselle Blanche-Aster schien sich darüber weder zu wundern noch zu ärgern. Sie ließ ihren Blick über den Platz schweifen und bemerkte an einem der Häuser ein Schild mit einem blauen Fisch. Demoiselle Blanche-Aster wandte sich in diese Richtung.

Das düstere Innere des *Blauen Narwals* war nicht übermäßig geräumig und im Augenblick überfüllt. Zamp saß an einem kleinen Tisch an einem Fenster, das zur Bucht hinausschaute. Als er sie sah, sprang er auf.

Demoiselle Blanche-Aster ließ sich auf dem harten Stuhl nieder, den er für sie zurechtrückte, und setzte die gleichmütige Miene auf, die sich für ihre Verhandlungen mit Zamp immer noch am besten bewährt hatte.

»Ich komme geradewegs von der *Kosmischen Panoptikum«*, erklärte sie. »Ich lernte dort Throdorus Gassoon kennen, und erwähnte Eure Lage. Er hielt es für angebracht, einen konstruktiven Vorschlag zu machen. Er ist bereit, mit seinem Schiff nach Mornune zu fahren und an den Festlichkeiten teilzunehmen. Natürlich sind wir gezwungen, seine *Kosmische Panoptikum* in *Miraldras Zauber* umzutaufen, und Ihr müßt Euch als sein Eigner ausgeben.«

Zamp runzelte die Stirn. »Ich kenne Gassoon von früher. Er ist stur wie ein Maultier, und dazu auch noch schrecklich eingebildet.«

»Er hat seine festen Ansichten, das ist wahr. Um es vorwegzunehmen, er weigert sich, Lustspiele und Improvisationen, wie die, durch die Ihr Euch Euren Ruf geschaffen habt, auf seinem Schiff zu dulden.«

Zamp wirkte mehr verblüfft als verärgert. »Was stellt er sich denn dann vor?«

»Er will die klassischen Dramen der Erde aufführen.«

Zamp machte eine müde Geste. »Ich bin nicht kleinlich, aber ich kenne sie doch überhaupt nicht.«

»Genausowenig wie ich. Aber ich weiß, daß Ihr das Talent habt, Leben in jedes Stück zu bringen.«

»Aus Euch Leben herauszulocken, ist mir nicht gelungen.«

»Zuerst müßt Ihr Eure düstere Miene ablegen und sehen, was Ihr aus Gassoons antiken Epen machen könnt.«

»Und dann?«

Demoiselle Blanche-Aster zuckte die Achseln. »Wer immer König Waldemars Wohlgefallen auf dem Fest findet, wird zu Ehren und Reichtum gelangen. Ihr könnt Euch das prachtvollste Schiff bauen, das je auf einem Fluß segelte, oder Ihr könnt in Mornune bleiben und das Leben eines Edelmanns führen.«

Zamp musterte sie mit nicht gerade schmeichelhafter Eindringlichkeit und durchaus objektiv. Sie ertrug seinen forschenden Blick eine Weile, aber er erfüllte sie mit Unbehagen. Schließlich sagte sie: »Ich versprach Gassoon, daß Ihr ihn gleich aufsucht und alles mit ihm besprechen würdet.«

Zamp schwieg, und die Stille drückte auf sie. Doch dann erhob er sich und brummte: »Was habe ich schon zu verlieren?«

Sie verließen den *Blauen Narwal,* überquerten den Stadtplatz und gingen durch die krumme Gasse zum Bynumskai. Hier blieb Demoiselle Blanche-Aster stehen. »Ich komme lieber nicht weiter mit, denn ich halte es nicht für klug, wenn Gassoon uns zusammen sieht. Hört mir jetzt gut zu, Meister Zamp. Gassoon darf nicht gereizt werden. Widersprecht keiner seiner Theorien, erklärt Euch mit allem, soweit es geht, einverstanden. Ungemein wichtig ist, daß es zu keinen Streitigkeiten darüber kommt, wer anzuschaffen hat. Gassoon muß im Glauben gelassen werden, daß er der Leiter der Expedition ist. Die Zeit drängt, und die Hauptsache ist, daß wir uns auf den Weg nach Mornune machen.«

»Das ist zweifellos die Hauptsache — für Euch«, brummte Zamp, »aber nicht unbedingt für mich.«

»Oh? Wo geht unsere Meinung auseinander?«

»Ich lege keinen Wert darauf, mich in Mornune lächerlich zu machen. Wenn Gassoon auf irgendeinem unmöglichen Unsinn besteht, weshalb sollte dann ich meine Zeit und Energie vergeuden, nur um die Kastanien für Euch aus dem Feuer zu holen? Ihr habt es mir schließlich klar genug gemacht, daß Ihr mich verabscheut.«

»Nein, nein, nein!« rief Demoiselle Blanche-Aster. »Ich verabscheue niemanden, nicht einmal Euch! Aber ich kann keine Versprechungen machen, die mich persönlich betreffen — noch nicht!«

»Noch jemals?«

Demoiselle Blanche-Asters Augen funkelten. »Weshalb sagt Ihr das? Weil Euer Schmollen, Eure Eitelkeit und Euer geckenhaftes Auftreten mich kalt lassen? Seht Euch doch mal selbst an, Ihr mit Euren blonden Locken, Eurer unmöglichen Theatralik und Euren lächerlichen Hüten!« Sie stampfte auf. »Entscheidet Euch nun ein für allemal! Wenn Ihr in Mornune den Wettbewerb gewinnt, ist Euch großer Reichtum sicher — nicht jedoch meine Bewunderung, die Ihr vielleicht erwerben könnt — oder auch nicht.«

Zamp lachte ihr ins Gesicht. »Etwas steht fest: Ihr versteht mich noch weniger als ich Euch. Also gut, bewundert mich oder nicht, das ist mir völlig gleichgültig. Wie Ihr sagt, der Siegespreis in Mornune ist Eisen, und ich bin es, der es sich erwerben wird.« Er drehte sich um und betrachtete die *Kosmische Panoptikum.* »Throdorus Gassoon, ich komme. Bereitet Euch auf die Überraschung Eures Lebens vor!«

Demoiselle Blanche-Aster streckte die Hand aus und legte sie sanft auf seinen Arm. »Apollon Zamp.«

Zamp blickte über die Schulter zurück. »Ja?«

»Tut Euer Bestes.«

Zamp nickte kurz und stolzierte zur *Kosmischen Panoptikum.* Er stieg die Laufplanke hoch und blieb am Kassenfenster stehen, hinter dem Berard, Gassoons Faktotum, saß. »Entritt ist ein halber Heller, mein Herr.«

»Zum Teufel mit deinem halben Heller. Ich bin Apollon Zamp! Melde Throdorus Gassoon, daß ich hier bin.«

»Bitte folgt mir, mein Herr, Meister Gassoon ist bei seinen gymnastischen Übungen und darf erst in fünf Minuten gestört werden.«

»Ich werde warten.«

Zamp wanderte zwischen den Glaskästen herum, bis Gassoon den Ausstellungsraum betrat. »Ah, Zamp. Welch eine Freude, Euch zu sehen! Ich bemerke, Ihr studiert die Karten?«

»Ja, der Grundlose See übt eine ungeheure Anziehungskraft auf mich aus.«

»Auf mich ebenfalls. Wollen wir uns in mein Büro zurückziehen?«

Zamp ließ sich auf dem Sessel nieder, in dem Demoiselle Blanche-Aster noch vor kurzem gesessen hatte. Gassoon schenkte zwei Gläser voll Brio. »Gestattet mir, Euch mein Mitgefühl für den Verlust Eures Schiffes auszusprechen.«

»Danke. Ich fürchte, ich habe mir das Mißgeschick selbst zuzuschreiben. Ich vertraute diesem Schurken Garth Ashgale. Aber ich weiß, wie ich mir das Eisen für ein neues Schiff verdienen kann, und deshalb bin ich hier.« Zamp holte die Silbertafel aus seiner Jacke und zeigte sie Gassoon. »Wem immer es gelingt, König Waldemars Gefallen zu erringen, gewinnt ein Vermögen.«

»Was, also, schlagt Ihr vor?«

»Daß wir vorübergehend den Namen Eures Schiffes in *Miraldras Zauber* ändern, ein Ensemble anheuern und den Vissel hoch nach Mornune fahren, um am Wettbewerb um den großen Preis teilzunehmen.«

Gassoon nickte bedächtig. »Wie ich es erwartete — und, ich muß gestehen, kein undurchführbarer Vorschlag. Aber ich bin nicht für übertriebenen Prunk und auch nicht für zweifelhaften Ruf, und was das Eisen betrifft, besitze ich mehr, als ich je auszugeben gedenke. Zamp, meine Ambitionen sind höher! Heute unterhielt ich mich mit einer äußerst charmanten jungen Dame, Demoiselle Blanche-Aster. Ich möchte nicht verheimlichen, daß sie etwas in mir aufwühlte. Ich sehe jetzt, daß mein Leben bisher etwas stagnierend war, ja vielleicht allzu ichbezogen. Selbstsüchtig erfreute ich mich an Schätzen großer Literatur, die ich, wie ich nun erkenne, hätte mit anderen teilen müssen. Jetzt möchte ich einige der berühmten Meisterwerke der antiken Erde auf die Bühne zaubern. Ihr fragt: wo sind diese legendären Klassiker zu finden? Ich erwidere: hier in meiner Sammlung seltener Werke, kaum fünfzehn Meter entfernt.«

»Wie interessant!« rief Zamp. »Doch wohin soll uns das führen?«

»Zu meinem eigenen Vorschlag, nämlich diesem: Mit Eurer klugen Beratung wähle ich eines oder mehrere dieser Meisterstücke aus, das oder die wir dann in Mornune aufführen werden. Erringen wir den Preis, ist es gut. Wenn nicht, haben wir zumindest die Genugtuung, unser Bestes gegeben zu haben.«

»Ich bin nicht vertraut mit diesen irdischen Klassikern«, gab Zamp zu bedenken. »Aber es wäre natürlich durchaus möglich, daß sie sich als ungewöhnlicher Erfolg herausstellen. Im Prinzip bin ich mit Euren Bedingungen einverstanden. Aber auch ich bin gezwungen, einige zu stellen. Ich denke dabei an mehrere. Da ich mich ganz der Aufgabe widme, als Sieger aus dem Mornuner Wettbewerb hervorzugehen, während das für Euch von geringem Interesse ist, muß ich mich um alle Einzelheiten der Aufführung, einschließlich der Truppe, Kostüme, Musik und Bühnenbilder kümmern.«

Gassoon hielt einen bleichen Finger hoch und stieß durch die Nase hervor: »Doch müßt Ihr Euch an die Originalität des Werkes halten!«

Zamp nickte zustimmend. »Und nun, was das Schiff betrifft.

Wir benötigen verständlicherweise eine geeignete Bühne und ausreichende Zuschauerbänke. Ein etwas festlicheres Aussehen des Schiffes wäre nicht fehl am Platz. Ein paar rosa und grüne Pinselstriche, drei Dutzend Wimpel und hundert Meter Bänderzier werden diesem düsteren Kahn Frohsinn verleihen. Noch etwas: Ihr seid ein stolzer und tüchtiger Schiffer, und selbstverständlich sollt Ihr Euer Schiff befehligen, während wir flußaufwärts fahren — bis wir den Grundlosen See erreichen. Sind wir dort, an diesem geographischen Punkt, über den ich mir schon viele Gedanken gemacht habe, möchte ich das Kommando übernehmen, und zwar bis nach unserer Vorstellung für König Waldemar.«

»Diese Eure Bedingungen sind durchaus annehmbar«, sagte Gassoon. »Ich habe jedoch selbst ebenfalls noch weitere. Ich beabsichtige Demoiselle Blanche-Aster mitzunehmen. Natürlich soll eine Bühne errichtet und für Sitzplätze gesorgt werden, aber ich habe nicht die Absicht, deshalb mein Museum umzuarrangieren.«

Zamp runzelte kaum merklich die Stirn. »Ich fürchte, eine geringe Einschränkung wird unvermeidlich sein, denn auch die Maschinerie für die Bühne muß untergebracht werden. Außerdem müssen wir uns mit doppelten Räubernetzen ausstatten und die üblichen Vorkehrungen gegen Nomadenangriffe treffen.«

Aber Gassoon war in dieser Beziehung uneinsichtig. »Völlig unnötig!« erklärte er. »Zu allen Zeiten der Geschichte wurde wandernden Künstlern, Minnesängern, fahrenden Scholaren-Poeten, Barden, Skalden und Troubadouren sicheres Geleit selbst durch die gefährlichsten Lande gewährt. Das ist alte irdische Tradition! Weshalb sollte es auf dem Großplaneten anders sein?«

Zamp nippte an dem Brio, der ein wenig schal schmeckte, da er zu lange in einer offenen Flasche aufbewahrt gewesen war. »An diese edlen Ideale zu glauben, zeugt von Eurem reinen Gemüt. Ich hege nur den einen Wunsch, auch die Nomaden würden so denken.«

Gassoon lächelte und trank seinen Brio mit verzückter Miene. »Nähert Euch jedem Menschen, gleichgültig wie verderbt oder grausam er ist, tretet ihm mit Würde und Offenheit entgegen, und er wird Euch nichts Böses tun. Die Vorsichtsmaßnahmen, die Ihr vorgeschlagen habt, sind nicht nur teuer, sondern völlig

unnötig. Frieden ist das Wort! Euer Gedanke sei Frieden! Wir kommen in Frieden und ziehen in Frieden!«

Zamp ließ die Sache mit einem unbestimmten Nicken einstweilen auf sich beruhen. Man würde sich eben später darüber einigen müssen.

Gassoon räusperte sich und schenkte noch ein paar Tropfen Brio nach. »Ich habe gehört, daß Ihr Demoiselle Blanche-Aster in Lanteen kennenlerntet?«

»Das stimmt.«

»Sie dünkt mir eine ungemein bemerkenswerte Person.«

»Ja, das scheint sie wahrhaftig zu sein.«

»Woher mag sie wohl stammen?«

»Sie ließ nie eine Bemerkung darüber fallen. Ich muß allerdings gestehen, daß wir uns nicht über persönliche Dinge unterhielten.«

Gassoon blies die Wangen auf und starrte in die Leere. »Nach so vielen Jahren des stillen Friedens empfinde ich plötzlich eine unerwartete Erregung.«

»Mir geht es nicht besser.« Zamp hob den Kelch. »Auf den Erfolg unseres großen Abenteuers.«

»Auf den Erfolg!« Gassoon goß die fade schmeckende Flüssigkeit genießerisch hinunter und wischte sich über den Mund. »Wir müssen noch die finanzielle Seite besprechen. Wieviel Eisen könnt Ihr investieren?«

Zamp blinzelte sichtlich erstaunt. »Stelle ich nicht bereits mein Können, meine Erfahrung und die unerläßliche Einladung König Waldemars zur Verfügung? Da sprecht Ihr auch noch von Eisen!«

Gassoons Lippen zwischen der nicht gerade kurzen Nase und dem langen, bleichen Kinn verschwanden fast ganz. Schließlich stieß er hervor: »Soll das heißen, daß Ihr kein Eisen beisteuern könnt?«

»Nicht einen Heller.«

»Das sind wahrhaftig schlechte Neuigkeiten. Die Kosten werden enorm sein.«

»Für eine Bühne, ein paar Sitzbänke, ein oder zwei Eimer Farbe? Wohl kaum mehr, als für den Erhalt des Schiffes ohnedies ausgegeben werden sollte.«

»Wir müssen ein Ensemble zusammenstellen«, brummte Gassoon und zupfte an seiner Lippe. »Die Schauspieler werden auch von Zeit zu Zeit gewisse Summen verlangen.«

»Das ist kein Problem«, versicherte ihm Zamp. »Ich weiß genau, wie solche Ansprüche behandelt werden müssen — durch Ignorierung, nämlich.«

»Aber diese Leute können nicht auf die Dauer vertröstet werden. Sie dürften möglicherweise sehr ungemütlich werden.«

»Wir werden durch Vorstellungen unterwegs ein ausreichendes Einkommen erlangen. In kürzester Zeit lassen sich alle Auslagen decken.«

Gassoon schien noch nicht ganz beruhigt zu sein. »Vielleicht. Trotzdem dachte ich nicht daran, eine so hohe Summe vorzustrecken.«

Zamp warf sichtlich verärgert die Hände hoch. »Dann vergessen wir dieses Projekt wohl am besten, denn ich verfüge über keinen Heller. Entschuldigt mich, ich muß Demoiselle Blanche-Aster über unseren Entschluß Bescheid geben.«

»Nicht so hastig!« Gassoon preßte die Lippen zusammen und saß fünf Sekunden lang reglos in angespannter Stille. Mit dumpfer Stimme murmelte er schließlich: »Nun, dieser Aspekt ist nicht von so großer Wichtigkeit. Wie Ihr schon angedeutet habt, dürften die Vorstellungen unterwegs die Auslagen dekken.«

Zamp setzte sich wieder. »Gestattet mir noch einen Vorschlag. Die Festivitäten in Mornune liegen in keiner allzu fernen Zukunft. Wir müssen deshalb unsere Vorbereitungen umgehend treffen.«

Gassoon lehnte sich zurück und hob die Augen so weit zur Decke, daß fast nur noch das Weiße zu sehen war. Erneut hing das gesamte Abenteuer in der Schwebe. Er seufzte. »Ich muß mir alles in Ruhe durch den Kopf gehen lassen. Wir treffen uns am besten später noch einmal und besprechen alle Einzelheiten.«

Zamp berichtete Demoiselle Blanche-Aster ausführlich.

»Also«, sagte sie mit sanfter Stimme halb zu sich, »nimmt das Projekt seinen Lauf.«

»Höchstwahrscheinlich. Aber Gassoon könnte natürlich seine Meinung immer noch ändern.«

Demoiselle Blanche-Aster schüttelte leicht den Kopf. »Nein, das wird er nicht.«

»Sehr groß ist Eure Begeisterung nicht.«

»Ich tue, was ich tun muß«, erwiderte sie leise.

»Wie üblich werde ich aus Euch nicht klug«, brummte Zamp.

Demoiselle Blanche-Aster ging nicht darauf ein. »Wo und wann werdet Ihr Meister Gassoon wiedersehen?«

»In der *Seemannsruh*, wenn die Sonne über den Lebewohlbergen steht.«

»Ich werde ebenfalls dorthin kommen.«

8

In Ermangelung eines besseren Zeitvertreibs spazierte Zamp am Meeresufer auf und ab und warf Steinchen in die Überraschungsbucht. Im Westen neigte die Küstenlinie sich der See entgegen und endete an den dunklen Schrofen der Lebewohlberge. Während seines ruhelosen Hin- und Hermarschierens berechnete Zamp sorgfältig den Lauf der Sonne Phaedra, und bezog rechtzeitig dort Posten, wo er den Kai überblicken konnte.

Genau zur angegebenen Zeit näherte sich Gassoon der *Seemannsruh*. Also machte auch Zamp sich auf den Weg, und beide erreichten zur gleichen Zeit den Eingang zu dem Gasthaus.

»Ihr seid pünktlich«, lobte Gassoon. »Das ist eine Tugend, die ich sehr schätze.«

»Ich muß das Kompliment zurückgeben«, erwiderte Zamp. »Ich glaube, wir sind beide zu demselben Zeitpunkt hier angekommen.«

»Ein gutes Omen.« Gassoon trat voraus in das Gasthaus. Er sprach zu dem Wirt, der sie daraufhin in ein kleines Hinterzimmer brachte, aus dem ein Bogenfenster eine schöne Aussicht auf den Fluß gewährte. Eine Lampe mit drei Flammen und acht Linsen hing über einem runden Tisch, auf dem Gassoon die mitgebrachte Ledertasche absetzte. Zamp bestellte inzwischen Wurst und Bier.

Gassoon ließ sich auf einem der Stühle nieder. »Ich habe über unser Gespräch sorgfältig nachgedacht.« Er schwieg einen bedrückenden Augenblick lang. »Unsere Ziele lassen sich nur dann vereinbaren, wenn wir zu einem absoluten Einverständnis kommen, was Stil und Qualität unserer Darbietung anbelangt.«

»Aber das braucht nicht betont zu werden!« rief Zamp.

Gassoon rückte mürrisch seine Tasche zur Seite, um für das Tablett mit dem Bier und der Wurst Platz zu machen, das der Wirt auf dem Tisch abstellte. »Mein Einwand ist durchaus nicht so unnötig, wie Ihr offenbar zu glauben scheint. Ich möchte von vornherein verhindern, daß Ihr auch nur einen Gedanken hegt, Ihr könntet auf der *Kosmischen Panoptikum* irgendwelche Possen reißen, liederliches Gehopse aufführen, oder Balladen in einem nachgeahmten Dialekt singen lassen.«

Zamp machte eine großzügige Geste. »Einverstanden, unterzeichnet und besiegelt.«

Gassoon brummte etwas Unverständliches, ehe er seine Tasche öffnete. »Heute nachmittag studierte ich meine Sammlung und wählte einige Werke aus, die für unsere Zwecke geeignet sein könnten.«

Mit dem Mund voll Wurst griff Zamp nach einem der dicken Bände. Hastig schob Gassoon ihn außer Reichweite. »Weg mit den fettigen Fingern!« Mit schriller und belehrender Stimme erklärte er: »Das Programm, das in Frage kommt, bietet einige größere Schwierigkeiten. Die Sprache hat sich verändert, genau wie gewisse Sitten und die Symbolik. Männer unseres Wissens werden sich zweifellos über einige der obskuren Andeutungen den Kopf zerbrechen. Wie sieht es dann, frage ich, das einfache Publikum, das, wenn auch durchaus aufgeschlossen, doch unvorbereitet kommt?«

Zamp nahm einen tiefen Schluck seines Bieres, setzte den Krug ab und wischte sich mit dem Handrücken über den Mund. »Diesen Leuten bieten wir gewöhnlich eine einfache Sprache und leichte Stücke, wie Ihr sie so verabscheut, und so hatten wir nie Schwierigkeiten.«

Gassoon ignorierte Zamps Bemerkung. »Es gibt zwei Alternativen: wir können uns anpassen und das Original ein wenig umarbeiten, oder wir führen das Werk ohne jeglichen Kompromiß auf und hoffen auf das Verständnis der Zuschauer. Was meint Ihr?«

Zamp säuberte demonstrativ die von der Wurst fettigen Finger an einer Serviette. »Unser Hauptzweck ist es, König Waldemars Gefallen zu finden, also muß unsere Darbietung verständlich sein.«

Gassoon korrigierte ihn steif. »Unser Hauptzweck ist es, die Klassiker wiederauferstehen zu lassen. Wenn König Waldemar wahrhaft edler Natur ist und von echtem Feingefühl, wird er uns den Preis zusprechen.«

»In diesem Fall«, sagte Zamp nachdenklich, »sollten wir mehrere Programme vorbereiten, um für alles gerüstet zu sein.«

Wieder wehrte Gassoon ab. »Es wäre natürlich erfreulich, wenn wir eine größere Zahl erstklassiger Darsteller engagieren könnten, um ein größeres Repertoire zur Verfügung zu haben. Aber ich muß betonen, daß ich mir das nicht leisten kann. Wir müssen uns auf ein oder zwei Stücke beschränken, deren Aufführung nicht zu kostspielig zu werden verspricht. Hier, beispielsweise, ist das Werk *Macbeth*, das schon seit langem als echter Klassiker erachtet wird.«

»Mack was?«

»*Macbeth*. Ein uraltes Stück. Noch von der Erde.«

Zamp blätterte ein wenig zweifelnd durch den dicken Band. Gassoon beobachtete ihn ausdruckslos. Schließlich sagte Zamp: »Nach meiner Erfahrung zieht das Publikum jegliche Art von spannender Handlung endlosen Monologen und Wortgefechten vor. Wenn wir einige dieser Szenen erweitern und andere zusammenziehen, allem ein wenig mehr Farbe verleihen, ließe sich daraus schon etwas machen.«

Gassoon sagte fast mild: »Dieses Werk hat sich in seiner gegenwärtigen Form lang bewährt. Vergeßt nicht, daß ich hoch über die üblichen Showboot-Stücke hinaus will!«

Trotz seines festen Entschlusses und seinem Versprechen gegenüber Demoiselle Blanche-Aster begann Zamp nun doch einen Disput mit Gassoon. »Wir befinden uns auf dem Großplaneten, der geradezu überschäumt an extremen Gegensätzen! Was in einer Stadt ein großer Erfolg ist, wird in der nächsten ausgepfiffen. In Port Fitz an der Murne haben die Bürger einen Hang zur Hysterie. Übermannt sie erst einmal das Lachen, gibt es nichts, was sie davon abhalten könnte. Der kluge Impresario bietet hier am besten ein religiöses Stück. In Henbane-Berm müssen männliche Rollen von Miminnen gespielt werden, und weibliche Rollen von Männern — fragt mich bitte nicht, weshalb. Sie bestehen ganz einfach darauf, daß Dramen auf diese Weise dargestellt werden. In den unteren Flußstädten wie Badburg, Port Moses, Port Optimo, Spanglemar und Ratwick ist es ein wenig leichter. Trotzdem hat auch jede dieser Städte ihre Eigenheiten, die man besser beachtet.«

Gassoon hob einen Finger. »Ihr überseht die eine, allgemein gültige Tatsache, daß all diese Leute Menschen sind. Ihre Aufnahmefähigkeit und ihre Instinkte sind im Grunde genommen die gleichen. Alle . . .« Ein Klopfen an der Tür unterbrach ihn. Gassoon sprang auf, öffnete einen Spalt und blickte vorsichtig hinaus, dann riß er die Tür weit auf. »Tretet ein! Tretet ein!«

Demoiselle Blanche-Aster kam ins Hinterzimmer. Gassoon brachte eilfertig einen Stuhl herbei. »Bitte setzt Euch. Dürfen wir Euch ein Glas Wein anbieten? Oder vielleicht diese durchaus schmackhaften Würste? Bestimmt interessiert Euch unsere Unterhaltung. Wir debattieren gerade über ästhetische Theorie, und jeder von uns besteht auf seiner Meinung. Ich bin der festen Überzeugung, daß die Kunst universal und ewig ist. Meister Zamp — ich hoffe, daß ich seine Ansicht richtig interpretiere — meint, daß lokale Besonderheiten die Kunst anders deuten könnten.«

Demoiselle Blanche-Aster lächelte. »Vielleicht habt sowohl Ihr, Meister Gassoon, als auch Meister Zamp recht.«

Gassoon zog die Brauen zusammen. »Nun, ich gestehe ein, daß das möglich wäre. Also müssen wir es uns zur Aufgabe machen, der Engstirnigkeit, wo immer wir ihr auch begegnen, Herr zu werden, und den Menschen ein weiteres Gesichtsfeld zu bescheren.«

»Ich will nur den Mornuner Wettbewerb gewinnen«, brummte Zamp düster.

»Verständlich! Trotzdem dürfen wir unser Hauptziel nicht aus den Augen lassen. Es wäre gewiß weiser . . .«

Zamp seufzte. »Wenn wir uns nicht über die Mornuner Festspiele einigen, wird unsere Partnerschaft enden, ehe sie überhaupt begonnen hat.«

»Das würde ich sehr bedauern«, sagte Gassoon. »Aber Ihr müßt natürlich tun, was Ihr für richtig haltet. Demoiselle Blanche-Aster und ich werden unsere eigenen Ziele verfolgen.«

»Ich finde den ersten Preis bei den Mornuner Festspielen als ungeheuer wichtig«, warf Demoiselle Blanche-Aster ein, »selbst wenn es nur um das Prestige ginge. In dieser Hinsicht muß ich Meister Zamp voll und ganz recht geben.«

Gassoons langes Gesicht wurde noch länger. »Ja, gewiß, ein solcher Sieg würde unser Ansehen zweifellos noch stärken«, gab er widerwillig zu. »Ich bin der Meinung, daß wir als unser Hauptstück die klassische Tragödie *Macbeth* einstudieren sollten.«

»Und was ist, wenn König Waldemar kein Freund von Tragödien ist?« gab Zamp zu bedenken. »Vielleicht begeistert er sich eher für vergnügliche kürzere Stücke wie jene, die ich auf *Miral-*

dras Zauber aufführte. Wir sollten lieber zwei, oder besser noch drei Programme vorbereiten, darunter auch *Macbeth,* wenn Ihr darauf besteht, aber auf jeden Fall müßte etwas Vergnügliches mit Musik und fröhlichem Treiben dabei sein.«

»Die Frage der Kosten verbietet von vornherein übertriebene Ambitionen«, protestierte Gassoon. »Schließlich bin ich nicht der Reichste in Lune XXIII.« Er blätterte durch seine Bände. »Hier ist ein musikalisches Werk: *H. M. S. Pinafore.* Es scheint mir recht ergötzlich zu sein, stellt jedoch keine höheren Ansprüche.«

»Das soll uns nicht stören, solange es das Publikum anspricht.«

Gassoon rümpfte die Nase und legte *H. M. S. Pinafore* beiseite. »Hier ist ein merkwürdiges Werk, *Die Kritik der reinen Vernunft,* etwas von offenbar sehr ernsthafter Bedeutung, aber wohl nur sehr schwer aufzuführen.«

Zamp durchblätterte das Buch. »Es könnte höchstens als eine durch Kostüme betonte Allegorie gebracht werden oder als Dithyrambe.«

»Hier ist ein weiteres Werk . . .«

Die Diskussion setzte sich noch etwa zwei Stunden fort, bis man sich endlich einigte, nachdem sowohl Zamp als auch Gassoon Zugeständnisse gemacht hatten. Zamp gab gezwungenermaßen seine Idee eines Programms mit verschiedenen kürzeren Unterhaltungsstücken auf, und Gassoon erklärte sich schweren Herzens einverstanden, kostbarere Kostüme und Kulissen für *Macbeth* zu erstehen, als er vorgesehen gehabt hatte. Zamp hielt dieses Werk insgeheim für viel zu schwer und beschloß, es ein wenig zu ändern und ein bißchen lebendiger zu gestalten. Gassoon hatte festgestellt, daß Zamps Geschmack, wie er glaubte, primitiv war und er von Feinheiten nichts verstand. Demoiselle Blanche-Aster interessierte sich wenig für die Argumente der beiden und vertiefte sich in die Illustrationen einer sehr strapazierten Ausgabe von *Das verlorene Paradies,* ein Stück, das Zamp gern aufgeführt hätte, das Gassoon jedoch ablehnte, weil es mit zu großen Kosten verbunden gewesen wäre. Widerwillig gestand er Zamp die künstlerische Regie zu, während er die Verantwortung für die Navigation übernahm. Zamp mußte sich allerdings damit einverstanden erklären, Gassoon als Berater und Überwacher in Dingen der Aufführung anzuerkennen. »Ich werde auf peinlichste Genauigkeit in allen Einzelheiten achten«, warnte Gassoon. »Wir können uns Schlampereien nicht leisten.

Jedes Detail muß klar und scharf sein, jede Geste voll Gefühl und Ausdruck, das Schweigen beredter als Worte.«

Gassoon erwärmte sich an seinen eigenen Vorstellungen. Er sprang auf und schritt aufgeregt hin und her. Demoiselle Blanche-Aster beobachtete ihn wie ein hypnotisiertes Kaninchen die Schlange, und ihr Kopf drehte sich nach links und nach rechts.

Zamp verlor sein Interesse an Gassoons Bemerkungen und studierte *Macbeth* genauer. Er mußte schließlich selbst zugeben, daß das Werk eine gespenstische, unwirkliche Ausstrahlung hatte, die er, davon war er überzeugt, mit ein paar Änderungen und Ergänzungen noch hervorheben könnte.

Gassoon hielt mitten im Schritt inne und blickte mit gerunzelter Stirn auf Zamp hinunter. »Ich hoffe doch, daß diese sieben Bedingungen — oder um genauer zu sein: Beschränkungen — Euer Einverständnis finden.«

»Eure Vorschläge sind gewiß durchdacht«, murmelte Zamp abwesend. »Aber ich bemerke, daß die musikalische Begleitung hier fehlt.«

Gassoon blickte auf den alten Band. »Tatsächlich! Das ist unangenehm.«

»So schlimm ist es nicht. Der Konzertmeister wird für die passende Untermalung sorgen.«

»Konzertmeister? Ist er denn unbedingt erforderlich?«

Zamp zuckte die Achseln. »Niemand ist unbedingt erforderlich. Ein Konzertmeister wird mir die zeitraubende Arbeit der Proben mit den Musikern abnehmen.«

»Der fähigste der Musiker mag dieses Amt übernehmen!« entschied Gassoon. »Oder, wenn es nötig ist, tue ich es selbst — es sollen keine unnötigen Kosten verursacht werden.«

»Da pflichte ich Euch bei, und um gleich mit dem Sparen anzufangen, werde ich, statt länger Geld in einer Herberge zu verschwenden, mein Domizil auf der neuen *Miraldras Zauber* aufschlagen, wie Euer Schiff ab jetzt heißen wird.«

Gassoon stimmte diesem Vorschlag nur zögernd bei. Demoiselle Blanche-Aster sagte leise: »Vielleicht könnte auch ich mich irgendwie nützlich machen?«

»Wir wissen Euer Anerbieten zu schätzen«, versicherte ihr Gassoon, »aber . . .«

»Demoiselle Blanche-Aster könnte vielleicht die Aufsicht über das Reich des Stewards übernehmen«, warf Zamp ein. »Und sich darum kümmern, daß die richtigen Vorräte angelegt werden, und Sorge tragen für die Bequemlichkeit der Unterbringung, etc.«

»Das überlaßt besser mir«, lehnte Gassoon ab. »Ich habe große Erfahrung in wirtschaftlichem Haushalten. Aber könnte Demoiselle Blanche-Aster nicht eine Rolle in dem Drama übernehmen? Vielleicht die der Lady Macbeth?«

»Eine großartige Idee«, lobte Zamp.

Demoiselle Blanche-Aster erhob keine Einwände. »Ich werde mein Bestes tun«, versprach sie.

»Morgen stelle ich dann also das Ensemble zusammen«, erklärte Zamp. »Verständlicherweise brauche ich dafür ausreichende Mittel.«

Erst nach einer zwanzigminütigen hitzigen Debatte wurde auch dieses Problem gelöst, wenn auch weder zur vollen Zufriedenheit Zamps, der es gewohnt war, in jeder Beziehung großzügig zu sein, noch zu Gassoons, dem es gar nicht gefiel, für das, was er als Zamps Annehmlichkeiten erachtete, aufkommen zu müssen. Als sie die *Seemannsruh* verließen, war er innerlich noch ergrimmter, weil Zamp ihn auch für sein Bier und seine Wurst hatte blechen lassen.

9

Am Kai, nahe des Stadtplatzes, nahm sich Zamp einen grünen Prahm mit grün-weiß gestreiftem Sonnenschutz, und fuhr durch Cobles Wasserwege, vorbei an vierstöckigen Gebäuden aus dunklem Holz, an Hausbooten, unter den in den Fluß hereinhängenden Zweigen von Trauerweiden und düsteren Lantanen. Am Tasselmeyerkai stieg er aus und spazierte gemächlich die Klangstraße entlang, wo sich Musikläden und die kleinen Werkstätten befanden, in denen Musikinstrumente für den Export über die Überraschungsbucht nach Leuland und einem großen Teil von Lune XXIII hergestellt wurden.

In dem heruntergekommenen Musikerklub entdeckte Zamp ein paar Mitglieder seiner alten Truppe, die offensichtlich nicht von Garth Ashgale übernommen worden waren. Ohne sich um sie zu kümmern, heftete er eine Bekanntmachung an das Schwarze Brett:

Die neue Miraldras Zauber *unter der Leitung von Apollon Zamp, dem Sieger des Wettbewerbs in Lanteen, hat freie Stellen für verschiedene, nur ausgezeichnete und vielseitige Musiker, die folgende Instrumente spielen: Horn, Pochette, Schalmei, Vibraphon, Trommel, Elfenflöte, Tympanum, Gitarre, Dulziole, Heptagong und Zinfonelle.*

Nur wirklich erstklassige Künstler mögen sich zum Vorspielen auf Miraldras Zauber *(ehemals* Kosmische Panoptikum*) am Bynumskai melden.*

Das ausgewählte Orchester wird an einem bedeutenden, nie dagewesenen Programm teilnehmen, das zu den Mornuner Festspielen vor König Waldemar aufgeführt werden wird.

Honorar nach Talent und Leistung.

Noch ehe Zamp die Bekanntmachung an allen vier Ecken festgenagelt hatte, waren die anwesenden Musiker herbeigeeilt und blickten ihm über die Schulter, um zu lesen. Nur einige von Zamps früheren Leuten taten uninteressiert.

Zamp erwiderte die vielen Fragen mit kurzen Erklärungen: »Das Engagement ist von langer oder unbeschränkter Dauer.« — »Nein, ich brauche weder Dudelsäcke noch Wasserorgeln.« — »Unterbringung und Verpflegung sind überdurchschnittlich.« — »Ja, wir werden auf jeden Fall in Mornune spielen, und ich hoffe, den großen Preis zu gewinnen.« — »Ein Teil des Preises wird an das Ensemble verteilt werden.« — »Sicherheit? Nun, das Schiff wird mit wirkungsvollen, modernen Schutzmaßnahmen versehen sein. Ich sehe keinen Anlaß zu Befürchtungen.« — »Beim dritten Gong des heutigen Nachmittags beginnt das Vorspielen.«

Zamp kehrte zu seinem Prahm zurück. Er ließ sich zum *Klub der Unterhalter, Mimen und Magier* bringen, wo er ebenfalls eine Bekanntmachung ans Brett heftete und ähnliche Antworten auf ähnliche Fragen gab. Als er das Haus verließ, sah er sich Viliweg, dem Gaukler, Auge in Auge gegenüber.

Viliweg, der einen schwarzen Gabardineanzug, einen Umhang aus mausfarbenem Samt, eine auffallende Mütze mit übertrieben ausladendem Schirm und prahlerischem Schmuck trug, sah aus, als wäre er plötzlich zu viel Geld gekommen. Er nickte Zamp nur kurz zu und wäre an ihm vorbeigeeilt, hätte Zamp ihn nicht aufgehalten. »Einen Augenblick, Viliweg, ich möchte mit Euch sprechen.«

»Meine Zeit ist bedauerlicherweise sehr knapp«, lehnte Viliweg säuerlich lächelnd ab. »Ich kann mich deshalb nicht des Vergnügens einer Unterhaltung mit Euch hingeben.«

»Die Sache ist von großer Wichtigkeit«, bestand Zamp. »Kommt mit mir auf die Veranda.«

Viliweg stampfte wütend mit dem Fuß auf. »Ich wüßte nicht, was Ihr so Dringendes und Wichtiges mit mir zu besprechen hättet.«

»Ich werde Eure Erinnerung auffrischen«, sagte Zamp sanft. Er nahm den Burschen am Ellbogen und führte ihn in einen einsamen Winkel hinter hohen Topfpflanzen. »Offenbar nahm Garth Ashgale Euch nicht in seine Truppe auf.«

»Pah!« stieß Viliweg abfällig hervor. »Ashgale, wie viele andere Impresarios auch, hat zwar ein großes Mundwerk, aber es steckt nichts dahinter.«

»Nun, wie dem auch sei, Ihr seht aus, als hättet Ihr einen Eisenmillionär beerbt. Zweifellos tragt Ihr einen neuen Anzug. Eure Stiefel spiegeln, und Euer Zierrat . . .«

Viliweg blies die Wangen auf. »Ich habe ausreichende Mittel.«

»Diese wertvolle Brosche, die Ihr da an Eurer Mütze stecken habt«, sagte Zamp, »möchte ich mir gern näher ansehen.«

»Ich habe nicht die Absicht, den Sitz meiner Kopfbedeckung in Gefahr zu bringen. Und nun entschuldigt mich . . .«

»Nicht so schnell!« warnte Zamp mit unheildrohender Stimme. »Ich interessiere mich auch für die Klammer aus Silber und Topas, die Euren Umhang zusammenhält. Sie ist mir so lieb und teuer, daß es mir den Magen verkrampft, wenn ich sie ansehe. Ich rate Euch, mir mein Eigentum zurückzugeben, ehe ich gezwungen bin, Euch Eure Ohren mit zwei Säbelhieben vom Kopf zu trennen.«

Viliweg kam mit allen möglichen Ausreden, aber nach gutgemeinten Worten und ein paar kräftigen Maulschellen erhielt Zamp einen Teil seiner Pretiosen zurück, und als Entschädigung für den fehlenden Rest mußte der Bühnenzauberer ihm seinen Beutel mit hundertzwölf Eisenhellern aushändigen.

»Nun zum Geschäftlichen«, sagte Zamp. »Ich stelle eine neue Truppe zusammen und möchte Eure Aufmerksamkeit auf eine Bekanntmachung lenken, die ich soeben ans Schwarze Brett heftete. Möglicherweise könnte ich in *Macbeth* die Rolle eines geschickten Taschenspielers einflechten. Solltet Ihr interessiert sein, dann meldet Euch morgen vormittag am Bynumskai.«

»Ich habe soeben die gesamten Ersparnisse meines Lebens

verloren«, jammerte Viliweg mit düsterer Stimme. »Jetzt bin ich gezwungen, wieder zu arbeiten. Nun, zumindest finde ich in Euch einen getreuen Arbeitgeber, der einspringt, wenn Not am Manne ist.« Er schickte sich an, Zamp gerührt zu umarmen, aber der bereits einmal durch ihn Geschädigte machte einen hastigen Schritt rückwärts und vergewisserte sich hastig, ob Schmuck und Beutel noch vorhanden waren.

In einem anderen Viertel Cobles klebte Zamp ein Plakat an eine Säule, das Engagement für eine Anzahl von Mädchen von Grazie, attraktivem Aussehen und guter Stimme verhieß. Dann kehrte er bester Laune zum Bynumskai zurück. Vielleicht war der Verlust seines herrlichen Schiffes gar keine so große Tragödie. Es gab so viel Neues zu bewältigen, das seine Abenteurernatur reizte. Wurde er all der Herausforderungen Herr, war der Preis höher als jeder, von dem er auch nur zu träumen gewagt hatte. Wirklich, das Leben war viel zu kurz für Pessimismus, oder sich mit Geringem zufriedenzugeben!

Am Bynumskai blieb er erstaunt stehen. Wo waren die Zimmerleute, Maler, Techniker und Krämer, die hier ihren verschiedenen Handwerken hätten nachgehen sollen? Er marschierte an Bord, ignorierte Berards Aufforderung, Eintritt zu bezahlen, und entdeckte Gassoon in seinem Museum mit einer Gruppe von Besuchern.

». . . nichts ist faszinierender als die Mode«, betonte Gassoon gerade. »Nichts zeichnet den Menschen mehr, als die Kleidung, die er trägt, hinter der er sich verbirgt. Die Kostüme haben ihre eigene Aussage . . . Ja, Zamp?« Mit erhobenen Brauen erwiderte er Zamps drängenden Wink.

»Ich muß mit Euch sprechen.«

»Habt die Güte, in meinem Büro auf mich zu warten.«

Zamp war dazu viel zu ungeduldig. Er rannte auf dem Vorderdeck auf und ab. Erst nach zwanzig Minuten öffnete Gassoon die Tür und kam auf ihn zu, als er ihn sah.

»Ihr solltet doch in meinem Büro warten«, sagte Gassoon nörgelnd. »Glaubt Ihr, es macht mir Spaß, die Zeit zu stehlen, um auf dem ganzen Schiff nach Euch Ausschau zu halten?«

Zamp zügelte seinen Grimm. »Wo sind die Handwerker? Ich erwartete Betriebsamkeit und finde Tatenlosigkeit.«

»Aus verständlichen Gründen«, erklärte Gassoon. »Das Projekt geht über meine Verhältnisse. Ich kann es mir nicht leisten, so viel Eisen auszugeben.«

Zamp knirschte mit den Zähnen. »Was ist mit unseren Plänen? Was mit den großen Abenteuern, denen wir voll Erwartung entgegensahen?«

»Alles zu seiner Zeit und ohne Extravaganzen. Demoiselle Blanche-Aster und ich werden unserem Publikum entlang dem Vissel aus alten Werken vorlesen. Übertriebenes Getue ist unnötig.«

»Ah!« rief Zamp. »Demoiselle Blanche-Aster hat sich also bereits damit einverstanden erklärt?«

»Ich hege keinen Zweifel an ihrer Zustimmung. Sie ist eine edle Seele und teilt meine Liebe für das Große, das Echte.«

»Das wird sich gleich herausstellen«, knurrte Zamp. »Sie kommt soeben an Bord.«

Gassoon lief Demoiselle Blanche-Aster entgegen. Zamp folgte mit gesetzteren Schritten.

Wie Zamp schien auch Demoiselle Blanche-Aster erstaunt über die Untätigkeit auf dem Schiff. Gassoon kam ihrer Frage zuvor. »Meine teure junge Dame, welche Freude es ist, Euch zu sehen. Ich habe eine Variation unserer Pläne durchdacht, die ganz gewiß Euer Gefallen finden wird. Der Weg nach Mornune ist weit; eine extravagante Produktion, wie Meister Zamp sie sich vorstellt, wird ungeheure Summen verschlingen. Unser Ziel ist es, die klassische Kunst zu neuem Leben zu erwecken, und nicht zu protzen und zu prunken . . .«

Demoiselle Blanche-Aster fragte mit kühler Stimme: »Ihr seid also unseres ruhmvollen Unterfangens bereits müde?«

»Müde? — Nie! Doch muß ich auch an die Auslagen denken! Die Kosten sind horrend. Mir schwebt ein weniger aufwendiges Programm vor . . .«

Demoiselle Blanche-Aster streckte ihm einen Beutel aus bestickter grüner Seide entgegen. »Hier sind zwei Pfund Eisen. Genügt das? Mehr habe ich nicht.«

Gassoon stammelte etwas Unverständliches und wechselte den Beutel von einer in die andere Hand wie eine heiße Kartoffel. »Selbstverständlich«, brachte er schließlich hervor. »Das ist ausreichend, aber ich stellte mir . . .«

»Wir haben keine Zeit für Unentschlossenheit«, erklärte Demoiselle Blanche-Aster. »Die Mornuner Festivitäten stehen kurz bevor, wir dürfen nicht länger zaudern. Ihr seid sicher, daß die Unkosten mit den zwei Pfund Eisen zu bestreiten sind?«

»Zusätzlich zu den Mitteln, die Meister Gassoon bereit ist beizufügen, können wir nun eine Aufführung vorbereiten, die König Waldemar nicht nur blendend unterhalten, sondern ihm den Atem verschlagen wird!« erklärte Zamp an Gassoons Stelle.

Throdorus Gassoon warf die Hände hoch. »Wenn es so sein muß . . .« — er holte tief Luft — »nun denn, ich mache mit! Berard! Flugs, ruf die Handwerker! Das Museum ist bis auf weiteres geschlossen! Es gibt viel zu tun! Los! Los!«

10

Zwei Wochen harter Arbeit wirkten Wunder. Die alte *Kosmische Panoptikum* war nicht wiederzuerkennen. Gassoon hatte brummend den vorderen Teil seines Museums für die Bühne abgetreten, und im Vorderdeck waren die Zuschauerplätze eingebaut worden. Blaue, rote und gelbe Verzierungen belebten das Weiß und Schwarz. Die Masten waren abgeschliffen und lakiert worden. Bunte Bänder, Fähnchen, Wimpel, Banner und Standarten hingen von Stagen und Wanten. Alles in allem gab der schmale alte Kahn jetzt ein recht erfreuliches Bild am Bynumskai ab.

Zamp hatte ein Ensemble ausgewählt, das er für gerade noch ausreichend für seine Zwecke hielt, und sich durchgesetzt, als Gassoon bei der Einstellung von sechs wohlgestalteten Mimenmädchen heftig protestierte. »Was sollen wir mit solchen — Weiblichkeiten? In unserem klassischen Stück kommt nichts dergleichen vor.«

»Die Hauptdarsteller brauchen Garderobieren und so«, bestand Zamp. »Müssen sie unbedingt alt, dürr und zahnlos sein?«

»Müssen sie unbedingt aufregende, rothaarige Mädchen sein?« konterte Gassoon giftig.

»Mädchen wie sie dienen als Dekor in jedem Stück«, erklärte Zamp. »Ich beabsichtige sie bei den Banketts und Feierlichkeiten einzusetzen, die in dem Werk erwähnt werden. Natürlich halte ich mich dabei an den Text. Jedenfalls werden diese Miminnen solche Szenen auflockern und ihnen mehr Vitalität und Farbe verleihen.«

Gassoon hatte zwar gute Lust, noch mehr einzuwenden, aber er schluckte schließlich seinen Grimm und stapfte hilflos mit den Händen fuchtelnd von hinnen.

Demoiselle Blanche-Aster lernte eifrig ihre Rolle als Lady

Macbeth, während Zamp die Rolle Macbeths einstudierte. Gassoon hatte sich einverstanden erklärt, Duncan zu spielen. Viliweg hatte Banquo darzustellen. Zamp war inzwischen so einiges eingefallen, das Viliwegs besondere Talente herausstreichen würde.

In den Proben bemühte sich Zamp, gewisse obskure Redewendungen zu simplifizieren und zu modernisieren, was erneut auf Gassoons Widerspruch stieß, der auf der Originaltreue des Textes bestand. »Alles schön und gut«, rief Zamp heftig, »aber spricht man nicht, um verstanden zu werden? Weshalb also ein Drama aufführen, das alle, aber auch alle verwirrt?«

»In Eurem Realismus wißt Ihr die Poesie nicht zu schätzen!« erwiderte Gassoon scharf. »Könnt Ihr Euch denn kein Werk aus Andeutungen und Träumen vorstellen, das über animalische Reize und grobe Eindeutigkeiten und unmißverständliche Phrasen hinausgeht, für die Ihr hinlänglich bekannt seid?«

»Gerade meine Fähigkeit des Ausdrucks errang mir die Einladung zu König Waldemars Festspielen«, betonte Zamp. »Also kann ich auch erwarten, daß Ihr dem Respekt zollt.«

»Na schön. Bedient Euch Eurer Platitüden vor König Waldemar, wenn Ihr es für richtig haltet, aber während der restlichen Aufführungen bin ich zu keinen Kompromissen bereit.«

Die Orchesterbegleitung zu *Macbeth* wurde Anlaß zu nicht geringeren Meinungsverschiedenheiten. Gassoon war der Ansicht, daß das Stück sehr wohl ohne musikalische Untermalung gespielt werden konnte. Zamp dagegen bestand auf Orchesterbegleitung, sowohl Gesang, als auch auf Fanfaren, Oboeneinlagen, Gongs, Zimbeln, Trommeln und dergleichen. Und da er zur Bekräftigung als Beispiel ähnliche Werke aufführte, konnte Gassoon sich schließlich nicht mehr allzusehr dagegen wehren.

»Die Authentizität ist von größter Wichtigkeit«, beharrte Gassoon jedoch. »Da der Text Erwähnung von Oboen, Trompeten und Gong macht, sollten auch nur diese Instrumente und keine weiteren zur Begleitung verwendet werden.«

Zamp ließ sich auf eine solche Beschränkung nicht ein, was Gassoon wiederum so verärgerte, daß er Schwierigkeiten machte, als der Tag der Abfahrt festgelegt werden sollte. »Unser Ziel ist Mornune«, gab Zamp zu bedenken. »Es ist sicherer, drei Tage früher mit weniger Proben anzukommen, als drei Tage zu spät, selbst wenn dann alles mit größter Perfektion verlaufen würde!«

»Laßt uns übertriebene Hast vermeiden«, mahnte Gassoon. »Ich gehöre nicht zu denen, die bereits bei der Andeutung einer Rauchwolke nackt auf die Straße laufen. Hier in Coble ist der ideale Ort, uns der Qualität unserer Ausrüstung zu vergewissern, genau wie der unseres Ensembles. Ich beabsichtige weder mein Leben, mein Schiff, noch die künstlerische Vollkommenheit meiner Produktion aufs Spiel zu setzen, nur um Euch von Eurer übertriebenen Nervosität zu befreien.«

»Muß ich denn immer und immer wieder darauf hinweisen, daß unsere Partnerschaft das Ziel hat, den Wettstreit in Mornune zu gewinnen?«

»Ich wünsche Euch das Beste«, sagte Gassoon so trocken er konnte, »solange meine Bestrebungen darunter nicht leiden.«

Endlich erklärte Gassoon sich bereit, sofort nach Beendigung des Jahrmarkts in Coble, der in zwei Tagen begann, abzureisen. »Wir können den Besuchern hier eine Eröffnungsvorstellung bieten«, erklärte er. »Die Einnahmen werden dann zumindest einen geringen Bruchteil der horrenden Ausgaben decken, zu denen Ihr mich gezwungen habt.«

Die Aussicht auf leichte Einnahmen lockte auch andere nach Coble. Am Abend des gleichen Tages lief *Fironzelles Goldene Vorstellung* in Coble ein. Rote und purpurne Wimpel flatterten von allen Stagen, bunte Lampen baumelten von den Mastspitzen. Musiker spielten beschwingte Weisen auf dem Vorderdeck. Das Schiff legte am Zulmanpier, hundert Meter nördlich von *Miraldras Zauber,* an. Wenige Minuten später machte Garth Ashgale bereits seine Höflichkeitsvisite. Mit sichtlich staunender Miene trat er an Bord. »Throdorus Gassoon — Ihr seid es wahrhaftig! Aber kann das tatsächlich die alte düstere *Kosmische Panoptikum* sein? Bei meinem Leben, Ihr habt sie ja herausgeputzt! Nicht zum Wiedererkennen!«

Gassoon deutete auf Zamp, der die Leiter vom Achterdeck herunterkam. »Die Ehre für diese Verwandlung gebührt meinem Kompagnon.«

Garth Ashgale lachte ungläubig. »Apollon Zamp! Dabei hörte ich, daß Ihr ein Engagement als exotischer Tänzer auf den *Zwei Masken* angenommen habt!«

»Dies hier ist die zweite *Miraldras Zauber*«, erklärte Zamp ruhig. »Wenn ich von Mornune zurückkehre, beabsichtige ich das größte und schönste Showboot aller Zeiten in Auftrag zu geben. *Der dritte Zauber*!«

Garth Ashgales Miene verriet Besorgnis und Erstaunen. »Habt Ihr denn tatsächlich vor, Euch all den Strapazen und Gefahren des oberen Vissels und Grundlosen Sees auszusetzen?«

»Strapazen? Gefahren?« fragte Gassoon mißtrauisch. »Welcher Art?«

»Riffe, Untiefen und Stromschnellen lassen sich durch gute Navigation zweifellos bewältigen. Unberechenbar jedoch sind die Flußpiraten und die Akgal-Sklavenjäger, die in dieser Gegend ihr Unwesen treiben. Garken, wie Ihr sicher wißt, ist ihr Hauptquartier.«

»Wir sind bestens und modernstens ausgerüstet«, erklärte Zamp von oben herab. »Wir haben die Akgals nicht mehr zu befürchten als die Wasserhunde.«

»Ihr habt mehr Wagemut als ich«, murmelte Ashgale. »Ich bewundere solche Kühnheit! Ich persönlich ziehe eine ruhige Kreuzfahrt auf dem Suanol vor.« Er sah sich um. »Ihr habt hundert Veränderungen vorgenommen. Wie sehen Eure Aufführungen aus? Weitere der alten Art?«

»Absolut nicht!« rief Gassoon. »Wir bieten ein Programm irdischer Klassiker: Werke, die die Jahrhunderte überdauerten!«

»Wie interessant! Wann findet Eure erste Vorstellung statt?«

»In zwei Tagen.«

»Das werde ich mir nicht entgehen lassen!« versicherte Ashgale. »Wer weiß, vielleicht kann ich noch daraus lernen?«

Ashgale verabschiedete sich und verließ das Schiff. Gassoon sagte böse zu Zamp: »Ihr habt behauptet, die Fahrt auf dem oberen Vissel sei absolut ungefährlich! Und nun berichtet Ashgale von Sklavenjägern!«

»Laßt ihn ruhig reden«, brummte Zamp. »Seine Motive dürften doch wohl nur allzu durchsichtig sein!«

Zamp besuchte die Abendaufführung auf *Fironzelles Goldene Vorstellung* und mußte sich selbst eingestehen, daß sie so glatt, gewinnend und elegant war wie Ashgales Manieren.

Nach der Vorstellung spazierte Zamp gemächlich zu der *Flußtaverne* am Ende des Kais, wo sich gewöhnlich die Mitglieder der Showboot-Ensembles nach den Vorstellungen einfanden. Er wählte einen Tisch in einer im Schatten gelegenen Nische und bestellte sich ein Bier.

Nach und nach trudelten die Mimen und Akrobaten, Clowns und Jongleure einzeln und in kleinen Gruppen ein. Zamp bemerkte mehrere aus seiner früheren Truppe, unter ihnen Wilver, den Wasserwandler, der für seinen scheinbar wunderartigen Auftritt raffinierte Glasstelzen verwendete. Gandolf und Thymas, zwei der beliebtesten Clowns, ebenfalls aus dem alten Ensemble, setzten sich an einen Tisch gleich in der anschließenden Nische. Auch sie bestellten Bier. Eine Weile hörte Zamp nur das Klirren der Krüge, das durch einen besonderen Trick der Akustik in diesem Raum ganz klar zu ihm drang, und dann die Stimmen der drei.

»Uns allen ein langes und erfolgreiches Leben!« rief Wilver.

Eine kurze Pause, dann murmelte Gandolf hörbar melancholisch: »Ich fürchte, wir haben den falschen Beruf erwählt.«

»Es liegt nicht am Beruf«, widersprach Thymas, »sondern an diesen Aasgeiern von Impresarios, denen wir hilflos ausgeliefert sind.«

»Wie wahr! Ich wüßte nicht, wer der schlimmste von ihnen ist, obgleich mir durchaus mehrere Namen gleichzeitig in den Sinn kommen. Apollon Zamp ist nur einer von ihnen.«

»Garth Ashgale nicht zu vergessen, der jedesmal erst sein Gewand zurechtzupft und sich über das Haar streicht, ehe er auch nur einen Blick in den Spiegel wagt.«

»Ich würde sagen, Zamp übertrifft ihn, was Falschheit und Doppelzüngigkeit anbelangt. Stellt man ihn, windet er sich noch geschickter aus der Affäre als eine doppelköpfige Reifschlange auf dem Eis.«

»Ich bin der Meinung, daß Ashgale sowohl gerissener als auch gewitzter ist. Zamp ist lediglich grob und beleidigend.«

»Was soll's«, seufzte Gandolf. »Welchen Sinn hat es, ihre Charaktere zu zerpflücken? Gedenkt ihr weiter bei Ashgale zu bleiben? Er beabsichtigt eine Fahrt den Suanol aufwärts bis Blackwillow.«

»Nein, ich finde die Luft dieser Gegend zu rauh für meine Gesundheit, und außerdem hat Ashgale mein Engagement ohnedies beendet.«

»Meines ebenfalls.«

»Aha, dann hat dieser Gauner Ashgale uns also alle entlassen!«

Wieder hörte Zamp, wie die Krüge heftig auf den Tisch gestellt wurden. Dann sprach Wilver: »Also bleibt uns nichts anderes übrig, als neu anzufangen, oder hier in Coble vor die Hunde zu gehen.«

Gandolf seufzte tief. »Dieser Teufelsgünstling Zamp stellt eine neue Truppe zusammen. Zweifellos wäre er hocherfreut, uns wieder aufzunehmen.«

»Mich wird er nie mehr ausnutzen!« erklärte Thymas heftig. »Ehe ich erneut Frondienste für diesen doppelzüngigen Halunken leiste, flechte ich lieber Körbe.«

»Auch ich denke nicht daran, mich von ihm wieder ausbeuten zu lassen!« rief Wilver. »Trinken wir noch ein Bier?«

»Wie gern, nur fehlt mir das nötige Eisen dafür.«

»Genau wie mir.«

»In diesem Fall ziehen wir uns wohl am besten zurück.«

Zamp sah den dreien nach, als sie die Schankstube durchquerten und die Tür hinter sich schlossen. Er leerte seinen Krug und tastete nach seinem Beutel, um zu bezahlen, als Demoiselle Blanche-Aster, begleitet von Throdorus Gassoon, die Gaststube betrat. Zamp drückte sich in die dunkelste Ecke seiner Nische und zog den Schirm seiner Mütze tief ins Gesicht. Gassoon bemerkte die soeben von den drei Artisten verlassene Nische und steuerte darauf zu. Galant rückte er einen Stuhl für Demoiselle Blanche-Aster zurecht.

»Und hier, meine Teuerste«, sagte er, »ist das Stammlokal der Showboot-Künstler. Seht Euch um. Ihr werdet gewiß sowohl einige von Ashgales Leuten erkennen als auch ein paar unseres eigenen kleinen Ensembles. Was darf ich Euch als Erfrischung bestellen?«

»Eine Tasse Tee.«

»Aber meine Liebste! Gewiß würde etwas Wärmenderes, Anregenderes Euch — wie soll ich sagen . . .«

»Nur Tee, bitte!«

Einen Augenblick lang herrschte Schweigen. Vielleicht sah Demoiselle Blanche-Aster sich in der Schankstube um. »Weshalb habt Ihr mich hierhergebracht?«

»Weil ich mich mit Euch unterhalten möchte. An Bord taucht dieser Hanswurst Zamp ständig überall auf, daß mir manchmal schon deucht, es gäbe vier von seinesgleichen. Wohin ich auch blicke, springt mir sein Gesicht wie von der Feder geschnellt entgegen.«

»Nun denn, worüber wollt Ihr Euch allein mit mir unterhalten?«

»Einen Moment bitte, hier kommt der Schankbursche.« Gassoon bestellte Tee und eine kleine Flasche Wein, dann wandte er sich wieder seiner Begleiterin zu. »Ihr seid einer der Eisengeber unserer Produktion. Wie findet Ihr sie?«

»Sie ist auf jeden Fall beeindruckend und einmalig.«

»Das mag sein — aber haltet Ihr sie für Kunst?«

»Ich weiß nicht, was ›Kunst‹ ist.« Demoiselle Blanche-Asters Stimme war so gedämpft, daß Zamp sie kaum verstehen konnte.

Gassoons Erwiderung sollte wohl witzig klingen, erwies sich jedoch nur als plump. »Was? Eine Dame von Eurer Intelligenz? Das kann ich nie und nimmer glauben.«

Zamp konnte Demoiselle Blanche-Asters gleichgültiges Achselzucken direkt sehen. Sie sagte: »Ich nehme an, daß dieses Wort von Leuten mit zweitrangiger Intelligenz geprägt wurde, um damit die ihnen unbegreiflichen Werke jener zu beschreiben, die ihnen weit überlegen waren.«

Gassoon gluckste. »Das Wort ist die Definition eines Lebensstils. Ich bin kein Künstler, so sehr ich auch wünsche, ich wäre einer. Doch zumindest können wir auf unsere beschränkte Weise als Ausführungsorgan fungieren.« Gassoon gab einen leicht schnalzenden Laut von sich und knurrte: »Wenn wir uns nur dieses Zamps entledigen könnten!«

»Meister Zamps Anwesenheit gewährleistet uns eine sichere Passage über den Grundlosen See.«

Gassoons Stimme klang verdrossen, als er fortfuhr: »Weshalb sollen wir diese schreckliche Reise überhaupt unternehmen? Bei Coble und im Gebiet des unteren Vissels fließt der Strom ruhig durch sein Bett. Warum uns all der Gefahren aussetzen und uns mit Gemeinheiten und Gewöhnlichkeiten abgeben?«

»Erst müssen wir nach Mornune.«

»Aber weshalb denn nur?« Gassoons Stimme klang wie nörglerisches Blöken. »Ich verstehe es nicht.«

Demoiselle Blanche-Aster seufzte. »Ihr werdet wohl nie Ruhe geben, ehe Ihr nicht meine Motive kennt.«

»Damit habt Ihr allerdings recht.« Fast kokett klang seine Stimme nun, als er fragte: »Soll ich Euch auch sagen, weshalb?«

Demoiselle Blanche-Aster schwieg, zumindest hörte Zamp keine Antwort darauf.

Gassoon murmelte: »Ich fürchte die Möglichkeit eines fernen Liebsten, der Euer harret.«

Demoiselle Blanche-Asters Stimme war sanft und ruhig, als sie ihm versicherte: »Er existiert nur in Eurer Fantasie. Mein Vater war ein Edelmann aus Ostllorel. Er besaß eine Truhe mit wertvollen Büchern auf Burg Araflame. Mein Onkel Tristan bemächtigte sich ihrer und brachte sie in seinen Palast nach Mornune. Nun sind sowohl mein Vater als auch mein Onkel tot, Araflame ging in den Besitz meines Bruders über, und ich erbte die Truhe mit den kostbaren Büchern in Mornune. Ich brauchte sie nur zu holen.«

Zamp in seiner Nische spitzte die Lippen und nickte. Gassoon rief erfreut aus: »Ihr habt diese Bücher gesehen?«

»Es ist schon lange her. Wenn wir in Mornune ankommen, werden wir sie gemeinsam prüfen.«

»Ihr werdet keine Schwierigkeiten mit den Besitzansprüchen haben?«

»Nicht die geringsten.«

Gassoon atmete aufgeregt durch die Nase. »Dann sollten wir diese Reise vielleicht doch auf uns nehmen.«

»Das war immer mein Plan.«

Eine Weile saßen die beiden schweigend, dann seufzte Gassoon laut. »Ich traue diesem Burschen Zamp nicht. Trotz seiner fast übertrieben zur Schau gestellten Biederkeit ist er zweifellos verschlagen. Und mir gefällt nicht, wie er Euch mit den Augen schier verschlingt.«

»Er ist völlig ohne Bedeutung, von seiner Einladung abgesehen, die uns sichere Passage garantiert.«

»Wenn das der Fall ist, dann laßt uns über uns sprechen. Die perfekte Vereinigung entsteht aus miteinander geteilten Träumen. Aus dieser Sicht gesehen sind wir eine Seele. Weshalb sollten wir zu dieser Einheit nicht auch mit aller Kraft unserer Persönlichkeit durch eine physische Verbindung stehen? Gebt mir Eure Hand, laßt sie mich zärtlich liebkosen.«

Demoiselle Blanche-Asters Erwiderung kam leicht und ungezwungen. »Throdorus Gassoon, Ihr seid so stürmisch wie ein mythischer Held. Ich bin zurückhaltend und vielleicht ein wenig scheu. Ihr müßt Eure Leidenschaft zügeln, bis unsere Bekanntschaft reift.«

Gassoon stöhnte. »Wie lange muß ich warten?«

»Ich werde es Euch wissen lassen, wenn die Zeit gekommen ist. Inzwischen bitte ich Euch, nicht darüber zu sprechen.«

»Eure Scheu spricht für Euch. Doch haltet Ihr es trotzdem für richtig, daß wir in einem seelenlosen Äther dahintreiben, während schillernde Blasen der Glückseligkeit unberührt an uns vorüberschweben? Unser Leben währt nicht ewig!«

»Im Abstraktum teile ich Eure Gefühle«, versicherte ihm Demoiselle Blanche-Aster. »Wollen wir jetzt gehen? Es gibt nichts hier, was mich interessiert. Ich habe bereits mehr Tänzer und Akrobaten gesehen, als ich je zu schauen begehrte.«

Gassoon und Demoiselle Blanche-Aster verließen die Schankstube. Da Zamp nicht hoffen konnte, noch mehr zu erfahren, brach auch er bald danach auf.

Am nächsten Morgen setzte Zamp eine Generalprobe an. In seiner Rolle als Macbeth hielt er es für angebracht, die emotionale Bindung zwischen Macbeth und Lady Macbeth (mit unbekümmertem Gleichmut von Demoiselle Blanche-Aster gespielt) hervorzuheben. Er schloß seine Partnerin bei verschiedenen Anlässen leidenschaftlich in die Arme, bis Gassoon, der Duncan darstellte, heftig tadelte: »Der Text sieht ein derartig heftiges Gefummel nicht vor. Wir führen hier ein ernstes Drama auf und keinen lüsternen Schwank!«

»Ich bestimme, was für die dramatische Eindringlichkeit wichtig ist«, erklärte Zamp. »Eure eigene Darbietung, beispielsweise, läßt einiges zu wünschen übrig. Wenn wir in Mornune gewinnen wollen, müssen die Gefühle, die wir darstellen sollen, echt wirken. Vielleicht sollten wir eine Szene mit Macbeth und seiner Gemahlin auf ihrem Ehelager einfügen?«

»Für eine solche Exhibition besteht absolut kein Anlaß«, protestierte Gassoon. »Wir wollen weitermachen.«

Zamp winkte dem Orchester. »Beginnt mit dem Anfang.«

Kurz vor Mittag meldete man Zamp, daß gewisse Personen ihn sprechen wollten. Auf der Laufplanke warteten Wilver, der Wasserwandler, gemeinsam mit den Clowns Gandolf und Thymas auf ihn.

»Guten Morgen, meine Herren«, begrüßte sie Zamp. »Unsere letzte Begegnung, wenn ich mich recht entsinne, fand unter weniger glücklichen Umständen statt.«

»Spielt Ihr damit auf den Zwischenfall am Lantufer oder im *Grünen Stern* an?« fragte Wilver. »Ich erinnere mich hier in beiden Fällen an ein paar gutgemeinte Scherze, die helfen sollten, über die Tragödie von Port Whant hinwegzukommen.«

»Ich verstehe eure Einstellung«, versicherte ihnen Zamp. »Es ist mir eine Freude, euch wiederzusehen, und ich wünsche euch aus ehrlichem Herzen Glück zu eurer neuen Karriere bei Garth Ashgale.«

Gandolf spuckte über die Laufplanke in den Fluß. »Ashgale fehlt wirkliches Können. Seine Aufführungen erreichen bei weitem nicht die Qualität, die wir auf der alten *Miraldras Zauber* als selbstverständlich ansahen.«

Wilver, der Wasserwandler, bemerkte: »Ah, die alte Truppe! Das waren noch Tage!«

Nun meldete sich Thymas zu Wort: »Mit Ashgale gelangten wir zumindest nach Coble, denn wie hätten wir sonst die Fahrt bestreiten können? Doch nun ziehe ich eine Veränderung ernsthaft in Betracht.«

Wilver, der Wasserwandler, sagte überlegend: »Ich würde meinen wichtigen Posten sofort aufgeben, wenn ich zu unserem alten Ensemble zurückkehren könnte. Was meint Ihr, Meister Zamp? Sollten wir nicht diese ruhmvollen Zeiten wieder auferstehen lassen?«

»Man darf sich nicht von Sentimentalität leiten lassen«, mahnte Zamp. »Ich rate euch, bei Garth Ashgale zu bleiben, in dessen Engagement ihr gut aufgehoben seid. Er entläßt nur jene, die wirklich nichts taugen — und die möchte ja auch kein anderer.«

»Er kann jedoch ein sehr schwieriger Arbeitgeber sein«, brummte Wilver. »Er verbietet mir, bei meinem Auftritt die Glasstelzen zu verwenden. Doch ohne sie ist es mir unmöglich, auf dem Wasser zu wandeln.«

»Wir haben alle ähnliche Probleme mit Ashgale«, warf Thymas ein. »Ich, beispielsweise, muß in seinem Stück, *Die ungewöhnlichen Träume der Gräfin Ursula*, seltsame Tiere in fragwürdigen Posen darstellen.«

»Ich glaube, alles in allem gesehen, nehme ich Meister Zamps Angebot an«, sagte Gandolf.

»Ich ebenso.«

»Ich auch.«

Zamp zuckte die Achseln. »Wie ihr wollt. Allerdings muß ich betonen, daß ich euch gar kein Angebot machte. Wollt ihr bei mir arbeiten, muß Wilver, da ich keinen Bedarf an einem Wasserwandler habe, als Aushilfsclown auftreten. Außerdem habt ihr als zusätzliche Pflicht die Pflege und Versorgung der Ochsen zu übernehmen. Eure Honorare werden nicht sehr hoch sein, da Meister Gassoon ein sehr sparsamer Mann ist. Wenn ihr euch trotzdem entschließt, bei uns mitzumachen, könnt ihr eure Sachen an Bord schaffen.«

Wilver, Gandolf und Thymas stiegen langsam die Laufplanke hinunter und sprachen leise miteinander.

Von überallher kamen die Leute zum Jahrmarkt in Coble: von den Ufern der Überraschungsbucht, aus allen Orten des Deltas, von Städten so weit flußauf wie Badburg, ja von sogar noch ferneren Siedlungen wie Ilona am Suanol, Byssus am Wergenz, Funkwald am Lant, und auch von Nestor an der Murne. Die Gasthäuser und Herbergen von Coble waren überfüllt, auf der Hafenpromenade herrschte dichtes Gedränge, und überall waren fremdartige Kostüme von großer Vielfalt und Verschiedenheit zu sehen. An den Kais waren Stände und Buden aufgebaut, die alles mögliche zur Schau und zum Verkauf boten: Artefakte, Öle, Essenzen und Balsame, Würste aus Verlory an der Murne, eingelegte Teichrohrsänger aus Port Optimo, kandierten Ingwer und Muskatpulver aus Callous am fernen Ende der Überraschungsbucht. Die Glasbläser von Lanteen boten Gebrauchsgüter und Proben ihrer Kunstfertigkeit an: Ballonflaschen, Karaffen, Trinkgläser, Tassen und anderes Geschirr, aber auch Spielzeug und hübsche kleine Glastiere und Figürchen. Die Gerbereien von Ratwick spannten wohlriechende Häute auf Gestellen auf. Vertreter der Wigstädter Webereien hängten farbenprächtige Stoffe auf Wäscheseile, die sie zwischen den Zitronenbäumen befestigt hatten. Die Cobler Lederbearbeiter stellten Halbschuhe, Sandalen, Stiefel, Hüte, Umhänge, Kniehosen, Jacken und Wämser aus, die von den Fremden gern gekauft wurden.

Den ganzen Morgen machte Ashgale Reklame für seine Vorstellung mit Feuerzauber, Ballonen und einer Künstlerparade durch die ganze Hafengegend, und des Nachmittags spielte er vor übervollem Schiff. Throdorus Gassoon wertete seine rege Werbetätigkeit mit ›Marktschreierei und Schaumschlägerei‹ ab. »Wir sind nicht an sensationslüsternem Gesindel interessiert«, erklärte er Zamp. »Sollen diese Leute doch ihr Eisen in den Wind werfen!« Trotzdem ließ eine größere Zahl von Besuchern *Fironzelles Goldene Vorstellung* links liegen und betrat *Miraldras Zauber.* Natürlich war Gassoon äußerst erfreut, als er das Eisen in der Kasse klingeln hörte.

Zamp fand, daß die Vorstellung recht gut verlief, obgleich Demoiselle Blanche-Aster für seinen Geschmack die Rolle der Lady Macbeth zu wenig gefühlvoll spielte. Aber den Zuschauern schien dieser Mangel an Leidenschaft, sofern es einer war, nicht aufzufallen. Sie saßen wie verzaubert, oder vielleicht nur benommen, offenbar jedenfalls überzeugt, daß ein so undurchsichtiges Stück zweifellos von künstlerischem Wert sein mußte. Als es zu Ende war, klatschten sie höflich, wenn auch ohne übermäßige Begeisterung. Gassoon war im großen und ganzen ermutigt, obgleich er nicht sehr erfreut war, daß ausgerechnet Zamps Einfügungen, Ausschmückungen und sonstiges Beiwerk — seiner Meinung nach ungerechtfertigterweise — am besten angekommen waren.

Am Morgen nach Beendigung des Jahrmarkts legte *Miraldras Zauber* ab und segelte von Coble flußaufwärts. In der letzten Sekunde wurde Gassoon nervös und behauptete, das Schiff sei noch nicht bereit für eine so weite Reise. Zamp, der an seiner Ungeduld würgte, erklärte, daß es nie bereiter sein würde. »Der Monsun ist günstig, und die Zeit drängt! Laßt uns endlich aufbrechen!«

Gassoon warf verzweifelt die Arme hoch, eine Gebärde, die die Besatzung als Zeichen ansah, die Trossen zu lösen. Ochsen zerrten am Gangspill, das Steuerruder ächzte und krächzte, und das große Schiff legte vom Bynumskai ab und trieb hinaus in den Strom. Die Segel blähten sich, und *Miraldras Zauber* war auf ihrem Weg in den Norden.

11

Drei Tage lang genoß *Miraldras Zauber* einen so günstigen Wind, daß selbst Gassoon keinen Wunsch hegte, irgendwo anzulegen. Die Städte Spanglemar, Wigstadt und Port Moses zeigten sich an den Ufern und blieben zurück.

Garth Ashgale, dessen Ziel die Siedlungen am Hohen Suanol unterhalb des Lornamaygebirges war, hatte Coble schon einen Tag vor *Miraldras Zauber* verlassen. In Ratwick entdeckten sie *Fironzelles Goldene Vorstellung* an dem einzigen Pier. Zamp und Gassoon waren einer Meinung, daß es keinen Sinn hätte, im Fluß zu ankern, um Ashgales Abfahrt abzuwarten. Also fuhr *Miraldras Zauber* auch an dieser Stadt vorbei.

Spät am Nachmittag, als der Wind abflaute, beschloß Gassoon hinter jenes Stückchen Land zu segeln, das als Harbinger Insel bekannt ist, um in Chist eine Vorstellung zu geben. Chist war nicht mehr als ein Dorf, das wegen seiner Armut und auch seiner ungünstigen Lage gewöhnlich von Showbooten nicht angelaufen wurde. Das *Flußverzeichnis* wußte folgendes darüber zu berichten:

CHIST: Ein gewöhnlich friedliches Dorf von fünfhundert Einwohnern wurde ursprünglich von einer Gruppe Fundamentaler Vitalisten besiedelt, die sich vor der Verfolgung aufgrund der Großen Doktrin von Chiasm im zentralen Lune XXIII hierher retteten. Die Chisten werden von einem Matriarchat regiert und pflegen eine Zahl merkwürdiger Tabus, mit denen sich der vorsichtige Schiffsherr jedoch nicht übermäßig befassen muß. Solange er nicht seine unmaßgebliche Meinung über die örtliche Situation abgibt, wird er sich der Chisten als disziplinierte und aufmerksame Zuschauer erfreuen können. Er möge jedoch keinen großen Profit erwarten, da die Eintrittsgebühr gewöhnlich in den hier üblichen Tauschgegenständen entrichtet wird.

Gassoon ignorierte Zamps unenthusiastische Auskunft und legte das Showboot an dem schiefen Pier an. Kaum war die Laufplanke ausgelegt, paradierten zwei Mimenmädchen mit Plakaten den Kai entlang. Eines der Plakate zeigte einen Krieger in Kettenrüstung, der seinen Gegner zerfleischte. Darunter stand in großen Lettern:

MACBETH
EIN EPOS DER ALTEN ERDE

Auf dem anderen war eine Frau mit fliegendem blonden Haar zu sehen, die einen blutigen Dolch emporhielt. Die Worte darunter waren:

MACBETH
DIE MÖRDERISCHEN RITEN DER ALTEN ERDE

Gassoon stieg auf die Laufplanke hinaus, um den inzwischen herbeigeeilten Dorfbewohnern eine Ansprache zu halten. Zu diesem Anlaß hatte er sich ein schwarzes Cape umgeworfen und einen schmalkrempigen schwarzen Hut aufgestülpt, unter dem ein paar Strähnen weißen Haares links und rechts vom Gesicht hervorhingen. In gebieterischer Gebärde hob er die Arme. »Würdenträger und Edelleute von Chist! Ich bin Throdorus Gassoon und fühle mich geehrt, euch mit meinem wundervollen Schiff und meiner großartigen Truppe von Schauspielern und Musikern beglücken zu dürfen. Bereitet euch auf ein emotionales Erlebnis vor, dessengleichen euch nie zuvor zuteil wurde! Wir führen für euch ein authentisches Drama der alten Erde auf!«

Eine alte Frau rief zu ihm hinauf: »Mit richtigem, echtem Töten?«

»Meine teure Dame, selbstverständlich nicht!«

Die Greisin spuckte in hohem Bogen auf eines der Plakate. »Dann zum Teufel mit eurer Werbung!«

Verwirrt stieg Gassoon die Laufplanke hinunter und betrachtete die Plakate, die er zuvor noch nicht gesehen hatte. Zamp mußte zugeben, daß Gassoon die Situation großartig meisterte. »Diese Plakate«, erklärte er, »stellen das Thema von *Macbeth* in grober Symbolik dar. Wie alle Symbole dürfen sie nicht mit dem Produkt verwechselt werden, für das sie werben.«

Eine andere alte Frau sagte geschäftsmäßig: »Also, um für das gesamte Dorf zu sprechen, was ist Eure Eintrittsgebühr für alles — Symbolik eingeschlossen?«

»Unsere Preise sind niedrig«, versicherte ihr Gassoon. »Für das gesamte Dorf kann ich wohl mit einem vollen Schiff rechnen.«

Er erklärte sich schließlich bereit, statt Eisen eine Tonne Heu für die Ochsen anzunehmen, und dazu sechs Fässer Sumpfsirup und hundert Räucheraale.

Beim Einbruch der Dämmerung wurden die Lampen entzündet, und sofort begann die gesamte Bevölkerung des Dorfes an Bord zu strömen: Männer, Frauen und auch Kinder. Sie saßen dichtgedrängt auf den Bänken, obgleich die an Stelle der Eintrittsgebühr zugesagten Gebrauchsgüter noch nicht geliefert worden waren. Gassoon ließ sich darüber bei der Obermatrone aus. Sie schüttelte jedoch nur erstaunt, ja ergrimmt den Kopf. »Wir bezahlen nie, ehe wir nicht die Tauschware geprüft haben. Wenn Eure Vorstellung hauptsächlich symbolisch sein wird, wie Ihr angedeutet habt, dann wird auch unsere Bezahlung hauptsächlich symbolisch sein.«

»Das geht nicht!« tobte Gassoon. »Liefert sofort das Heu, den Sirup und die Aale, oder wir werden unser Meisterstück nicht vor euch aufführen!«

Die Vorsitzende des Matriarchats erklärte ihm, daß sie auf solche Bedingungen nicht einginge, aber da versicherte ihr ein junger Mann ihres Dorfes, der in Badburg eine Vorstellung auf den *Zwei Masken* besucht hatte, daß eine Vorauszahlung absolut üb-

lich sei, woraufhin die Produkte schließlich doch auf das Schiff geliefert wurden. Gassoon gab sein Zeichen. Der Gong erklang, und das Orchester spielte die mitreißenden Weisen, die Zamp als Ouvertüre zusammengestellt hatte.

Der Vorhang öffnete sich, und eine trostlose Öde bot sich dem Blick. Schroffe Felsen reckten sich in den schwarzen Himmel. Nur zwei flackernde Fackeln verliehen der Bühne ein wenig Licht. Drei Hexen kauerten am offenen Feuer, über dem in einem Kessel eine Flüssigkeit brodelte. Statt sofort mit dem Dialog anzufangen, was Zamp als zu abrupt erachtet hatte, hüpften die Hexen in Bocksprüngen rund um das Feuer und fuchtelten mit wilden und doch genau einstudierten Gesten um sich, um dem Ausmaß des Bösen, das sie planten, Gewicht zu verleihen. Endlich, erschöpft von ihrer Heftigkeit, taumelten sie zum Feuer und ließen sich in ihren unförmigen schwarzen und braunen Lumpen daneben fallen.

Die Musik erstarb. Drückende Stille senkte sich herab. Mit höhnisch süßer Stimme sprach die erste Hexe:

Sagt, wann ich euch treffen muß:
In Donner, Blitz oder Regenguß?

Zamp war beim Öffnen des Vorhangs die merkliche Spannung im Publikum aufgefallen. Während die Hexen herumhüpften, hatten die Männer verstohlen gekichert und die Frauen hörbar die Luft eingesogen.

Schön ist wüst, und wüst ist schön.
Wirbelt durch Nebel und Wolkenhöh'n.

Eine der Matronen trat vor. Sie breitete die Arme aus und hielt die Aufführung an. »Wir zahlten nicht mit unseren kostbaren Produkten, um uns eurem Spott auszusetzen.«

Ergrimmt rannte Gassoon herbei. »Was soll das? Habt die Güte, Euch zu setzen, Madame. Ihr stört unsere Vorstellung!«

»Das ist unsere Vorstellung! Wir bezahlten dafür!«

»Nun ja, das stimmt zwar . . .«

»Wir bestehen auf einer Änderung! Diese Karikaturen sind eine Beleidigung für uns alle.«

»Unmöglich!« protestierte Gassoon mit klirrender Stimme. »Wir halten uns an den authentischen Text. Also seid so gut und laßt Euch wieder auf Eurem Platz nieder, Madame. Die Aufführung geht weiter.«

Die Matrone setzte sich mit finsterem Gesicht. Die Szene wechselte. Gassoon kam als Duncan auf die Bühne.

Wer ist der blut'ge Mann? Er kann berichten.
So scheint's nach seinem Aussehen, wie's zuletzt
Um die Empörung stand.

Zamp, der von der Bühnenseite die Zuschauer beobachtete, bemerkte ihre ungewöhnliche Aufmerksamkeit. Die Augen glitzerten im Fackellicht, und sie alle saßen steif und hochaufgerichtet auf den Bänken.

Szene III: Wieder waren die Hexen auf der Bühne. Ein paar der jungen Männer konnten ihre unpassende Heiterkeit nicht mehr zurückhalten. Die Vorsitzende des Matriarchats sprang auf und klopfte mit ihrem Stock auf den Boden. »Ich habe genug gesehen! Schafft unsere Produkte zurück an Land. Es ist genau, wie ich befürchtet hatte!«

Gassoon rannte auf die Bühne. »Ruhe! Verhaltet euch ruhig! Kehrt auf eure Plätze zurück. Wir werden das Drama ohne die Hexen spielen!«

Zamp, der mehr Erfahrung mit dem Publikum hatte, erteilte inzwischen seine eigenen Befehle: »Kappt die Taue! Die Ochsen an die Pumpen! Kippt das Deck!«

Das Schiff trieb vom Kai ab. Die erbosten Bürger von Chist wurden über das Deck in den Fluß gespült. Das Heckpaddelrad wühlte das Wasser auf, und *Miraldras Zauber* fuhr flußaufwärts, um die Harbingerinsel herum und zurück zum Hauptlauf des Vissels. Der Abend war totenstill, das Schiff ankerte in der Strommitte, und der Rest der Nacht verlief friedlich.

Am nächsten Nachmittag steuerte Gassoon *Miraldras Zauber* in den Hafen von Port Optimo und setzte eine weitere Aufführung von *Macbeth* an. Zamp konsultierte das *Flußverzeichnis* und machte Gassoon auf die erhaltene Information aufmerksam.

»Die Lage ist hier noch weniger klar als in Chist. Ich sehe jedenfalls zwingende Gründe für ein paar Änderungen. Beispielsweise verabscheuen die Leute hier den Genuß von Alkohol. Also macht es sich vielleicht besser, wenn wir Duncan von Macbeth mit vergiftetem Weinbrand, statt mit dem Dolch morden lassen. Und anstelle der Hexen sollten wir lieber Wassergnome verwenden.«

Gassoon fand kaum Worte. »Die Integrität unseres Werkes wird kompromittiert!« würgte er.

»Aus dem *Flußverzeichnis* geht hervor, daß Port Optimo über drei mit Feuerharpunen bewaffnete Langboote verfügt. Es würde uns also nichts nutzen, das Publikum über Deck zu kippen.«

Gassoon warf die schlaksigen Arme in die Luft, als griffe er nach einer Fantasiestange über seinem Kopf. »Nehmt nur die Veränderungen vor, die absolut unerläßlich sind.«

Entweder wegen oder trotz Zamps Improvisationen wurde die Abendvorstellung wohlwollend aufgenommen. Trotzdem war Gassoon nicht erfreut. Er ließ sich lang und breit über das Festmahl im dritten Akt, Szene IV, aus, für das Zamp als Macbeth Gaukler, Tänzer und Akrobaten zur Unterhaltung herbeibeordert hatte, die eine gute Stunde anhielt. Außerdem kritisierte er die Zwischenszene mit den ehelichen Zärtlichkeiten zwischen Sir Macbeth und Lady Macbeth, die Zamp eingefügt hatte.

Am folgenden Tag, mit den Segeln prall im günstigen Wind, fuhr *Miraldras Zauber* weiter nordwärts, vorbei an Badburg nach Fwyl. Hier hatten allerdings bereits die *Pamelissa* und die *Melodiöse Stunde* angelegt, und Gassoon weigerte sich deshalb, sein Programm hier anzubieten.

Hinter Fwyl wurde der Wind launenhaft. Am Nachmittag des dritten Tages fuhr *Miraldras Zauber* in die Glasbläserbucht ein und gegen die Strömung des Lants zum Hafen von Lanteen. Zamp und Gassoon hatten beschlossen, hier einen zwei- oder dreitägigen Aufenthalt einzulegen.

Am folgenden Morgen öffnete Gassoon dem Lanteener Publikum sein Museum, und Zamp, erfreut darüber, daß Gassoon anderweitig beschäftigt war, nahm die Gelegenheit wahr, Demoiselle Blanche-Aster zu einem Ausflug einzuladen. Sie lehnte zuerst brüsk ab, doch als sie sich bewußt wurde, wie langweilig der Tag zu werden versprach, fragte sie ihn, wie er sich einen solchen Ausflug vorstellte.

Zamp hatte noch nicht weiter darüber nachgedacht gehabt, also schlug er schnell vor, was ihm gerade einfiel, nämlich einen Besuch der Glasbläsereien. »Die Handwerker sind sehr geschickt und einfallsreich. Ihnen bei der Arbeit zuzusehen, dürfte faszinierend sein.«

»Also gut. Ist es sehr weit?«

»Nur um den Berg herum. Am besten wir brechen gleich auf, ehe Gassoon eine Arbeit für uns einfällt.«

Demoiselle Blanche-Aster lachte so herzhaft und offen, daß Zamp sich fragte, wie er sie je für gehemmt hatte halten können. Sie paßte sich Zamps Stimmung an, und wie Kinder, die die

Schule schwänzen, schlichen sie sich von Bord und spazierten die Promenade hoch.

Demoiselle Blanche-Aster meinte nun, statt die Glasbläsereien zu besuchen, könnten sie eigentlich auf den Gipfel des Berges steigen. Zamp erklärte sich sofort damit einverstanden. Also bogen sie auf einen Weg ab, der in Serpentinen zwischen Hecken und niedrigen Steinmauern allmählich zum Glasbläserberg hochführte.

Aus einer plötzlichen Laune heraus, oder auch nur, um sich kapriziös zu geben, vielleicht aber auch, weil sie das Leben jetzt optimistischer sah, legte Demoiselle Blanche-Aster ihre übliche Zurückhaltung ab. Nie zuvor hatte Zamp sie so lebhaft gesehen. Ihr helles Haar flatterte im Wind, ihre blaugrauen Augen glitzerten wie ein klarer Bergsee. In ihrem weißen Kleid hätte sie ein einfaches Mädchen aus der Gegend sein können. Zamp fand sie jedenfalls ganz entzückend. Als sie anhielten, um eine malerische Hütte zu bewundern, deren Wände aus bauchigen grünen, mit Lehm verbundenen Flaschen bestand, beugte sie sich über die Blumen davor und strich sogar dem Kind über die Haare, das im Sand mit Glastieren spielte.

Weiter folgten sie dem Weg, der schließlich zu einem schmalen Pfad wurde und sich zwischen Gattern und eingezäunten Weiden dahinwand, ehe er steiler werdend entlang der hier schroffen Felsen bis zum Gipfel verlief, über den ein paar weiße Wolken nordwärts trieben. Vergnügt wie ein Kind rannte Demoiselle Blanche-Aster ein Stück des Pfades voraus und hielt hin und wieder an, um Blumen zu pflücken oder kleine Steinchen den Hang hinabrollen zu lassen. Zamp folgte ihr gesetzten Schrittes. Wie gern wäre er mit ihr um die Wette gelaufen, aber er wagte es nicht ohne ihre Aufforderung. Als sie den Gipfel erklommen hatten, blieben sie im warmen Sonnenschein stehen, den ein sanfter Wind noch angenehmer machte, und genossen die herrliche weite Aussicht. Wolkenschatten huschten über die Ebene in der Tiefe. Ganz Lanteen bot sich ihrem Blick, östlich vom Hafen am Lant angefangen, bis zum *Grünen Stern* auf seinen krummen Stelzen im Westen.

Demoiselle Blanche-Aster kletterte auf einen Felsen. Sie legte die Hand über die Augen und betrachtete alles bis zum weiten Horizont. Am längsten verharrte ihr Blick im Norden, wo der mächtige Vissel sich als dünner Silberstreifen verlor. Sie machte sich daran, vom Felsblock hinunterzuhüpfen. Zamp stand unten.

Nichts war natürlicher, denn sie aufzufangen und an sich zu drücken. Einen Augenblick schien es, als würde sie sich an ihn schmiegen, doch dann wurde sie steif und befreite sich hastig. Zamp empfand es als kein Kompliment für sich. Ihm schien, als hätte sie sich flüchtig der Vorstellung hingegeben, mit einem anderen, dem Mann ihrer Träume vielleicht, auf den Berg gestiegen zu sein, und dann urplötzlich war sie erwacht und sich bewußt geworden, daß es sich nur um Apollon Zamp handelte.

Demoiselle Blanche-Aster setzte sich mit dem Rücken gegen einen windgeschützten Felsen. Zamp, den ihre Nähe berauschte, versuchte es noch einmal. Er ließ sich neben ihr nieder und legte einen Arm um ihre Taille.

Demoiselle Blanche-Aster bedachte ihn mit einem eisigen Blick und erhob sich. Zamp hielt sie an den Beinen fest und blickte flehend zu ihr empor. »Weshalb seid Ihr so kalt? Liebt Ihr einen anderen?«

»Ich liebe niemanden.«

»Könnt Ihr das beschwören? Sagt mir die Wahrheit!«

»Meister Zamp, ich bitte Euch, beherrscht Euch. Eure Emotionen scheinen Euch wieder einmal zu übermannen.«

»Emotionen? Meine Leidenschaft verbrennt mich! Mir ist, als wäre mein Kopf die Spiegelhalle an Bord der *Feuerglasprisma.* Überall sieht Euer Gesicht mir entgegen. Ich leide, ich schmerze, ich bin krank vor Verlangen! Ich kann nur noch an Eure bezaubernde Schönheit denken!«

Demoiselle Blanche-Aster lachte. »Meister Zamp, Ihr werdet absurd.«

»Ihr seid absurd! Wie kann jemand nur so kalt sein? Verglichen mit Euch ist eine aus dem Eis gehauene Statue der heiligen Imola von glühendem Leben!«

Demoiselle Blanche-Aster löste sich aus Zamps Umarmung. »Eure Einstellung ist erstaunlich. Ihr scheint zu glauben, ich lebe nur, um Euer Verlangen zu stillen! Da ich das jedoch nicht zu tun beabsichtige, haltet Ihr die Schöpfung offenbar für mißglückt.«

»Es ist mehr als Verlangen!« rief Zamp. »Ihr betört mich, erfüllt mich mit Staunen und Furcht . . .«

Trotz ihrer scheinbaren Gleichgültigkeit gab Demoiselle Blanche-Aster ihrer Verwunderung Ausdruck. »Furcht?«

»Furcht vor dem Augenblick, der doch einmal kommen muß, wenn auch vielleicht erst in hundert Jahren, wenn mein brechendes Auge Euch zum letztenmal sieht. Nur in Eurer Gegenwart finde ich Erfüllung. Ich bete Euch an! Und — ja, wirklich! Ich werde Euch mit allen Formalitäten ehelichen.«

»Ich fürchte, Meister Zamp, Ihr seid ein Opfer Eurer überreizten Fantasie.«

»Durchaus nicht! Wir fahren nach Mornune; versprecht mir, mit mir zurückzukehren!«

Demoiselle Blanche-Aster schüttelte den Kopf. »Ich habe meine eigenen Hoffnungen und Träume.«

Zamp schüttelte ungläubig den Kopf. »Was müßt Ihr in Mornune tun, daß Ihr die Liebe und Leidenschaft Apollon Zamps mißachtet?«

»Das ist schnell erklärt. Ich verließ Mornune, um der Vermählung mit einem Mann zu entgehen, den ich verachtete. Jetzt ist er tot, und ich kann nach Hause zurückkehren.«

»Erstaunlich!« rief Zamp. »Gassoon glaubt, ein Schatz an wertvollen alten Büchern erwartet Euch dort. Mir erzähltet Ihr unter anderem, Ihr müßtet Euren kranken Vater aus dem Kerker retten. Nun entsinnt Ihr Euch plötzlich eines unerwünschten Freiers.«

Demoiselle Blanche-Aster blickte in den Norden und lächelte entrückt. »Ich bin in letzter Zeit des öfteren geistesabwesend. Ich vergesse, wem ich was erzählt habe.«

Zamp zischte zwischen den Zähnen. »Ihr quält mich über jedes erträgliche Maß. Wir werden die Sache hier und jetzt ein für allemal klären!« Er trat auf sie zu und riß sie in die Arme. Da erhielt er einen heftigen Hieb auf den Kopf, der ihn zu Boden warf und ihm die Tränen in die Augen trieb. Einen Augenblick lang schwankte der Himmel über ihm. Eine schrille Stimme gellte in seinen Ohren. »Verräter! Hundesohn! Ich hörte mehr, als mir lieb ist. Glaubt Ihr, Ihr könnt mich hereinlegen, indem Ihr Euch heimlich davonschleicht? Nie! Macht Euch für Euren Tod bereit!«

Zamp, vor dessen Augen sich noch alles drehte, sah verschwommen Gassoon einen schweren Säbel schwingen. Verzweifelt rollte er sich zur Seite, und Gassoons Hieb verfehlte ihn.

Zamp versuchte auf die Füße zu kommen, aber in seiner Benommenheit glitt er aus und stürzte erneut zu Boden, während er Gassoons Säbel ein zweites Mal auswich.

Demoiselle Blanche-Aster rannte herbei und faßte Gassoons Arm. »Throdorus! Beruhigt Euch! Steckt Eure Klinge ein!«

»Ich muß dieses Ungeziefer vernichten!« schrie Gassoon außer sich vor Wut. »Er hat heute sein wahres, böses Gesicht gezeigt!«

»Er ist nur töricht, nicht böse«, wehrte Demoiselle Blanche-Aster ab. »Und vergeßt nicht, nur Zamp kann uns sicher über den Grundlosen See bringen!«

»Ich wollte, das wäre nicht der Fall!« knurrte Gassoon. Wütend hieb er ein letztesmal den Säbel durch die Luft, ehe er ihn senkte. Mit finsterem Gesicht wandte er sich an Zamp. »Betrachtet Euch als ein dem Leben wiedergegebener Toter! Ich hoffe, daß Ihr bereut und Euch ändert!«

Zamp kam endlich auf die Füße und riß zornig seine eigene Klinge aus der Scheide. »Stellt Euch, dürre Mißgeburt des nichtausgetragenen Wurfes einer räudigen Hündin! Wir wollen doch sehen, wessen Leben an welchem Faden hängt! Wie konntet Ihr es wagen, uns, die wir hoch über Euch stehen, nachzuspionieren!« Er machte einen Schritt vorwärts, aber Gassoon holte wild mit dem schweren Säbel aus und zerbrach Zamps leichten Degen unmittelbar unter dem Griff, so daß Zamp nur noch den Knauf in der Hand hielt.

Demoiselle Blanche-Aster nahm Gassoons Arm. »Kommt, Throdorus. Kümmern wir uns nicht länger um Meister Zamp. Er hat die Beherrschung verloren und ist im Augenblick nicht zurechnungsfähig.« Sie führte Gassoon den Pfad hinab. Zamp setzte sich auf einen Felsbrocken und massierte den schmerzenden Schädel. Der Vorfall schien ihm wie ein böser Traum. Wie konnte eine gesunde Frau mit warmem Blut in den Adern sich solche Chancen entgehen lassen, wie jene, die er Demoiselle Blanche-Aster so aus vollem Herzen geboten hatte? Aber, egal! Die Reise war noch nicht zu Ende. Zamp entsann sich des flüchtigen Moments, da Demoiselle Blanche-Aster sich fast an ihn geschmiegt hatte. Das war ein gutes Zeichen! Er brauchte seine Bemühungen von nun ab nur zu verdoppeln. Er würde dieses zauberhafte Wesen mit solchem Charme umwerben, wie die Welt es noch nie erlebt hatte! Er würde ihr Herz mit seiner Liebe erwärmen. Er würde ihren Puls mit der richtigen Musik beschleunigen, und sie sich mit Poesie geneigt machen! Sie würde bald feststellen, daß sie ohne ihn nicht mehr sein konnte. Überströmend vor Liebe würde sie zu ihm eilen und seine Aufmerksamkeit erflehen.

Zamp erhob sich und suchte nach seinem Hut. Er setzte ihn auf und stieg den Berg hinunter.

In würdevoller Haltung schritt Zamp die Laufplanke zu *Miraldras Zauber* hoch. Gassoon begrüßte ihn mit einem kalten Blick, doch ohne offene Feindseligkeit. Die Abendvorstellung verlief glatt, Gassoon hatte nicht einmal etwas gegen gewisse Ausschmükkungen eingewendet, die er zuvor als »nicht authentisch und dem Geist des Originals widersprechend« bezeichnet hatte.

Am folgenden Morgen stellte Zamp fest, daß trotz seiner Anweisung bestimmte Notwendigkeiten nicht an Bord gebracht wurden. Sofort begab er sich in Gassoons Büro, fand es jedoch leer. Gassoon war in seinem Museum und zeigte einer Gruppe einheimischer Matronen seine Sammlung antiker Kostüme. Gassoon ignorierte mit voller Absicht Zamps Winke. Zamp war also gezwungen, zu warten und zuzusehen, während Gassoon mit fast zeremoniellen Handgriffen die alten Kleidungsstücke hervorholte: Gewänder, wie sie am Hof getragen worden waren, Schürzen, den schwarzen Uniformrock eines königlich skannischen Lanzenträgers, den schleierfeinen Seidenüberwurf einer lalustriner Nymphe, den Raumanzug eines frühen Astronauten, und Gassoons größte und liebste Kostbarkeit, ein Königsrock, brüchig vom Alter und reich und kunstvoll in Grün und von den Jahren getrübtem Gold bestickt. Gassoon erklärte jedes der Kleidungsstücke in aller Ausführlichkeit mit eintöniger Stimme, bis Zamp schließlich die Geduld verlor. Innerlich grinsend begab er sich in Gassoons Büro und schloß lautstark die Tür hinter sich.

Schon in den nächsten Sekunden hörte er eilige Schritte, und Gassoon stürmte herein. »Was macht Ihr hier? Ihr habt hier nichts zu suchen! Das ist mein Privatbüro!«

»Ich bitte um Entschuldigung, Meister Gassoon, aber ich habe in einer dringlichen Angelegenheit mit Euch zu sprechen.«

»Dann heraus mit der Sprache. Was ist es?«

»Es deucht mir, daß ich mich wohl nicht eindringlich genug ausdrückte, als ich unserem hiesigen Agenten den Auftrag gab, vier Ochsen, die wir zusätzlich zu den acht bereits vorhandenen unbedingt benötigen, und zehn Tonnen Futtermittel zu beschaffen. Obwohl ich beides bereits gestern bestellte, wurde noch nichts geliefert. Ich möchte deshalb, daß Ihr die Angelegenheit selbst in die Hand nehmt.«

»Ich habe die Bestellung rückgängig gemacht«, brummte Gassoon. »Damit dürfte die Sache geklärt sein.«

»Ich habe diese Ochsen nicht aus einer plötzlichen Laune heraus, oder weil ich nicht genug bekommen kann, in Auftrag gegeben«, sagte Zamp scharf, »sondern weil wir es ohne sie nicht schaffen. Der Monsun läßt an Kraft nach, und die Reise ist lang. Wir können es uns nicht leisten, uns auf den ständig wechselnden Wind zu verlassen.«

Gassoon machte eine schneidende Bewegung mit seiner großen weißen Hand. »Die Kosten dafür überziehen unser Budget, das sagt alles. Um jedoch noch genauer zu sein: ich hege ernsthafte Zweifel an der Ausführbarkeit dieses ganzen unsicheren Planes. Angenommen, wir erreichen Mornune und gehen nicht als Sieger aus dem Wettbewerb hervor? Dann haben wir eine horrende Summe für nichts und wieder nichts ausgegeben.«

»Wir werden den ersten Preis gewinnen!«

Gassoon blieb hartnäckig. »Das Projekt ist zu riskant, vor allem aufgrund des nachlassenden Monsuns.«

»Wenn wir sofort weiterfahren, bleibt uns genug Zeit, selbst bei absoluter Windstille.«

Gassoon schüttelte abwehrend den Kopf. »Um ehrlich zu sein, mir ist die Lust vergangen. Meine Hoffnungen, wahres klassisches Drama aufzuführen, sind zunichte. Bei jeder Vorstellung fügt Ihr irgend etwas Neues hinzu. Ich kann mich darüber nicht einmal mehr wundern, aber es schmerzt mich in tiefster Seele. Weshalb sollte ich also weitermachen?« Mit den Händen auf dem Rücken verschränkt, stiefelte Gassoon in seinem Büro auf und ab. »Ich fürchte, ich habe alle Illusionen verloren. Ich halte es nur für richtig, daß Ihr mein Schiff verlaßt.«

»Oh? Wirklich? Und was ist mit Demoiselle Blanche-Aster?«

»Was sie betrifft, hat Euch überhaupt nicht zu kümmern. Sie ist gewiß Eurer kindischen und verrückten Einfälle und dieser unmöglichen Reise genauso müde wie ich. Wir werden eine Woche oder auch zwei hier in Lanteen bleiben und dann gemächlich nach Coble zurückkehren. So, und nun habt die Güte, ohne Aufhebens das Schiff zu verlassen, oder ich muß Turliman bemühen, Euch an Land zu setzen.«

»Einen Moment!« Zamp trat aus dem Büro, überquerte den Gang und klopfte an Demoiselle Blanche-Asters Kabine. Sie öffnete und sah ihn fragend an.

»Bitte kommt sofort in Meister Gassoons Büro«, forderte Zamp sie auf. »Er hat einen Entschluß gefaßt, der Euch zweifellos interessieren dürfte.«

Demoiselle Blanche-Aster, kühl und unnahbar wie früher, begleitete Zamp in Gassoons Büro. »Wir wollen unsere Pläne noch einmal besprechen, nun da alle Beteiligten anwesend sind«, wandte Zamp sich an Gassoon.

»Es gibt nichts mehr zu besprechen«, erklärte Gassoon mit einer Stimme wie die mittleren Töne einer Oboe. »Ich bin zu der Auffassung gekommen, daß die Reise nach Mornune nicht nur schwierig und unklug, sondern auch gefährlich ist. Ihr, Zamp, habt Euch als unerfreulicher Mitarbeiter erwiesen, also werdet Ihr mein Schiff sofort verlassen. Demoiselle Blanche-Aster, unsere Seelenverwandtschaft hat sich mehr als einmal gezeigt. Ich halte die Zeit für gekommen, unsere Einigkeit durch eine formelle Bindung zu festigen.«

Demoiselle Blanche-Aster überlegte einen Augenblick lang, dann antwortete sie mit ungewohnt zögernder Stimme: »Ihr mögt vermutlich recht haben, Throdorus. Die Reise in den Norden ist mühsam, besonders für ein Schiff wie dieses.«

Gassoon nickte grimmig und warf Zamp einen triumphierenden Blick zu.

Nachdenklich fuhr Demoiselle Blanche-Aster fort: »Wie Ihr wißt, habe ich in Mornune etwas zu erledigen, das ich hinter mich bringen muß, ehe ich Eure Vorschläge auch nur in Betracht ziehen kann. Ich bin jedoch der Meinung, daß unsere unterschiedlichen Ziele sich letztendlich durchaus vereinbaren lassen. Gebt mir bitte die zwei Pfund Eisen zurück, die ich in Coble für unsere Fahrt nach Mornune vorstreckte. Meister Zamp und ich werden sie benutzen, eine Feluke zu erstehen. Er und ich fahren dann so geschwind wie nur möglich nach Mornune. Dort regle ich meine Angelegenheiten, während Meister Zamp sich am Wettbewerb beteiligt, wobei ich ihn natürlich gern unterstütze. Vielleicht führen wir Szenen aus *Macbeth* auf, oder aber ein Programm vergnüglicher Pantomimen. Dann, nach Beendigung der Festspiele, schließen wir uns Euch hier in Lanteen wieder an.«

Die Sehnen an Gassoons langem Hals quollen hervor. Sein Adamsapfel hüpfte. Er öffnete die Lippen, doch nur ein Krächzen drang heraus.

Zamp murmelte nachdenklich: »Ja, ein solcher Plan dünkt mir ohne weiteres durchführbar. Er ist auch unsere einzige Alternative, nachdem Meister Gassoon sich mit seinem Schiff nicht in den Norden wagt.« Er drehte sich Demoiselle Blanche-Aster zu. »Ich werde mich sofort nach einem geeigneten Schiff umsehen. Vielleicht könnt Ihr inzwischen Meister Gassoon behilflich sein, die zwei Pfund Eisen auszuwiegen.«

Gassoon stellte sich ihm in den Weg. »Einen Augenblick, Meister Zamp, nicht so schnell. Die Situation ist absurd. Ihr glaubt doch nicht wirklich, daß ich zwei Pfund Eisen in meiner Rocktasche mit mir herumschleppe?«

»Ich habe keine Ahnung, wo Ihr Euer Eisen aufbewahrt, Meister Gassoon. Ich weiß nur, daß uns keine Zeit mehr zum Vergeuden bleibt. Der Monsun geht zu Ende, und wir müssen nach Mornune gelangen.«

Gassoon gab sich ächzend geschlagen. »Bestellt Eure vier Ochsen und das Futter. Wir brechen sofort nach dem Norden auf.«

Eine Stunde vor ihrer Abfahrt erreichte eine sehr beunruhigende Nachricht das Schiff, über die selbst Zamp sich nicht freuen konnte und die Gassoon mit einem Stöhnen der Verzweiflung aufnahm. In der Nähe von Bluskin am Suanol hatte eine Bande der Dynamischen Schwarzen Pfeile *Fironzelles Goldene Vorstellung* aufgelauert, sie überfallen, Garth Ashgale mit gesamter Truppe und Mannschaft gefangengenommen, und das Schiff versenkt.

12

Die Glasbläserbucht schrumpfte hinter ihnen zu einem blaugrauen Dreieck am Horizont und verband sich wie eine schwindende Erinnerung mit dem fernen Dunst. Voraus erstreckte der Vissel sich zwischen niedrigen Ufern in einem Bett, das manchmal kaum vierhundert Meter breit war, während es sich an verschiedenen Stellen von einem zum anderen Horizont auszudehnen schien, so daß die Welt scheinbar nur noch aus Wasser und Himmel bestand. Zamp, der das *Flußverzeichnis* zu Rate zog, stellte fest, daß es auf dem Weg zum Grundlosen See nur noch drei Siedlungen von einiger Bedeutung gab: Skivaree am Zusammenfluß von Vissel und Pelorus; Garken, ein Stützpunkt von Sklavenhändlern und Umschlagplatz für Karawanen; und Massakerknie. Idanthus, Prärieblick und Port Venable waren Orte, die auf der Karte lediglich als winzige Punkte angegeben waren, was bedeutete, daß so gut wie nichts über sie bekannt war. Jenseits von Port Venable waren dreihundert Kilometer Wildnis eingezeichnet: Sumpf, Steppe und ein Ausläufer des Tartarkwalds; schließlich die Mandamanpalisaden und der Grundlose See.

Am ersten Tag nach der Abfahrt von Lanteen blies ein starker Wind, und vereinzelte Zirruswolken standen am Himmel. *Miraldras Zauber* zog einen weißen Bart durch das braun-graue Wasser hinter sich her.

Am nächsten Tag wehte der Wind noch heftiger. Lange Streifen niedriger Wolken trieben über den Himmel, und gegen Mittag kam eine Ballung grauer Wolken aus dem Süden drohend näher. Gassoon befahl nervös, Fock- und Besansegel einzuholen und das Großsegel zu reffen. Das Schiff schlingerte durch einen stürmischen Nachmittag, während Zamp die Version von *Macbeth* probte, die er in Mornune aufzuführen beabsichtigte. Gassoon sah eine Weile verkniffen zu, dann schüttelte er verächtlich den Kopf und zog sich in sein Büro zurück. Zusätzlich zu seinem Hexentanz und der vergnüglichen Unterhaltung während des Festmahls in Akt III, Szene IV, flocht Zamp nun auch eine Krönungsfeierlichkeit ein, ließ Schwerttänzer auftreten, und fügte eine Szene hinzu, die die Motivierung der Hexen zur Verführung Macbeths verständlich machen sollte. Als der Vorhang zu dieser neuen Szene aufging, rührten die drei Hexen in einem riesigen Kessel und murmelten Beschwörungen. Dann faßten sie einander an den Händen und hüpften um den Kessel herum. Schließlich hoben sie die Arme und zauberten blaue Feuerkugeln herbei, aus denen sie eine nackte Lamia mit langem strähnigen Haar formten (Deneis, die jüngste der Miminnen, stellte sie dar). Die Hexen schickten die Lamia durch die Nacht, um für sie Lady Macbeths Blut zu saugen, als Lohn für die Dienste, die sie Macbeth durch ihre Weissagungen geleistet hatten. Lady Macbeth erwachte und sah die Lamia sich über sie beugen. Die Lamia floh, wurde gejagt und im Wald gestellt, wo man sie tötete. Diese Stelle hielt Zamp als besonders wirkungsvoll. Aus Rache rieten die Hexen Macduff, seine Soldaten mit Zweigen aus dem Birnamwald zu tarnen, wenn sie Schloß Dunsinan stürmten. Nach dem Tod Macbeths und Lady Macbeths hängte Zamp noch eine Szene voll feierlichem Pomp an: die Krönung Malcolms, des neuen Königs, auf Scone. Hier schwor Malcolm die Ausrottung von Zauberei. Und der letzte Aufzug war auf der düsteren Heide, wo die drei Hexen sich am Feuer über König Malcolms undurchführbaren Schwur lustig machten und neue Intrigen, Komplotte und Tragödien planten.

Kilometer um Kilometer des eintönigen Flusses blieben zurück. Hin und wieder stand eine Fischerkate am Ufer, oder ein Dörfchen aus kaum zehn windschiefen Hütten, aus denen kleine Lokkenköpfe herausstürmten und dem Showboot mit großen Augen nachsahen.

Am vierten Tag nach ihrem Aufbruch von Lanteen weitete der Fluß sich zu einem trägen Strom, dessen Wasser sich schwach kräuselte und im Sonnenschein glitzerte. Bald darauf war der große Pelorus zu erkennen, der sich dem Vissel aus dem Nordwesten näherte. An seiner Mündung war eine Stadt erstanden, deren weißgetünchte Häuser sich in unregelmäßigen Abständen am Ufer verteilten. Das war Skivaree.

Nach dem *Flußverzeichnis* waren die Bürger Skivarees die Überlebenden eines Volkes aus dem Lande Kyl Wayff im fernen Osten von Lune XXV. Omen, die ihre Propheten gedeutet hatten, waren der Anlaß ihrer Auswanderung gewesen. Hundert Jahre später hatten vierunddreißig ihrer Überlebenden den Vissel erreicht, wo neue Omen ihnen den Mut gaben, sich hier niederzulassen und eine Stadt zu gründen. Dank ihrer besonderen Fähigkeiten hielten sie sich die räuberischen Nomaden vom Hals, und ihre Stadt wurde schließlich zu einer blühenden und wohlhabenden Gemeinde. Die Tätowiermeister von Skivaree waren weitbekannt für ihre kunstvolle Arbeit, die sie mit Fischgrätennadeln und einer Tinte ausführten, deren Zusammensetzung sie niemandem verrieten. Alle Stämme der angrenzenden Tinistalasteppe ließen sich von ihnen tötowieren. Auf der Skivareer Hochschule der Schönen Künste lernten die Töchter der Nomadenedlen schickliches Benehmen und allgemeine Umgangsformen, Teppichknüpfen, Sattelmachen, den Tanz der vier Bewegungen und auch den Tanz der acht Bewegungen. Das *Flußverzeichnis* beschrieb die Einwohner von Skivaree als freundlich, friedlich und tolerant. Trotz aller gegenteiliger Fakten betrachteten sie sich als Angehörige einer nichtirdischen Rasse, die sich von allen Menschen auf dem Großplaneten unterscheidet und diesen weit überlegen ist. Das *Flußverzeichnis* schloß mit der beunruhigenden Warnung:

Achtet gut auf eure Kinder. Laßt sie keine Sekunde aus den Augen. Gestattet ihnen keinesfalls, sich allein auf die Straßen und Gassen Skivarees zu wagen. Ohne jegliche Skrupel werden die Skivareer sie fangen, ihnen den Hals umdrehen, sie schlachten, garnieren, spicken, kochen, braten oder backen und sie auf die verschiedenste Weise zubereitet auf den Tisch bringen, ohne jegliches Schuldgefühl oder Bedauern. Eine vollständige Beschreibung dieses ungewöhnlichen Volkes ist aus Platzmangel in diesem Verzeichnis nicht möglich.

Gassoon beschloß, in Skivaree anzulegen, sowohl um eine Vorstellung zu geben und dadurch Eisen einzunehmen, als auch Obst und frisches Gemüse einzukaufen, das in Lanteen nur in geringen Mengen zu bekommen gewesen war, auf das er aber besonderen Wert legte. Zamp machte keine Einwände, und so lief *Miraldras Zauber* am frühen Nachmittag im Skivareer Hafen ein. Zamp ließ Plakate aushängen und warb für die Abendvorstellung, während Gassoon sich auf dem Markt nach dem Gewünschten umsah.

Da ihm fast zwei Stunden zur freien Verfügung standen, schlenderte Zamp in Begleitung von Viliweg durch die Straßen der Stadt. Der Teil von Skivaree, der dem Flußwind ausgesetzt war, wirkte kahl und das Weiß der Häuser verwaschen. Alle Gebäude hatten ihre Fassade nach dem Süden, aber sie standen in keinen ordentlichen oder regelmäßigen Reihen, da sie jeweils nach dem Omen erbaut worden waren. In einem sorgfältig abgegrenzten Viertel am Vissel gruppierten sich die Tätowierungsläden, drei Gasthäuser, fünf schattige Biergärten und ein freier Platz, auf dem Besucher nach Wunsch ihre Zelte aufstellen mochten. Zamp fielen Menschen von einem Dutzend verschiedener Völkergruppen und in genau so vielen unterschiedlichen Kostümen auf: Dymnatiker, zwei Meter dreißig große Gonchos, die Köpfe unter seltsamen Vorrichtungen aus Leder und Holz verborgen, Khouler mit mitternachtschwarzer Haut, Laluker, die prächtige falsche Schwänze nachschleiften. Sie alle waren der Tätowierkunst der Skivareer wegen hierhergekommen. Im großen und ganzen benahmen sie sich mit förmlicher Steifheit und Wachsamkeit. Jede Gruppe trug ihre besonderen Waffen und wechselte kaum je ein Wort mit einer anderen. Traditionelle Feinde musterten sich lauernd, aber verhohlen, und nahmen Abstand von Tätlichkeiten, da die Gesetze der Skivareer das bei Androhung strengster Strafen untersagten. Die wohlgenährten Skivareer mit ihren runden, milden Gesichtern und dem spärlichen ingwerfarbigen Haar ähnelten keinem ihrer Kunden aus der Steppe. Wenn sie darauf bestanden, sich für Abkömmlinge einer fremden Himmelsrasse zu halten, würde Zamp ihnen gewiß nicht widersprechen. Das einzige, das ihn wirklich interessierte, war, daß sie ihre Eintrittsgebühr in gutem schwarzen Eisen bezahlten.

Als Zamp zum Schiff zurückkehrte, hörte er, daß das schwarze Eisen der Gegenstand der Diskussion zwischen Gassoon und einem Beamten von Skivaree war, der Gassoons Eintrittsgebühr als ungeheuerlich bezeichnete.

»Aber durchaus nicht«, beteuerte ihm Gassoon. »Bedenkt doch, ich muß das Schiff stellen und alle Requisiten. Ich muß ein ungewöhnlich großes Ensemble bereithalten, das ich gezwungen war, erst zusammenzustellen und auszubilden, und das ich gemeinsam mit der Besatzung versorgen und verpflegen und entlohnen muß. Dann fahre ich große Strecken dieses endlosen Flusses entlang, während derer ich keinerlei Einnahmen, mangels Städten unterwegs, habe. Und nun erreichte ich endlich Skivaree. Versteht Ihr, daß ich verärgert bin, wenn Ihr nun daherkommt und meinen Preis drücken wollt?«

»An Euren Worten mag etwas Wahres sein«, gestand der Beamte ihm zu. »Doch trotzdem! Uns hier in Skivaree wird selten eine Unterhaltung geboten, deshalb wird ganz sicherlich jeder Eure Vorstellung besuchen wollen. Aber glaubt Ihr, jeder sei bereit, für zwei Stunden passiven Vergnügens soviel Eisen zu vergeuden, wie er für einen ganzen Tag schwerer Arbeit verdient?«

Gassoon schüttelte uneinsichtig den Kopf. »Meine Eintrittsgebühr ist nicht hoch. Vielleicht ist lediglich der Lohn, der hier bezahlt wird, zu niedrig.«

»Also gut, wir werden sehen«, gab der Beamte friedfertig nach. »Was spielt es schließlich für eine Rolle? Verlangt soviel Ihr wollt. Ihr werdet auf jeden Fall ein volles Schiff haben.«

Kurz nach Sonnenuntergang öffnete Gassoon das Kassenfenster in dem kleinen Verschlag am Fuß der Laufplanke, während das Orchester auf dem Achterdeck beschwingte Potpourris spielte. Sofort strömten die Menschen aus Skivaree herbei. Ohne Murren zahlten sie Gassoons Eintrittspreis und drängten sich an Bord, bis auch der letzte Platz besetzt war.

Als Vorprogramm hatte Zamp drei verschiedene Darbietungen zusammengestellt: einen Balanceakt auf dem Seil, Viliweg mit seinen Taschenspielerkunststücken, und ein komischer Tanz der Clowns, mit von Schauspielern dargestellten Ols. Und dann hob sich der Vorhang zu *Macbeth*.

Zamp war äußerst erfreut über die Wirkung seiner Einfügungen. Die Zuschauer saßen in disziplinierten Reihen, und ihr gleichmäßiges Lächeln verriet, daß sie sich gut unterhielten. Der Schlußvorhang rief zwar keine Begeisterungsstürme hervor, aber das Publikum verließ sichtlich zufrieden das Schiff.

Der städtische Beamte wandte sich an Gassoon. »Eine erfreuliche Aufführung, wahrhaft hervorragend, ihr fehlte nichts an Können oder Dauer. Die Musiker spielten in exaktem Rhythmus, der Gehalt des Dramas war bedeutend und passend.«

Gassoon fühlte sich ungemein geschmeichelt. »Ich finde es sehr anständig von Euch, daß Ihr dieses Lob selbst nach unserer kleinen Meinungsverschiedenheit heute nachmittag ausspricht.«

Der Beamte machte eine Höflichkeitsgeste. »Was nutzte sie schon? Überhaupt nichts. Doch während ich noch hier bin, könnten wir gleich die kleine Angelegenheit der Hafengebühr abwikkeln, die ich während der Vorstellung berechnete.« Er überreichte Gassoon ein Blatt Papier. »Hier ist Eure Quittung. Nun seid so gut und händigt mir das Eisen aus.«

Gassoon wich mit offenem Mund und weitaufgerissenen Augen zurück. »Hafengebühr? Für ein Showboot? Das gab es noch nie! Ich kann eine solche Summe nicht bezahlen! Das ist ja die Hälfte der Einnahmen dieses Abends!«

Der Beamte lächelte freundlich. »Die Hafengebühr wurde genau danach berechnet. In dieser Welt der Unklarheiten ist ein Begriff wie ›die Hälfte‹ ungemein erfrischend.«

Gassoon konnte den Morgen kaum abwarten. Mit dem ersten Grau des Tages befahl er, alle Segel zu setzen, obgleich das ohne Wind wenig nutzte. Schlaff wie leere Säcke hingen sie in der Stille des Morgens. Schließlich ging Phaedra majestätisch am Himmel auf und warf einen Strahl orangeroten Lichtes über das Wasser. Im gleichen Augenblick rührte sich das erste Lüftchen, und der Fluß kräuselte sich, als liefen weiche Katzenpfoten darüber. Die Segel flatterten und füllten sich. Die Trossen wurden gelöst. Das Schiff bahnte sich noch schwerfällig einen Weg und kam kaum gegen die Strömung an. Sowohl um den Ochsen ein wenig Bewegung zu gönnen, als auch um schneller voranzukommen, befahl Zamp, die Heckschraube in Betrieb zu nehmen. Das brachte ihm einen bösen Blick Gassoons ein, der sich in seiner Kompetenz übergangen fühlte.

Der Vissel, der hier bereits bedeutend schmaler war, begann

seinen Serpentinenlauf und zog eine Schleife um die andere. Ständig mußten die Segel gewendet werden, während das Heckpaddelrad gleichmäßig aufgewühltes Kielwasser zurückließ. Eine großartige Vielfalt von Bäumen und Büschen schmückte die Ufer. Tatanische schwarzstämmige Malvenbäume trugen Kronen bleichgrünen Schaums; Gruppen von Tintensträuchern waren mit Heidelbeeren durchwachsen; Trauerweiden ließen ihre Zweige ins Wasser hängen; hin und wieder ragte aus dem Dikkicht eine Riesentamariske hervor, deren Stamm einen Durchmesser von gut sechs Metern hatte und an deren Ästen weiße Baumkletten dicht an dicht klebten.

Am Nachmittag wand der Fluß sich um mehrere vulkanische Landzungen, die nach dem *Flußverzeichnis* reich an Pyritkristallen waren. Am Ufer beobachtete eine Gruppe Nomaden das Schiff, machte jedoch keine Anstalten, ihm an Land zu folgen. Die dunkelhäutigen Männer saßen auf langbeinigen schwarzen Pferden. Sie grüßten weder noch gaben sie auch nur einen Laut von sich. Es war finstere, bedrohliche Reglosigkeit. Zamp studierte die Nomaden durch Gassoons Fernglas, konnte sie jedoch nicht deutlich erkennen. Er bemerkte allerdings ihr spitzes Kinn, die seltsamen schwarzen Hüte mit den hohen Kronen, den langen, herabbaumelnden Ohrklappen und dem Schirm, der tief über die funkelnden schwarzen Augen gezogen war. Es waren die Gesichter bösartiger mythischer Kreaturen, deren Geruch nach Moschus, Süßholz und aromatischem Rauch der Wind bis auf das Schiff trug.

Gassoon in kleinlicher Verärgerung trat hinter Zamp und nahm ihm das Fernglas aus der Hand. »Ich möchte nicht, daß Ihr meine Instrumente benutzt, Meister Zamp. Sie sind empfindlich und wertvoll.«

Zamp seufzte, schwieg jedoch, Gassoon studierte die Nomaden. »Ein widerliches Pack. Ich bin froh, daß sie uns nicht am Ufer überraschten, sonst hätten wir vielleicht das gleiche Geschick erlitten wie der bedauernswerte Garth Ashgale. Diese Reise ist wahrhaftig eine unüberlegte, törichte Waghalsigkeit.«

Die Nomaden rissen ihre Pferde herum und waren verschwunden. Zamp kletterte zum Mastkorb hoch und sah zu seiner Erleichterung, daß der Trupp südwärts ritt.

Der Tag verging ereignislos. Untiefen und Sandbänke erschwerten die Navigation, und Gassoon mußte sein Schiff mit größter Vorsicht steuern.

Zwei Tage lang zeigte der Wind sich von seiner kapriziösesten Seite, dann entschloß er sich, stark und gleichmäßig von Süden her zu blasen. Am vierten Tag nach dem Aufbruch von Skivaree erreichte das Schiff Garken, eine befestigte Stadt, etwas größer als Skivaree, und Umschlagplatz für Karawanen aus und nach dem Nordosten, dem zentralen Lune XXIV, und aus und nach dem Westen, dem Nonetischen Ozean von Lune XXII. Am Kai hatten zwei kleine Koggen mit grün-gelb-schwarzen Standarten angelegt. Nachdem Zamp Anhang VII des *Flußverzeichnisses* konsultiert hatte, wußte er, daß dies die Farben der Malou-Mandaman-Lacustrin Transportgesellschaft des oberen Vissels waren.

Zu Garken wußte das *Flußverzeichnis* nur wenig zu sagen:

GARKEN: Eine gegen die Angriffe der Mandaman-Basilisken und der verschiedenen Tinsitala-Stämme wohlbefestigte Stadt. Garken ist Umschlagplatz für Karawanen, Markt und Handelsdepot für Minerale, Öl, Sklaven, Edelholz, Lanteener Glas, Musikinstrumente aus Coble, Beynarscher Balsam, Unsterblichkeitstropfen aus Mandaman, Granatstein aus Szegedy, und Dutzende andere Güter. Der Garker Markt ist ein sehr farbenprächtiger und stimulierender Anblick, wo Vermögen an Handelsware mit einem Augenzwinkern oder dem Schnippen der Finger den Besitzer wechseln.

Das Handelssyndikat unterhält eine tüchtige und ungemein strenge Polizeitruppe, die dafür sorgt, daß Garken eine fast unwirkliche Oase der Ruhe ist. In Garken gibt es keine Einbrecher, Taschendiebe oder unverbesserlichen Streithähne. Gesetzesbrecher werden sofort bei Erscheinen verhaftet und der gründlichen strafenden Gerechtigkeit übergeben. Aus diesem Grund ist Garken ein Paradies für gerechte und ehrliche Menschen. Unter keinen Umständen darf man sich zu Betrug, Unzucht, Gewalttätigkeit oder sonstigen illegalen Handlungen hinreißen lassen, ist man nicht seines Lebens müde.

Zamp las Gassoon diesen Abschnitt mit bedeutungsvoller Betonung vor. Entrüstet brauste Gassoon auf: »Ich habe die Gesetzeshüter von Garken nicht zu fürchten. Nie in meinem Leben habe ich mich einer ungesetzlichen Handlung schuldig gemacht!«

»Dann fangt lieber nicht in Garken damit an«, warnte Zamp, »oder alle Eure Jahre der Zurückhaltung waren vergebens.«

»Ich sehe keinerlei Schwierigkeiten«, sagte Gassoon von oben herab. »Wir werden wie üblich die Werbetrommel rühren, und so lange Vorstellungen abhalten, als wir genügend Zuschauer anziehen. Wir müssen endlich Profit auf dieser bisher so unergiebigen Reise machen.«

»Wir können uns nur einen Aufenthalt von zwei Tagen leisten«, mahnte Zamp. »Keinesfalls länger. Die Zeit drängt bereits.«

»Wir werden sehen.«

Miraldras Zauber legte am Kai von Garken an, ohne größere Aufmerksamkeit auf sich zu lenken. Zamp ließ die Plakate anbringen, das Orchester spielte fröhliche Weisen, die Mimenmädchen paradierten in betörender Haltung auf dem Oberdeck, aber nur ein paar Personen, die sich ohnedies auf dem Pier aufgehalten hatten, kamen herbei und blickten auf das Schiff.

»Merkwürdig«, murmelte Gassoon. »Sehr merkwürdig. Die Bevölkerungszahl ist nicht gering. Gewiß lehnen die Leute hier doch gute Unterhaltung nicht ab.«

»Ein wenig Werbung wirkt Wunder«, versprach Zamp. »Eine Parade, ein bißchen Musik, und alles wird sich zu unserer Zufriedenheit entwickeln.«

»Das hoffe ich aber«, brummte Gassoon. »Denn wenn nicht, haben wir einen ganzen Nachmittag und Abend verschwendet.«

Zamp packte einen Koffer voll Eintrittskarten, ließ die Kapelle sich in Reihen aufstellen und fügte links und rechts davon je drei Miminnen mit Plakaten hinzu. Dann hob er den Arm. Die Musiker marschierten am Kai entlang und begannen einen mitreißenden Quickstep. Erschrocken winkte Zamp ihnen zu, die Musik abzubrechen. »Es könnte Bestimmungen geben, die Musik während des Tages verbieten. Wir sollten uns dessen zuvor vergewissern. Vorwärts, marsch, jetzt! Haltet Gleichschritt. Die Plakate etwas höher, Mädchen! Wir wollen Karten verkaufen und nicht mit den Passanten flirten!«

Zamp führte die Parade durch eine Gasse zu einem großen Platz, auf dem Buden, Stände und Verkaufskarren ein Bild farbiger, lebhafter Betriebsamkeit boten. An zwei Seiten des Platzes reihte sich ein Gasthaus an das andere. In einer Ecke, im Schatten von Gallapfelbäumen, standen ein paar Sklavenkäfige, einige besetzt, andere leer. Unmittelbar gegenüber stand ein Tor in der massiven schwarzen Ziegelmauer offen und gewährte einen Blick über die Steppe.

Zamp hielt seinen Trupp an, der bereits allgemeine Aufmerksamkeit auf sich zog. In der Nähe stand ein hochgewachsener dunkelhaariger Mann mit fahler Hautfarbe, schlaffem Kinn und einer Adlernase, was alles dazu beitrug, ihn streng und finster erscheinen zu lassen. Seine Uniform aus polierten schwarzen Bambusrohren und sein komplexer Lederhut mit Dutzend Falzen und Falten wies auf seinen amtlichen Status hin. Zamp schritt auf ihn zu, überzeugt, exakte Auskunft von ihm erhalten zu können.

»Wir sind fremd hier in Garken«, erklärte er ihm. »Genau gesagt, wir kamen soeben erst mit dem Showboot *Miraldras Zauber* an und möchten Werbung für unser Programm machen. Verstoßen wir gegen irgendwelche Bestimmungen oder Gesetze, wenn wir Musik spielen und die Bürger zu unseren Vorstellungen einladen?«

»Durchaus nicht«, versicherte ihm der Mann in der schwarzen Bambusrüstung. »Ich spreche mit Autorität, weil ich ein Mitglied des Magistrats bin.«

»In diesem Fall«, sagte Zamp erfreut, »ist es mir eine Ehre, Euch die erste Karte in Garken zu verkaufen, und zwar zu dem geringen Preis von einem halben Heller.«

Der Magistratsangehörige überlegte kurz, dann erwiderte er: »Gewiß doch, ich werde Euch sogar vier solcher Karten abkaufen.« Aus seinem Lederbeutel holte er einen Block, dessen Blätter etwa 3 × 5 cm waren. Dann benutzte er ein winziges Instrument, mit dem er ein schwarzes Siegel auf das oberste dieser Papierstreifen prägte. Er riß ihn vom Block und übergab ihn Zamp. »Zwei Heller, mein Herr, das ist doch die korrekte Summe?«

Zamp blickte verwirrt auf das Stückchen Papier. »Ich ziehe die Bezahlung in Eisen vor«, erklärte er.

»Dieser Schein ist vom gleichen Wert wie zwei Eisenheller«, belehrte ihn der Uniformierte mit einer Stimme, die keinen Widerspruch zuließ. »Er kann überall in Garken gegen jegliche Art von Ware eingetauscht werden. Diese Art von Zahlungsmittel ist das einzig gültige in unserer Stadt.«

»Wenn das so ist, finde ich dieses System ungemein klug«, murmelte Zamp. »Ist es möglich, diesen Schein auch gegen zwei Eisenheller einzulösen? Und wenn ja, wo?«

»Seht Ihr das große Gebäude aus schwarzem Ziegel dort am Ende des Platzes?« Der Magistratsangehörige deutete mit einem langen weißen Finger, der Gassoons ohne weiteres Konkurrenz gemacht hätte. »Das ist die Bank, wo alle Zahlungsmittel eingelöst und umgewechselt werden können.«

»In diesem Fall danke ich Euch sowohl für die Auskunft als

auch Eure Gebräuche«, verabschiedete sich Zamp. Er winkte dem Orchester, das sofort eine fröhliche Weise aufspielte. Die Mimenmädchen mit den Plakaten in den Händen führten einen komplizierten Tanz mit wirbelnden Bewegungen, Hopsern, Wendungen und Kniebeugen auf. Neugierige sammelten sich, um interessiert zuzusehen. Hin und wieder unterbrach Zamp Musik und Tanz, und warb für die Vorstellung, die noch am gleichen Abend auf *Miraldras Zauber* stattfinden sollte. Er verkaufte eine befriedigende Anzahl von Eintrittskarten, und alle bezahlten mit den schnell geprägten Scheinen.

Verzweifeltes Rufen und heftige Bewegungen unter den Gallapfelbäumen erregten Zamps Aufmerksamkeit. Seine Neugier war geweckt. Er marschierte hinüber zu den Sklavenkäfigen. In einem Verschlag aus Bambusrohren entdeckte er Garth Ashgale und mehrere Mitglieder seiner Truppe.

Zamp blickte mit ernster Miene durch das Bambusgitter. »Meister Ashgale! Ich bin überrascht, Euch hier in Garken zu sehen!«

»Wir sind nicht aus freiem Willen hier«, erklärte Ashgale mit zitternder Stimme. »Wir wurden überfallen, gefangengenommen, bedroht, wie Vieh eingesperrt und hierhergebracht, um als Sklaven verkauft zu werden! Könnt Ihr Euch das überhaupt vorstellen? Unsere Freude und Erleichterung bei Eurem Anblick finden keine Worte!«

»Über ein vertrautes Gesicht in fremdem Land«, sagte Zamp, »freut sich wohl jeder. Doch entschuldigt mich jetzt, ich muß Karten für die Abendvorstellung verkaufen.«

Zamp kehrte zur Kapelle zurück, rief noch einmal laut seinen Werbespruch und verkaufte weitere fünfzig Karten.

Garth Ashgale hörte nicht auf, ihm drängend zuzuwinken. Schließlich stapfte Zamp erneut zu den Sklavenkäfigen. »Meister Ashgale, habt Ihr mit Euren Gesten mich gemeint?«

»Ja, natürlich. Wie bald könnt Ihr uns aus diesen Verschlägen holen? Wir haben ein großes Bedürfnis nach einem Bad und einem anständigen Mahl!«

Zamp lächelte betrübt. »Ihr überschätzt meine Möglichkeiten. Ich kann nichts für Euch tun.«

Garth Ashgale lehnte sich bestürzt an das rückwärtige Gitter. »Ihr habt doch nicht wirklich die Absicht, Kollegen hier ihrem Schicksal zu überlassen?«

»Mir bleibt keine andere Wahl.«

»Aber sicherlich könntet Ihr doch zu irgendeiner Einigung mit den Sklavenhändlern kommen!«

Zamp schüttelte bedauernd den Kopf. »Ich habe keinen Bedarf an so vielen Sklaven, selbst wenn ich genügend Eisen hätte, sie zu erstehen.«

Nach kurzer Überlegung erklärte Ashgale kühl: »Wenn Ihr uns aus dieser Zwangslage befreien könnt, werden Eure Unkosten selbstverständlich und voll Dankbarkeit ersetzt werden.«

»Ich habe unglücklicherweise jedoch überhaupt kein Eisen«, sagte Zamp. »Mein ganzes Hab und Gut ging mit meinem Schiff in Port Whant unter. Es sieht fast so aus, als gäbe es doch noch eine ausgleichende Gerechtigkeit.«

»Und was ist mit Meister Gassoon?«

Zamp zupfte nachdenklich an seinem Spitzbart. »Ich könnte ihm den Vorschlag unterbreiten. Uns fehlen vier Ochsen, aber ich kann mir nicht vorstellen, daß Ihr Wert darauf legt, mit den Ochsen untergebracht zu werden und die Gangspille zu drehen.«

Ashgale seufzte abgrundtief. »Wenn es das sein muß — ja selbst dann akzeptieren wir.«

Zamp stolzierte zum Büro des Sklavenhändlers — ein stattlicher Mann in dunkelrotem Mantel. »Womit kann ich Euch dienen?« erkundigte er sich freundlich.

»In einer Woche oder so«, erklärte Zamp, »bin ich möglicherweise in der Lage, Euch ein Dutzend Stück Ware anzubieten. Was bezahlt Ihr pro Kopf?«

»Das hängt in hohem Maß von der Ware ab. Ich kann keinen genauen Preis nennen, ehe ich sie nicht begutachtet habe.«

»Nehmen wir zum Vergleich beispielsweise diese Gruppe dort in den Bambusverschlägen.«

»Das ist Gebrauchsware, für die ich fünfzehn Heller pro Kopf ausgebe. Sie sind von keiner Beständigkeit und werden auch nicht viel verlangt.«

»Oh, wahrhaftig!« rief Zamp. »Ich hatte keine Ahnung, daß Sklaven so billig sind. Was wäre dann Euer Verkaufspreis?«

Der Sklavenhändler fuhr sich über das Kinn. »Ich würde vierzig Heller pro Kopf verlangen. Beabsichtigt Ihr nun zu verkaufen oder zu kaufen?«

»Heute, wenn der Preis sich in vernünftigen Grenzen hält, wäre ich möglicherweise bereit zu kaufen. Ich könnte jedoch nicht mehr als zwanzig Heller pro Stück Ware ausgeben.«

Der Sklavenhändler riß die bisher unter den Lidern halb bedeckten Augen vor Schreck weit auf. »Das hieße sein Geschäft mit Verlust betreiben! Mein Herr, laßt Eure Vernunft walten!«

Schließlich erklärte der Händler sich mit sechsundzwanzigeinhalb Heller pro Kopf einverstanden und setzte die Gesamtsumme auf fünfhundert Heller. »Und nun zur Bezahlung«, sagte Zamp. »Ich habe hier das anerkannte Zahlungsmittel dieser Stadt, das ich beim Verkauf unserer Eintrittskarten annahm. Es handelt sich insgesamt um einen Betrag von dreiundsechzig Heller, die ich Euch hiermit übergebe. Damit bleibt ein Rest von vierhundertundsiebenunddreißig Hellern.« Er öffnete seinen Koffer mit den Eintrittskarten. »Ich überlasse Euch deshalb achthundertvierundsiebzig Halbhellerkarten, die vergleichbar mit den Zahlungsmitteln von Garken sind — beachtet das Amtssiegel des großen Showboots *Miraldras Zauber*. Diese Karten können an der Laufplanke als Berechtigung zum Besuch einer Vorstellung abgegeben werden. Sie behalten ihren Wert bis zur Einlösung.«

Der Sklavenhändler begutachtete die Karten, die Zamp ihm ausgehändigt hatte. »Ich bin mir nicht so recht klar über die Funktion dieser Karten. Können sie auch gegen Eisen eingelöst werden?«

»In Eisen, wenn Meister Gassoon so entscheidet, oder eine andere wertvolle Gegenleistung, wie beispielsweise der Eintritt zu einer Aufführung des Dramas *Macbeth*. Es bleibt Euch selbstverständlich auch vorbehalten, diese Karten mit Profit für Euch, vielleicht zum doppelten Preis, an Neuankömmlinge aus der Steppe zu verkaufen.«

»Also gut. Die Sklaven gehören Euch. Zu einem solchen Preis kann ich allerdings keine Garantie leisten.«

»Ich nehme das Risiko auf mich«, versicherte ihm Zamp. »Jetzt brauche ich allerdings einen Strick, damit ich sie Hals an Hals binden kann, um einen Fluchtversuch zu verhindern.«

»Flucht? Wohin denn? Aber wenn Ihr wollt, dort in der Ecke findet Ihr ein starkes Seil, das zweifellos für Euren Zweck genügen wird.«

Zamp führte die neuerstandenen Sklaven zum Showboot, während Kapelle und Mimenmädchen hinterherparadierten. Als der Trupp im Gänsemarsch die Laufplanke hochstieg, sagte Garth Ashgale mit zittriger Stimme: »Apollon Zamp, wir hatten unsere kleinen Differenzen, aber heute habt Ihr eine großzügige Tat vollbracht. Seid versichert, daß zumindest ich sie Euch nie vergessen werde.«

»Auch ich nicht!« rief Alpo, der Erste Akrobat von Zamps altem Ensemble, eilig. »Drei Hurras für Apollon Zamp, dem Besten von allen.«

»Laßt uns damit noch eine Weile warten«, warf Garth Ashgale ein. »Im Augenblick bin ich selbst dazu zu erschöpft. Und nun befreit uns von diesem Strick, Meister Zamp. Ich sehne mich nach einem Bad, sauberer Kleidung, einem guten, reichlichen Mahl und danach nach absoluter Ruhe und Entspannung!«

»Nicht so schnell!« erwiderte Zamp mit grimmigem Lächeln. »Gewisse Erlebnisse auf dem Lant und im *Grünen Stern* sind noch allzu frisch in meiner Erinnerung.«

»Kommt, kommt, Freund Zamp!« rief Ashgale. Ich bin durchaus bereit, Vergangenes zu begraben.«

»Alles braucht seine Weile, und alles der Reihe nach. Indem ich euch freikaufte, mußte ich tief in die Tasche greifen.«

»Wir erkennen selbstverständlich die Schuld in vollem Umfang an«, versicherte ihm Garth Ashgale eifrig. »Jeder einzelne ist bereit, sie zurückzubezahlen.«

»Sehr gut«, brummte Zamp. »Dann unterschreibt mir jetzt einen Schuldschein, der von Eurer Bank an mich ausbezahlt werden kann, und zwar in der Höhe von tausend Hellern. Ihr könnt dann einzeln von Euren mitausgelösten Ensemblemitgliedern kassieren.«

Garth Ashgale brach in heftigen Protest aus, aber Zamp unterbrach ihn mit unerbittlicher Miene. »Ich brauche wohl nicht extra zu betonen, daß ich gezwungen bin, euch alle als Sklaven zu behandeln und am Gangspill arbeiten zu lassen, bis das Eisen in meiner Hand ist.«

»Ein bitterer Kelch!« resignierte Garth Ashgale. »Eure Hilfsbereitschaft hat einen ätzenden Nachgeschmack.«

Zamp setzte zu einer kühlen Erwiderung an, wurde jedoch von Gassoons schriller Stimme abgehalten. »Meister Zamp, verratet mir gütigst den Grund für diesen Einfall!«

»Einen Augenblick.« Zamp rief den Bootsmann herbei. »Schaff diese Leute auf das Orlopdeck, und sieh zu, daß sie sich nirgendwo sonst herumtreiben.«

Der Bootsmann führte Ashgale und seine Truppe fort. Zamp schloß sich Gassoon auf dem Achterdeck an. »Vielleicht erklärt

Ihr mir nun freundlicherweise Eure merkwürdige Handlung«, verlangte Gassoon aufgebracht.

»Aber gern. Habt Ihr denn Garth Ashgale und sein Ensemble nicht erkannt? Ich entdeckte sie dort hinten in den Sklavenkäfigen!«

»Und wie«, erkundigte sich Gassoon mit einem schiefen Blick auf seinen Kompagnon, »konntet Ihr sie ohne Mittel freikaufen? Ich hoffe nur, Ihr habt weder Gewalttätigkeit noch Betrug angewandt.«

Zamp erwiderte mit kühler Überlegenheit. »Das: ich über keine Mittel verfügte, wie Ihr mir so schön unter die Nase reibt, wandte ich meinen Einfallsreichtum und meine Überredungskünste an.«

Gassoon drückte die Hände auf den Kopf, daß Strähnen weißen Haarès zwischen den Fingern heraushingen. »Diese Worte haben mir einen recht ominösen Klang.«

»Das Arrangement ist durchaus legal«, versicherte ihm Zamp würdevoll. »Der Sklavenhändler handelt nun als unser Kartenverkäufer. Wir kamen zu einer beiderseits zufriedenstellenden Vereinbarung.«

Gassoon schien zusammenzusacken. Mühsam krächzte er: »Und wie sind die Einzelheiten dieser Transaktion?«

»Ich überließ ihm eine bestimmte Zahl von Karten als Erstattung für seine Gebühren und Unkosten.«

Gassoons Krächzen war kaum noch verständlich: »Wie viele Karten?«

»Um genau zu sein, achthundertundvierundsiebzig.«

»Achthundertvierundsiebzig! Müssen wir drei Vorstellungen geben, ohne auch nur das geringste daran zu verdienen?«

»Absolut nicht«, versicherte ihm Zamp. »Unser neuer Agent hat verschiedene Möglichkeiten. Er kann die Karten zu einem Profit für sich verkaufen, oder sie an seine Freunde und Bekannte verteilen, oder sie hier gegen Eisen einlösen.«

Gassoons Stimme schnappte fast über, als er ausstieß: »Soll ich vielleicht für meine Karten auch noch gutes Eisen auszahlen? Unvorstellbar! Ich verfüge überhaupt nicht über eine solche Summe!«

»Soweit wird es gar nicht kommen«, beruhigte ihn Zamp. »Die Sache hat viele Vorteile. Meister Ashgale und seine Kameraden haben sich bereit erklärt, die Arbeit der fehlenden Ochsen zu übernehmen. Außerdem werden sie uns die Auslagen zurückerstatten, wenn wir erst wieder in Coble sind. Das Ganze bringt uns einen beachtlichen Profit!«

Gassoon warf hilflos die Hände in die Luft und stapfte bedrückt in seine Kajüte.

Die Abendvorstellung war nur schwach besucht. Anwesend waren der Sklavenhändler, der Magistratsangehörige und jene anderen, die auf dem Marktplatz ihre Karten mit geprägten Scheinen bezahlt hatten, außerdem noch dreißig weitere, die an der Laufplanke Karten gegen solche Scheine eingehandelt hatten, und dazu noch ein zusätzliches Dutzend, das die Karten vermutlich von dem Sklavenhändler erstanden hatte.

Gassoon betrachtete trüb die leeren Plätze. »Wenn die Lage sich nicht ändert, müssen wir zwei Wochen hierbleiben und zwei Vorstellungen pro Tag abhalten — für nichts!«

»Kaum vorstellbar«, murmelte Zamp. »Vielleicht . . .« Er hielt inne und zupfte nachdenklich an seinem Spitzbart.

»Vielleicht, was?«

Ehe Zamp seinen Gedanken noch Ausdruck geben konnte, kamen der Magistratsangehörige und der Sklavenhändler herbei. »Eine großartige Darbietung, wenn auch etwas makaber und desolat«, gab der Magistratsmann seiner Meinung Ausdruck. »Was steht morgen auf dem Programm?«

»Dasselbe«, erwiderte Zamp.

Der Sklavenhändler schüttelte mißvergnügt den Kopf. »Für eine das Gemüt derart bedrückende Aufführung bringe ich keine Karten an den Mann. Wir hier in Garken ziehen vergnügliche Unterhaltung vor, wie Schwänke, Possen, Frivolitäten, ja selbst Zotenreißer, wenn sie mit gutem Geschmack und Takt geboten werden. Ich glaube, ich tausche diese Karten lieber gegen Eisen ein.«

Gassoon verdrehte vor Schreck die Augen. Zamp erklärte ruhig: »Diese Karten sind ähnlich zu handhaben wie eure geprägten Scheine. Sie müssen auf der Bank eingelöst werden.«

Der Sklavenhändler wollte protestieren, aber das Magistratsmitglied sagte: »Das deucht mir durchaus vernünftig. Wer möchte sich denn schon ein paar unbedeutender Eisenheller wegen des Betrugs schuldig machen?«

»Zweifellos niemand«, brummte der Sklavenhändler. »Aber der Einlösungstag der Bank liegt noch sechs Monate in der Zukunft!«

»Da es sich hier um besondere Umstände handelt«, beruhigte der Magistratsbeamte beide, »werde ich der Bank den Auftrag erteilen lassen, sowohl die geprägten Scheine als auch die für dieses Schiff ausgestellten Karten bereits morgen vormittag einzulösen. Ihr braucht Euch Eures Eisens wegen keine Sorgen zu machen. Wir hier in Garken sind sehr genau. Wir können es uns gar nicht leisten, anders zu sein.«

Der Magistratsangehörige und der Sklavenhändler verließen das Schiff. Zamp und Gassoon blickten einander an. Zamp murmelte: »Es gibt ganz offensichtlich nur einen Ausweg für uns.«

Ausnahmsweise war Gassoon einmal seiner Meinung. Er rief den Bootsmann. »Ochsen an die Gangspille. Segel setzen! Trossen kappen! Wir werden Garken sofort verlassen!«

13

Der Wind blies kalt und gleichmäßig aus dem Süden. Die Sterne funkelten klar am Himmel, nur vereinzelt zogen Wolken über sie hinweg. Schon fast mit den Fähigkeiten eines Hellsehers navigierte die Mannschaft durch den schäumenden Fluß, ohne gegen die schroffen Ufer zu laufen.

Gegen Mitternacht ließ der Wind nach. Die Ochsen drehten zwei Gangspille, und Garth Ashgale und seine Leute mußten sich trotz bitterer Proteste des dritten annehmen. Und so fuhr das Schiff nordwärts.

Bei Morgengrauen blähten die Segel sich wieder, und das Heckschaufelrad konnte aus dem Wasser gehoben werden. Am Vormittag donnerten die Hufe von sechs Pferden aus dem Süden auf dem Ostufer herbei. Ihre Reiter brüllten und fuchtelten mit den Armen. Gassoon steuerte das Schiff näher ans Westufer und tat, als bemerke er die Reiter überhaupt nicht. Schließlich gaben die Männer am Ufer es auf und kehrten mit hängenden Schultern um. Zamp, der ihnen durch das Fernglas nachsah, glaubte die stattliche Gestalt des Sklavenhändlers zu erkennen, wenn auch eine finstere Miene die Züge verzerrte.

»Glücklicherweise haben wir Garken hinter uns«, sagte Zamp zu Gassoon. »Die Bürger dieser Stadt sind kleinlich und ohne jeglichen Sinn für Humor. Sie würden vor nichts haltmachen, nur um einen Vorteil zu erringen.«

»Trotzdem«, knurrte Gassoon böse. »Mein guter Ruf, den ich mir in vielen Jahren errang und sorgfältig hütete, hat nun einen unangenehmen Beiklang.«

»Nicht unbedingt«, beruhigte ihn Zamp. »Die Garkener Bank entschließt sich vielleicht, unsere Karten als gültige Zahlungsmittel anzuerkennen. In diesem Fall würde niemand etwas verlieren.«

Spät am nächsten Tag näherte das Schiff sich Massakerknie, ein Ort, über den das *Flußverzeichnis* nichts zu berichten wußte. Gassoon wollte dort ein oder zwei Vorstellungen geben, um vielleicht doch noch seine Unkosten zu decken, aber Zamp riet davon ab. Er fürchtete, daß möglicherweise Reiter aus Garken die Stadt vor dem Schiff erreicht haben könnten, was zweifellos sehr unerfreuliche Folgen haben würde. Jedenfalls stritten Zamp und Gassoon wie so oft wieder einmal heftig miteinander.

Der ganze Disput stellte sich dann jedoch als unnötig heraus, da Massakerknie eine zerfallene und verlassene Stadt war. Gassoon steuerte das Schiff dicht an die verrotteten Kais heran und betrachtete die Ruinen durch sein Fernglas. Außer den Häusertrümmern bemerkte er lediglich etwas, das möglicherweise die Bewegungen sich Versteckthaltender sein mochten. Ohne alle Zweifel aber war Massakerknie kein Ort, an dem es sich rentieren würde, eine Vorstellung zu geben. Also segelte *Miraldras Zauber* weiter.

Das Land links und rechts des Flusses war nun zur schier endlosen Prärie geworden. Der Vissel wand sich wie eine gewaltige Schlange weich und träge hindurch. Und *Miraldras Zauber* schwamm unter dem blauen Himmel und sanften Sonnenschein wie in einem beglückenden Traum dahin. Mehrmals tauchten Nomadentrupps am Ufer auf und starrten schweigend auf das Schiff, oder ritten hin und wieder auch brüllend und die Hüte schwenkend nebenher.

Das *Flußverzeichnis* bot nun keine nützliche Auskunft mehr, obgleich auf der darin enthaltenen Karte noch weitere Städte eingezeichnet waren, nämlich Prärieblick, Identhus, Port Venable und Burg Banoury. Trotz Zamps Befürchtungen auf ein Zusammentreffen mit Garkener Abgesandten bestand Gassoon auf einem Halt in Prärieblick. Die Stadt bestand aus kaum mehr als den Pieranlagen, einem Warenschuppen und ein paar kleinen Bauernhöfen. Trotzdem wurde *Macbeth* vor einem aufmerksamen und dankbaren Publikum gespielt. Gassoon war so erfreut über die Einnahmen, daß er mehrere Tage verweilen wollte. Zamp protestierte dagegen und wandte ein, daß die Zeit drängte.

Einen Tag nachdem sie Prärieblick verlassen hatten, erschien am Ufer eine Schar Nomaden, die sie eine Weile beobachtete und dann offensichtlich zielbewußt flußaufwärts galoppierte. Zamp fand ihr Benehmen sehr verdächtig. Gassoon, der gerade in eine Diskussion über Poesie mit Demoiselle Blanche-Aster vertieft war, winkte Zamp und seine Befürchtungen ungehalten ab. Zwei Stunden später, als *Miraldras Zauber* um eine Windung im Fluß bog, stießen sie auf eine Flotte von etwa einem Dutzend Weidenrutenbooten, die von diesen gleichen mit Pfeil und Bogen, Äxten und Enterhaken bewaffneten Nomaden bemannt waren.

Zamp hatte trotz Gassoons abfälliger Mißachtung die Besatzung in Bereitschaft gehalten, so daß sofortige Abwehrmaßnahmen ergriffen werden konnten. Als Bogenschützen geeignete Mannschaftsmitglieder wurden zum Schutz des Rudergängers abgestellt und der Antriebsgangspillen, an die die Ochsen bereits gespannt waren. Auf dem Vorderdeck bediente Zamp höchst eigenhändig die Haubitze aus zementiertem Fiberglas. Er zündete die Lunte, und das Geschütz spuckte eine Ladung Kieselsteine auf die Boote. Es versenkte auf diese Weise drei davon. Ashgale und seine Mannen hatten um die Schandeckel Posten bezogen, um von den Angreifern heraufgeworfene Enterhaken sofort zu lösen und unschädlich zu machen. Die restliche Mannschaft hielt sich inzwischen an Back- und Steuerbordkatapulten bereit, um Beutel mit leicht entzündbarem Öl zwischen die Flechtboote zu schleudern. Ihnen nach sandten sie brennende, zusammengeknüllte Lumpen, die die Ölschicht auf dem Wasser in einen fast explodierenden Flammenvorhang verwandelten. Die Möchtegernangreifer heulten vor Angst und Schrecken, und tauchten eilig in das Wasser, um an Land zu schwimmen. Zamp lud seine Haubitze wieder und schoß auf die drei noch nicht vom Feuer erfaßten Boote. Der Angriff war jedenfalls so schnell abgeschlagen, wie er begonnen hatte.

Gassoon mußte unwillig die Wirksamkeit von Zamps Maßnahmen eingestehen, aber er fragte sich laut, ob Zamp nicht ein wenig übereilt gehandelt hatte. »Vermutlich hätte man sie auch auf andere Weise, durch Drohungen, vielleicht, oder einen harmlosen Beweis unserer Macht, abschrecken können«, gab er zu bedenken. »Es widerstrebt mir, so viele Menschen zu Tode zu bringen.«

»Andererseits«, wies Zamp ihn darauf hin, »gibt es um so und so viele Halunken weniger, die uns auf dem Rückweg überfallen könnten.«

Gassoon brummte etwas in seinen nichtvorhandenen Bart und stapfte in sein Büro.

Eine Stunde später senkte sich eine tödliche Stille über die Prärie. Aus dem Norden, wo sich bereits verschwommen die Mandamanberge abhoben, schoben sich schwarze, wirbelnde Wolken herbei. Blitze schlugen rechts und links in das düstere Land ein, und gleich darauf folgte ein peitschender, eisiger Regen. Fünf Minuten später verzog sich der Sturm in alle Richtungen, als hätte eine Titanenfaust herabgeschlagen. Blauer Himmel lugte aus den verschwindenden Wolken heraus, und eine milde Brise blähte die Segel von *Miraldras Zauber* und half dem Schiff stromauf.

Am späten Nachmittag wurde am Ostufer eine kleine Stadt sichtbar. Zamp konsultierte seine Karte und erklärte, daß es sich dabei nur um Idanthus handeln konnte. Da auch über diesen Ort nichts bekannt war, wäre er am liebsten daran vorbeigefahren, aber Gassoon bestand darauf, nicht nur die Nacht am dortigen Kai zu verbringen, um die Gefahren eines erneuten Ankerns in Flußmitte zu vermeiden, sondern auch, um eine Vorstellung zu geben und damit zu Einnahmen zu kommen.

Gegen diese Argumente konnte Zamp lediglich sein ungutes Gefühl einwenden, über das Gassoon sich jedoch verächtlich hinwegsetzte. Jedenfalls ließ Gassoon die Schote abfieren und lief schräg gegen die Strömung am Kai von Idanthus ein.

Sofort sammelte sich eine Menschenmenge am Pier. Von kräftigem Wuchs waren diese Idanther, mit geröteten Gesichtern, blondem Haar und ehrlichen, offenen Zügen. Vor allem die Kinder waren ganz entzückend. Sie warfen voll Begeisterung Blumen auf das Schiff.

Als Gassoon an die Reling trat, um sich und sein Schiff vorzustellen, begrüßte ihn schallender Applaus. *Miraldras Zauber*, versicherten ihm die Idanther, war das erste Showboot, das sie je gesehen hatten. Überhaupt verirrten sich selten Schiffe hierher.

Zamps ungutes Gefühl verschwand bei der herzlichen Aufnahme. Es sah auch so aus, als besuche die gesamte Bürgerschaft die Vorstellung — und was Gassoon besonders beglückte, sie bezahlten noch dazu in gutem kalten Eisen.

Das Drama war ein großer Erfolg. Die Zuschauer klatschten

noch lange, nachdem der Vorhang gefallen war, daß Gassoon erfreut auf die Bühne trat. »Es ist mir eine große Genugtuung, euch versichern zu dürfen, daß ihr, die Bürger dieser schönen Stadt, ein wahrlich aufnahmefähiges Publikum seid und wie kaum andere mitfühltet, was wir uns auszudrücken bemühen.«

Lächelnd hob Gassoon die Hände, als die Zuschauer immer wieder nach einem Dakapo verlangten.

»Wir sind sehr müde und müssen uns ausruhen. Aber wenn ihr darauf besteht und es vielleicht auch noch weitere in eurer Stadt gibt, die unsere Aufführung gern sehen möchten, sind wir gern bereit, morgen früh eine Vorstellung zu halten, ehe wir bedauerlicherweise, da unsere Zeit beschränkt ist, Abschied von euch, einem so angenehmen Publikum, nehmen müssen.«

Endlich verließen die Idanther das Schiff, und Gassoon schloß befriedigt die Einnahmen dieses erfolgreichen Abends in seine Kassette.

Am nächsten Morgen sah es aus, als würde ein riesiges Fest in der Stadt veranstaltet. Alle waren in Feiertagsstimmung. Die Kinder hatten Girlanden aus Flachsfasern und Bobadilblüten geflochten, mit denen sie das Schiff vom Bug zum Heck, von Back- zu Steuerbord schmückten. Und soviel von dem Zeug hängten sie an das Heckschaufelrad, daß Zamp befürchtete, es würde sich so darin verheddern, daß sie Schwierigkeiten mit der Navigation bekommen mochten.

Gassoon, der einen festtäglichen Rock aus weinrotem Tuch mit goldener Borte über seinem üblichen schwarzen Anzug trug, rief Zamp freudig entgegen: »Endlich habe ich gefunden, was ich schon nicht mehr zu finden hoffte: ein wahrlich begeistertes und verständiges Publikum. Seid nicht beleidigt, aber ich kann mir nicht helfen, ich muß lachen, wenn ich an Eure düstere Vorahnung denke.«

Zamp ging nicht darauf ein. »Die Zeit drängt«, erinnerte er ihn. »Laßt uns die Vorstellung hinter uns bringen und aufbrechen.«

Ein Stadtältester kam auf Gassoon zu. »Ich kann und darf mich natürlich nicht in Eure Geschäfte einmischen, aber ich möchte Euch wissen lassen, daß wir gestern abend Eisen ausgaben, das zu sparen wir viele Jahre gebraucht hatten. Jetzt besitzen wir keines mehr, trotzdem . . .«

Zamp sagte schnell: »Ihr dürft selbstverständlich auch gern mit frischen Produkten und Futter für unsere Ochsen bezahlen.«

Der Stadtälteste kratzte sich am Kopf. »Wir haben kein Viehfutter, und was Gemüse und sonstige Gartenerträge anbelangt, würdet Ihr wirklich Euren Freunden das Essen aus dem Mund reißen und zusehen, wie sie hungern müssen? Beginnt mit der Vorstellung! Über Preis und Profit machen wir uns ein andermal Gedanken. Ist das denn überhaupt so wichtig? Wir werden heute in drei Tagen ein großes Fest zu euren Ehren geben. Alle werden dazu beisteuern, daß jeder in Hülle und Fülle zu essen und zu trinken hat. Wir haben bereits sechs Fässer Met bestellt, dazu Bratfisch und Pekaris, die wir auf dem Spieß rösten, und Unmengen von Süßigkeiten. Das Fest wird noch größer und schöner sein und noch länger dauern als alle bisherigen in der Geschichte von Idanthus.«

Zamp bemerkte: »Ist eine solche Festivität denn nicht sehr teuer? Wie gedenkt ihr dafür zu bezahlen, wenn ihr bereits euer ganzes Eisen ausgegeben habt?«

»Oh, ganz sicher werden wir den einen oder anderen Weg finden. Für uns hier in Idanthus ist Freigebigkeit die größte aller Tugenden. Niemand hier hält etwas zurück, wenn es um das Allgemeinwohl geht. Wir betrachten es als niedrig und unsozial, wenn jemand Eisen hortet, während sein Freund hungert oder seine Schulden nicht bezahlen kann!« Einen Moment funkelten die Augen des Alten, und er schien zutiefst entrüstet.

»Eine sehr edle Einstellung«, lobte Gassoon ein wenig nachdenklich.

»Aber genug des Redens. Laßt uns mit der Vorstellung beginnen. Wir wollen uns jedes Augenblicks unseres allzu kurzen Lebens erfreuen!«

»Also gut«, gab Zamp nach. »Eine letzte Aufführung, dann müssen wir uns auf den Weg machen, da wichtige Geschäfte unser harren.«

Der Älteste gab seinem Schock und seiner Enttäuschung Ausdruck. »Aber ihr könnt uns doch nicht so kurz vor dem großen Fest verlassen!« protestierte er.

»Wir haben keine Wahl«, bedauerte Zamp. »Unsere Geschäfte sind dringend.«

»Ja«, pflichtete ihm Gassoon bei. »Sehr, sehr dringend.«

»Diese Neuigkeit wird alle sehr betrüben«, beteuerte der Alte betrübt. »Wir hatten uns bereits darauf gefreut, euer gesamtes Repertoire genießen zu dürfen, nicht nur dieses doch wohl etwas zu melancholische Drama des vergangenen Abends.«

»Es ist das einzige Stück, das wir einstudiert haben«, erklärte ihm Zamp. »Wir werden es auch heute spielen. Der Vorhang wird sich sofort öffnen. Bitte setzt Euch.«

Wieder rollte *Macbeth* über die Bühne. Für eine so fröhliche Festtagsstimmung war es ganz gewiß nicht das Richtige, um so mehr, da Zamp alle seine unterhaltenden Einfügungen absichtlich ausließ. Obwohl der Applaus der Idanther von Herzen kam und sie nicht mit ihm zurückhielten, fehlte ihm doch der fieberhafte Enthusiasmus, den sie am Abend zuvor gezeigt hatten. Nachdem der Vorhang gefallen war, trat Gassoon wieder auf die Bühne.

»Wir bedauern es außerordentlich, aber wir müssen jetzt abfahren. Unser Besuch hier war leider nur kurz, zu kurz, doch . . .«

»Fahrt nicht weg!« — »Verlaßt uns nicht!« — »Ihr müßt bleiben!« — »Ihr müßt immer hierbleiben und uns unterhalten!« — »Noch eine Vorstellung!« — »Spielt uns doch noch ein anderes Stück eures großen Repertoires!« Diese und andere Rufe erschallten aus dem Publikum.

Gassoon lächelte und hob Schweigen gebietend die Hände. »Eure Begeisterung ist sehr schmeichelhaft, und wir wissen sie auch durchaus zu schätzen. Aber es nutzt nichts, die Zeit des Aufbruchs ist gekommen. Bitte, habt die Güte und entfernt die Girlanden und den Blumenschmuck, damit unser Schiff sich auf den Weg machen kann.«

»Diese Girlanden werden bei uns ›Ketten der Liebe‹ genannt«, erklärte der Älteste. »Keiner würde es wagen, sie zu durchtrennen.«

Zamp trat nun auf die Bühne. »Wir sind überwältigt von eurem Enthusiasmus und eurer Großzügigkeit. Deshalb haben wir keine andere Wahl, als eurem Wunsch stattzugeben. Wir führen jetzt für euch die ergreifende Tragödie *Macbeth* auf.«

»Noch einmal *Macbeth*?« mäkelte der Älteste.

»Es steckt eine ungeheure Tiefe in der Aussage dieses Dramas«, versicherte ihm Zamp. »Dieses Werk ist ein unerschöpflicher Schatz.«

Und wieder *Macbeth*! Diesmal ließ Zamp das Singen und Tanzen der Hexen aus, das der Szene ihren Reiz verlieh, und rezitierte dafür alle Monologe zweimal. Einige der Zuschauer erinnerten sich plötzlich, daß sie anderswo etwas Wichtiges zu erledigen hatten, und machten sich daran, aufzubrechen. Sie mußten jedoch feststellen, daß die Laufplanke hochgezogen und sie so gezwungen waren, an Bord zu bleiben.

Am Ende der Tragödie kam Zamp auf die Bühne. »Wir möchten uns nicht von euch in Großzügigkeit übertreffen lassen, deshalb spielen wir noch einmal völlig kostenlos unser unübertreffliches Drama. Also bleibt auf euren Plätzen. Und nun zum ersten Akt, Szene I. Bitte achtet auf die Erhabenheit der Sprache, die Tiefe der Aussage!«

Zamp ließ *Macbeth* jetzt mit den Hexen in normalem Alltagsgewand und wie müde Putzfrauen auf Stühlen hockend spielen. Auch diesmal wurden die Monologe wiederholt. Die Musikbegleitung beschränkte er auf ein Waldhorn, eine Donnermaschine und eine Kesselpauke. Als der Vorhang nach dem letzten Akt fiel, öffnete er sich fast unmittelbar darauf schon wieder zum ersten Akt, Szene I, mit den drei Hexen auf der Heide. Die Zuschauer wirkten ein wenig beunruhigt. Viele standen auf und blieben unschlüssig zwischen den Bankreihen stehen. Zamp hielt in einem seiner Monologe inne und trat an den Rand der Bühne.

»Meine Freunde!« rief er. »Setzt euch doch wieder und genießt unsere Aufführung. Wir alle geben unser Bestes und werden es auch weiterhin ohne Pause tun.«

»Bitte habt die Güte und fahrt die Laufplanke aus«, rief der Älteste. »Ich habe dringende Geschäfte in der Stadt.«

»Wir können nur so lange in Idanthus bleiben, wie ihr uns eure begeisterte Aufmerksamkeit schenkt«, erklärte Zamp. »Also bitte, nehmt eure Plätze wieder ein.«

»Spielt etwas anderes! Wir haben genug von dieser unheilvollen Tragödie.«

»Wir haben nur dieses eine Werk einstudiert. Wir können nichts anderes spielen.«

»In diesem Fall müßt ihr Idanthus verlassen«, rief der Älteste mit plötzlicher Energie, »und euren *Macbeth* mit euch nehmen.«

Achtzig Kilometer nördlich von Idanthus floß der Vissel durch ein Gebiet felsiger Hügel und grüner Wiesen, denen dorische Ulmen, schwarze schutz- und glückbringende Flöteneichen und graugrün-silberne Zitterpappeln Schatten spendeten. Eine Landschaft war es, so lieblich und sanft wie das für immer verlorene Arkadien. Doch eine schier gespenstische Ruhe herrschte hier, daß sogar der Wind nicht mehr zu wehen wagte und der Fluß still und träge wie Sirup dahinfloß. Gassoon befahl, das Heckschaufelrad in Betrieb zu setzen. Die Ochsen wurden angeschirrt, und auch Garth Ashgale und seine Artisten mußten wieder mithelfen, damit das Schiff weiter Fahrt machen konnte. Zamp saß auf dem Achterdeck. Er nippte genießerisch an seinem Wein und schenkte seine Aufmerksamkeit teils der Gegend, teils Garth Ashgale, der sich am Gangspill abplagte.

Wo ein hoher, dunkler Wald bis an den Fluß reichte, lag eine Stadt mit Häusern von blau- und rotbemaltem Holz, von der Zamp annahm, daß es sich um Port Venable handelte. In Ermangelung von Wind, und da die Nacht nicht mehr fern war, beschloß Gassoon dort anzulegen und in der Hoffnung auf Eisen eine Vorstellung abzuhalten. Auch diesmal warnte Zamp ein Gefühl davor. »Wir wissen nichts über diese Menschen«, mahnte er Gassoon. »Und aufgrund unserer bisherigen, nicht gerade erfreulichen Erfahrungen sollten wir Vorsicht walten lassen.«

Gassoon betrachtete die Stadt durch sein Fernglas. »Ich kann nichts Beunruhigendes erkennen. Die Leute sind von normaler Statur und ohne Hörner oder Stoßzähne. Euer Charakter, mein lieber Apollon Zamp, leidet unter einer etwas kleinlichen Einstellung und einem ständigen übertriebenen Mißtrauen, das ich einfach nicht begreifen kann. Ihr verbittert Euch dadurch selbst das Leben.«

Zamp war so verblüfft, daß er nicht gleich eine Antwort fand. Gassoon erteilte inzwischen dem Bootsmann Befehle, woraufhin *Miraldras Zauber* abbog und am Pier der Stadt anlegte.

Ernste, düstere Menschen sammelten sich und lauschten Gassoons Bekanntmachung. »Hier seht ihr das prachtvolle Showboot *Miraldras Zauber*. Wir sind bereit, zu eurer Unterhaltung den Klassiker des irdischen Mittelalters, *Macbeth*, aufzuführen. Doch zuerst möchte ich mich nach euren hiesigen Bestimmungen und Gesetzen, insoweit sie uns betreffen, erkundigen. Beispielsweise, verlangt ihr eine Hafengebühr?«

Ein Sprecher der Stadt, die tatsächlich Port Venable war, versicherte Gassoon, daß es keine ungewöhnlichen Verfügungen zu beachten gäbe. »Es ist jedoch üblich«, erklärte er, »den städtischen Beamten und ihren Familien Freikarten zur Verfügung zu stellen.«

Gassoon zupfte an seinem langen Kinn. »Und wie viele Beamte hat diese Stadt?«

»Etwa dreißig.«

»Und wie groß ist eine durchschnittliche Familie?«

»Zu einer Familie, zu der wir auch die näheren Verwandten rechnen, gehören gewöhnlich elf oder zwölf Personen.«

»Interessant!« sagte Gassoon. »Die Bürger von Port Venable haben offenbar sehr enge und herzliche familiäre Beziehungen.«

»So ist es.«

Gassoons Blick überflog die Stadt. Er schätzte ihre Einwohner auf ungefähr vierhundert. »Wir machen euch einen viel großzügigeren Vorschlag«, erklärte er mit schallender Stimme.» Unsere Eintrittsgebühr beträgt normalerweise einen Heller. Statt Freikarten zu verteilen, senken wir diesen Preis auf einen halben Heller, damit jeder in Port Venable gleichermaßen, ob reich oder arm, davon profitieren möge.«

»Das ist gut zu hören«, freute sich der Sprecher von Port Venable. »Eine solche Großzügigkeit findet man heutzutage kaum noch.«

Gassoon bot sofort die Karten zum Verkauf an, und Zamp zog sich in eine Weinstube direkt am Kai zurück. Hier erfuhr er, daß der Grundlose See noch gut hundertfünfzig Kilometer entfernt war und der Weg dorthin durch eine Wildnis führte, in der Räuber ihr Unwesen trieben.

»Dieses Gebiet ist die Zuflucht aller aus Soyvanesse Verbannten«, erzählte ihm der Mann an seinem Tisch. »Der schlimmste von ihnen allen ist Baron Banoury, der in einer Burg am Mandamantor wohnt. Für ein Schiff wie Eures wird er eine ungeheuerlich hohe Maut verlangen: zweihundert Heller mindestens. Weigert Ihr Euch, sie zu bezahlen, wird er Felsblöcke auf Euer Schiff hinunterwerfen, während Ihr versucht, den Flußdurchbruch zu passieren.«

Zamp blies erschrocken die Wangen auf. »Macht er das immer?«

»So regelmäßig wie der Weg des Bieres: vom Faß zum Krug und vom Krug in die Kehle.«

»Mein Kompagnon, Throdorus Gassoon, wird wüten und sich weigern, diese Maut zu entrichten«, murmelte Zamp. »Er wird das Tor vielleicht gar nicht passieren, ja sich ihm nicht einmal nähern wollen.«

»Das kann er natürlich halten, wie er will.«

Die Abendvorstellung verlief reibungslos, und Gassoon heimste großes Lob für die Geschicklichkeit und künstlerische Darbietung seines Ensembles ein. Zamp stand ganz in der Nähe, als jemand bemerkte: »Wahrhaftig eine Unverschämtheit, daß Baron Banoury . . .«

Hastig warf Zamp ein: »Ja, wir hoffen sehr, daß wir diese Reise mit neuem Repertoire wiederholen können.« Und als ein anderer schaudernd sagte: »Die Burgen der alten Erde, wie Glamis, waren zweifellos schaurig, doch verglichen mit Baron . . .« Auch ihn unterbrach Zamp eilig. »Auf unserem Rückweg, den Vissel abwärts, werden wir gern einen längeren Aufenthalt in Port Venable einlegen.«

»Gewiß, das werden wir«, versprach auch Gassoon, allerdings ein wenig abwesend. »Wer ist dieser Baron?«

Zamp tupfte auf Gassoons Ellbogen. »Entschuldigt mich, Meister Gassoon. Während Ihr die Glückwünsche und Komplimente dieser liebenswürdigen Leute entgegennehmt, werden Demoiselle Blanche-Aster und ich uns zu einem oder auch zwei Gläschen an Land begeben.«

»Nicht so schnell!« donnerte Gassoon. »Ich habe noch einiges mit Demoiselle Blanche-Aster zu besprechen, wobei Eure Gegenwart nur störend wirken würde. Geht und trinkt mit Viliweg oder einem anderen Eurer alten Kumpane.« Hastig verabschiedete Gassoon sich von den Venablern, und machte sich auf, nach Demoiselle Blanche-Aster zu suchen.

Im Morgengrauen legte *Miraldras Zauber* ab, und ein böiger Wind, die letzten Atemzüge des Monsuns, füllte die Segel. Zamp holte sich Ethan Quaner, den Schiffstechniker, Baltrop, den Zimmermann, und weitere Mannschaftsangehörige in den Laderaum unterhalb jenes Teils des Decks, wo sich die Zuschauerplätze befanden, und gab den Auftrag zu einer kleinen Veränderung in der Anordnung der Hebeschrauben, mit deren Hilfe ein aufrührerisches Publikum über Bord gekippt werden konnte.

Allmählich fiel Gassoon das Hämmern der Arbeitenden auf, und er verlangte eine Erklärung. Zamp informierte den gestrengen Schiffseigner, daß bestimmte Streben und Stützen verstärkt werden mußten. »Vielleicht habt Ihr die Güte, Euch in den Laderaum zu begeben und die Arbeit zu überwachen. Ich würde es ja selbst tun, aber . . .« — Zamp warf einen unmißverständlichen Blick auf das Achterdeck, wo Demoiselle Blanche-Aster an der Reling lehnte und auf die vorüberziehende Landschaft sah — ». . . ich hätte noch etwas anderes zu tun.«

Gassoon hatte Zamps Blick richtig interpretiert. »Da Ihr schon einmal damit begonnen habt, solltet Ihr die Arbeit auch bis zu ihrer Fertigstellung durchführen!« erklärte er eisig.

»Wie Ihr wollt.«

Der Tag schritt voran. Die Gegend wurde rauher und unwirtlicher. Direkt voraus waren bereits die Mandamanpalisaden zu erkennen. Mehrmals tauchten Trupps wildaussehender Gesellen am Ufer auf und starrten mit großen Augen auf das dahineilende Schiff. Sie waren auch ein Grund, weshalb Gassoon bei Einbruch der Dunkelheit beschloß, statt Anker zu werfen und sich so vielleicht einem Überfall auszusetzen, weiterzufahren und im Licht der Sterne und dem widerscheinenden Wasser zu steuern.

Am nächsten Morgen stachen die Mandamanpalisaden hoch in den nördlichen Himmel, und gegen Mittag wurde bereits der gewaltige Schlund sichtbar, wo der Vissel scheinbar vom Grundlosen See ausgespuckt wurde. Kaum einen Kilometer vor dieser Schlucht ragte eine Burg in die Höhe, die einer Kluft zu entwachsen schien und aus dem gleichen Gestein errichtet war. Sie war ein rundes Bauwerk mit sechs Türmen von verschiedener Höhe und einer Mauer mit kleinem Holztor.

Als *Miraldras Zauber* sich näherte, legte eine schwarze Pinasse vom Kai unterhalb der Burg ab und fuhr dem Showboot entgegen. »Schiff, ahoi! Werft Anker und bereitet euch vor, die von Baron Banoury bestimmte Maut zu entrichten!«

Gassoon warf entrüstet den Kopf zurück. »Maut? Unverschämtheit und Unsinn! Wir sind nach Mornune unterwegs!«

»Na und? Laßt eine Strickleiter herab!«

Gassoon winkte mit finsterer Miene dem Bootsmann zu, der die gewünschte Leiter über die Seite warf. Ein beleibter Mann in schwarz-purpurner Rüstung kletterte an Bord. Gassoon trat auf ihn zu. »Was soll dieser Unsinn von wegen Maut? Wir folgen einer Einladung König Waldemars und sind zweifellos von jeglichen Erhebungen ausgenommen.«

»Widerspruch ist nutzlos. Selbst Waldemar wäre gezwungen zu bezahlen. Baron Banoury ist der Hüter des Tores. Wollt Ihr durch die Schlucht, müßt Ihr fünfhundert Kreuzer entrichten.«

Gassoon schien einem Erstickungsanfall nahe. Mit Mühe würgte er seine Worte heraus. »Wir werden nichts dergleichen bezahlen! Das ist Nötigung übelsten Ausmaßes! Ich ziehe es vor zu wenden und den Weg, den wir kamen, zurückzukehren!«

Zamp kam herbei. »Ihr seid Baron Banoury?«

»Ich bin Ritter Sir Arban, Hauptmann der Wache, Hüter des Tores und Einzieher der Maut!«

»Wie Ihr seht«, machte Zamp ihn darauf aufmerksam, »ist dies ein Showboot. Wird sind auf dem Weg zu den Festspielen in Mornune. Bedauerlicherweise sind wir nicht in der Lage, eine so hohe Weggebühr zu bezahlen.«

»Dann können wir euch nicht passieren lassen.«

»Vielleicht gestattet Ihr uns, statt der Maut eine Vorstellung für Euch, Baron Banoury und die Damen und Herren seines Hofes zu geben?«

»Aha! So billig kommt Ihr nicht davon!«

»An welchen Betrag denkt Ihr denn zusätzlich zu der Aufführung?«

Sir Arban überlegte. »Baron Banourys Einverständnis vorausgesetzt, fünfzig Heller. Ihr müßt selbstverständlich auch Erfrischungen zur Verfügung stellen.«

Gassoon stieß einen Zornschrei aus. »Ihr verlangt zu viel!«

»Wie dem auch sei«, lenkte Zamp hastig ein, »wir werden unser unübertreffliches Drama vor diesen Herrschaften aufführen und vielleicht dadurch ihr habgieriges Herz zum Schmelzen bringen.«

Sir Arban gluckste. »Wenn Eure Darbietung so fantastisch wie Eure Hoffnung ist, haben wir einen unterhaltenden Nachmittag zu erwarten. Also, bringt Euer Schiff an den Pier.«

»Mit Vergnügen«, versicherte ihm Zamp. »Die Vorstellung beginnt in genau einer Stunde.«

Miraldras Zauber hatte in der Enge der Schlucht gerade genügend Platz, um gegen die heftige Strömung an den Kai zu gelangen. Hoch über ihnen dräute die Burg, deren sechs Türme sich düster gegen den Himmel abzeichneten. Von zwei Erkern, je einer links und rechts des Holztors, beobachteten Neugierige die Ankunft des Showboots. Kaum war das Schiff vertäut und die Laufplanke ausgelegt, stellte Zamp seine Plakate auf dem Kai auf, woraufhin er sich wieder an Bord zurückzog, um die Vorbereitungen selbst zu überwachen.

Gassoon kam verstört angerannt, und seine Stimme zitterte, als er fragte: »Weshalb sind die Bänke nicht aufgestellt? Haskel versicherte mir, daß Ihr ausdrücklichen Befehl gabt, es nicht zu tun!«

»Stimmt. Ich weiß, wie dieser habgierige Baron zu behandeln

ist, und hoffe, seiner Unverschämtheit ein für allemal ein Ende zu setzen. Sind wir, Throdorus Gassoon und Apollon Zamp, schließlich nicht die berühmten Schiffsmeister und Könige des Flusses?«

Gassoons hervorstehende Zähne zeigten sich in einer höhnischen Grimasse. »Wenn wir in den Kerker geworfen werden, können wir uns mit dieser Überzeugung trösten. Nein, Zamp, wie üblich verfolgt Ihr wieder einmal ein Hirngespinst. Unsere einzige Hoffnung, diese erpresserische Maut zu vermeiden, liegt in Höflichkeit, Zuvorkommenheit und Zusammenarbeit mit diesen — diesen ... Wenn das nicht genügt, haben wir keine andere Wahl, als nach Coble zurückzukehren. Haskel, stell die Bänke auf! Schmück sie mit bunten Bändern!«

»Vielleicht habt Ihr recht«, murmelte Zamp. »Aber laßt mir Euch eine wichtige Notiz im *Flußverzeichnis* zeigen.« Er bat Gassoon zum Büro, öffnete zuvorkommend die Tür für ihn und ließ ihn eintreten, dann schlug er hastig die Tür hinter ihm zu, ohne auf den Wutausbruch des Schiffeigners zu achten. Mit ein paar Planken, die er zwischen Tür und das gegenüberliegende Schott klemmte, verhinderte er, daß Gassoon die Tür von innen öffnen konnte. Diese Planken hatte Zamp übrigens genau zu diesem Zweck in der richtigen Länge am Morgen zuschneiden lassen.

Zamp ignorierte Gassoons jetzt schon fast überschnappendes Gebrüll auch weiter und kehrte zum Hauptdeck zurück, wo er Gassoons Befehl an Haskel rückgängig machte. Fünf Minuten später öffnete sich das Burgtor, und eine prunkvoll gekleidete Gesellschaft, der zwei Herolde in lavendelfarbigen Strumpfhosen und grauen Wämsern vorausschritten, kam die Straße zum Kai entlang. Die Herolde marschierten in langsamem Gleichschritt, und jeder trug eine schwarz-purpurne Standarte. Die Edelleute von Baron Banourys Hof folgten dichtauf. Die Männer waren in prächtiger Rüstung mit purpurnen, grünen, weinroten oder schwarzen Harnischen und Sturmhauben gekleidet, die lakkiert und hochpoliert und mit Silberrosetten und Flitter geschmückt waren. Die Damen trugen wallende bestickte Gewänder, weiche Lederschuhe und Hüte der verschiedensten und kaum vorstellbaren Fasson. Mehrere der älteren Ritter mit verkniffenen, ironischen Gesichtern hatten Anzüge aus seidigglänzendem, schwerem schwarzen Samt, mit hohen, spitzen schwarzen Hüten. Vielen dieser Gesellschaft hingen an Seidenkordeln von den Handgelenken Duftkugeln, die sie des öfteren mit vornehmer Bewegung an die Nase hoben, als wäre die frische Luft, die der Wind vom Fluß hertrug, zu rauh und nicht aromatisch genug für sie.

Hinter den Edelleuten marschierte eine Gruppe völlig anderer Art, nämlich stämmige Männer in schwarz-purpurner Uniform, mit Hellebarden und Schwertern bewaffnet. Ihre runden, groben Gesichter mit der verbissenen Miene, den halbzusammengekniffenen Augen und den Lippen mit herabhängenden Mundwinkeln, ähnelten einander so sehr, daß man sich des Gedankens an Inzucht nicht erwehren konnte. Sie marschierten mit geistloser Exaktheit in einer Art Paradeschritt.

Die Herolde hielten an der Laufplanke an. Die Edlen lasen die Plakate mit herablassendem Interesse. Zamp glaubte sagen zu können, wer von ihnen Baron Banoury war — ein übergewichtiger Mann mittleren Alters, nicht sonderlich groß, mit gelocktem, ingwerfarbigem Haar und Schnurrbart. Seine Gemahlin, noch wohlbeleibter und eine Spur größer als er, trug ihr Haar in einer erstaunlichen Frisur aus Röllchen, Türmchen, Wellen und Korkenzieherlocken.

Der Hauptmann der Clankrieger blies in seine Pfeife. Ein Trupp rannte die Laufplanke hoch, um Decks, Bühne und Niedergänge nach etwaigen Hinterhalten abzusuchen. Als sie nichts Verräterisches fanden, bezogen sie auf dem Schiff verteilt Posten. Baron Banoury und sein Gefolge stiegen nun an Bord.

Zamp schritt ihnen entgegen. »Die Künstler und Mannschaft von *Miraldras Zauber* fühlen sich geehrt durch den Besuch Baron Banourys und seiner erlesenen Begleitung, und heißen Euch, Baron Banoury, und euch, edle Damen und Herren, voll Freude willkommen. Es ist unser größter Wunsch, eine so herzliche Beziehung herzustellen, daß Ihr, hochedler Baron, uns die übliche Maut erlaßt. Um dies zu erreichen, bieten wir Euch ein vergnügliches Programm musischer und musikalischer Unterhaltung.«

»Ich bin Baron Banoury«, erklärte der Übergewichtige, den Zamp also richtig angeredet hatte. »Ich weiß Eure Einladung zu schätzen, aber ich muß trotzdem auf der üblichen Maut bestehen, um nicht einen, meinem Ruf schadenden Präzedenzfall zu schaffen.«

Zamp verneigte sich ehrerbietig. »Hoher Herr, ich verstehe Euer Dilemma, aber die Maut bezahlen zu müssen, würde uns zu

Bettlern machen. Noch dazu bezweifle ich, daß wir, selbst wenn jeder einzelne sein Schärflein dazu beitrüge, diese Summe aufbringen könnten.«

Baron Banoury deutete auf die Mandamanpalisaden. »Hebt Eure Augen zu diesen Höhen. Was seht Ihr entlang ihrer Spitzen?«

Zamp betrachtete die Reihe seltsamer Vorrichtungen. »Es sieht aus wie ein Stützwerk. Ja, es hat sogar den makabren Hauch einer Reihe von Galgen.«

Baron Banoury nickte. »Ich machte Euch auf diese Vorrichtungen lediglich aufmerksam, um anzudeuten, wie ernst ich Nachlässigkeit in der Entrichtung finanzieller Verpflichtungen nehme. Wer auch immer bis hierher kommt, muß bezahlen.«

Zamp verneigte sich erneut. »Ihr werdet uns jedoch gewiß eine großzügige Entschädigung für unser Bemühen, Euch zu unterhalten, von der verlangten Maut abziehen.«

»Wir werden sehen. Wir werden sehen.« Baron Banoury deutete auf das Deck. »Weshalb wurden keine Sitzplätze zu unserer Bequemlichkeit aufgestellt?«

»Unser erster Programmpunkt ist eine Pavane. Damen und Herren edlen Geblüts nehmen dieweilen gern daran teil.« Zamp drehte sich zur Bühne. »Macht Musik! Baron Banoury möchte tanzen!«

Der Vorhang öffnete sich, und das Orchester war zu sehen, das eine gesetzte, würdevolle Weise zu spielen begann.

Baron Banoury zeigte durchaus nicht die Absicht zu tanzen, sondern trat mit seinem Gefolge auf die Bühne, um das Orchester näher zu betrachten. Zamp hob die Hand. Die Musik hielt abrupt inne. Im Laderaum schwangen der Bootsmann und Baltrop, der Zimmermann, schwere Hämmer, um zwei Stützpfosten zu versetzen. Das Deck sprang in der Mitte auf und schob sich nach zwei Seiten zurück. Baron Banoury und seine Begleiter rutschten in die Öffnung. Ochsen drehten die Gangspille, Taue strafften sich, Rollen quietschten, und aus dem Laderaum wurde ein Frachtnetz mit ungewöhnlichem Inhalt, nämlich Baron Banoury und sein Gefolge, hochgezogen. Die postierten Soldaten sahen zuerst nur wie erstarrt zu, dann stießen sie heisere Schreie der Entrüstung und des Grimmes aus. Sie stürmten das Achterdeck, wurden jedoch von einem gewaltigen Wasserschwall empfangen, der sie über Bord spülte.

»Holt die Trossen ein!« befahl Zamp. »Setzt die Segel! Volle

Kraft auf das Heckrad! Wir fahren durch das berüchtigte Mandamantor!«

Miraldras Zauber glitt stromaufwärts. Zamp widmete nun seine Aufmerksamkeit den im Netz gefangenen, die sechs Meter über dem Deck am Ende der Frachtspiere baumelten. Er spähte durch die ein wenig gedrängte Ansammlung von Armen, Beinen, Kehrseiten und verzerrten Gesichtern, um Baron Banoury zu finden, und entdeckte ihn schließlich ganz unten im Netz. Sein schwergewichtiges Ehegespons saß auf seinem Hals, befand sich selbst jedoch in kaum besserer Lage, da ein Bein, das offensichtlich zu Sir Alban gehörte, ungalant über ihre Schulter geschlungen war, und der Ellbogen eines unidentifizierbaren Besitzers sich in ihre prächtige Frisur gebohrt hatte. Das Netz zitterte und wölbte sich bei jeder Bewegung seines Inhalts, wenn die unteren verzweifelt versuchten, sich vom Gewicht der oberen zu befreien. Baron Banoury, unter dem verlängerten Rücken seiner Gattin, hatte kaum noch die Kraft, sich zu rühren. Indem er sich fast den Hals verrenkte und hochsah, konnte Zamp nur mit Mühe Baron Banoury ins Gesicht schauen. Diese Haltung war ihm jedoch zu unbequem, also gab er Befehl, das Netz ein wenig zu heben und die Spiere in einen günstigeren Winkel zu bringen.

Zamp mußte brüllen, um sich über das Fluchen und Brüllen und allgemeine Stimmengewirr Gehör zu verschaffen. »Ich bedauere die Notwendigkeit, Euch dieser Unbequemlichkeit aussetzen zu müssen«, versicherte er Baron Banoury. »Aber wie Ihr selbst wissen müßt, sind solche Schritte zuweilen nicht zu umgehen.«

Baron Banoury, dem sich offenbar das ganze Blut im Kopf gestaut hatte, erwiderte röchelnd etwas Unverständliches.

Zamp erinnerte sich an Gassoon und schickte einen Steward, ihn aus seinem Büro zu befreien. Gassoon stürzte auf das Deck, hielt abrupt inne und blickte sich wild um. Das Frachtnetz schwang gerade herum. Gassoon duckte sich und hüpfte entrüstet zur Seite.

Zamp lehnte sich an die Achterdeckreling und sagte: »Ihr seht hier vor Euch Baron Banoury und sein Gefolge, die uns durch das Mandamantor begleiten, und mehr noch, uns auch während unseres Besuchs in Mornune Gesellschaft leisten werden.«

Trotz Zamps erfolgreicher Ausführung seines Planes hielt Gassoon nicht mit seinen Vorwürfen zurück. Zamp wies sie milden Tones mit vernünftigen Worten zurück.

Das Schiff näherte sich nun der beeindruckenden Masse der Palisaden. Felsen hoben sich schroff aus dem Fluß, der sich im Lauf der Millionen Jahre einen erstaunlichen Weg durch die Berge geschaffen hatte.

Die Strömung hier war sehr stark, das Schiff verlor an Fahrt. Gassoon befahl Garth Ashgale und seine Truppe an die Gangspille, um den Ochsen zu helfen, und so kämpfte sich *Miraldras Zauber* Meter um Meter flußaufwärts durch die Kluft. Das Wasser war hier schwarz wie die Nacht und floß lautlos und schwer wie Melasse dahin.

Nach eineinhalb Kilometer wurde die Klamm noch enger, und spitze Zacken hingen schräg aus den hohen Steilwänden. Als Zamp hochsah, übermannte ihn schier ein Schwindelgefühl. Also lenkte er seine Aufmerksamkeit schleunigst wieder auf das Netz, in dem die Bewohner von Burg Banoury endlich nach unzähligen Flüchen und Protesten ihre Stellungen so geändert und sich zusammengedrängt hatten, daß dem Baron ein wenig mehr Bequemlichkeit zuteil wurde. Banoury rief zu Zamp hinunter: »Senkt das Netz und laßt uns wenigstens auf dem Deck aufsetzen!«

»In Bälde schon wird man euch allen gestatten, an der Arbeit am Gangspill mitzuhelfen«, versicherte ihm Zamp. »Zähmt derweilen Eure Ungeduld.«

»Ihr werdet für diesen Verrat noch teuer bezahlen!«

Zamp ignorierte die Drohung.

Immer dichter schlossen die Felswände sich zusammen, bis schließlich nur noch ein Kanal von etwa doppelter Schiffsbreite blieb. Doch anstatt daß das Wasser, wie zu erwarten gewesen wäre, hier mit größerer Wildheit dahinfloß, war es ganz ruhig, und es sah fast aus, als stünde es still. Zamp fragte sich, wie tief dieser Durchbruch hier wohl sein mußte.

Miraldras Zauber schob das kalte, dunkle Wasser wirbelnd von sich und kam nun gut voran. Voraus wichen die schroffen Wände allmählich zurück und gestatteten einen Blick auf stilles Wasser und einen verträumten perlfarbenen Himmel. Wenige Minuten später verließ das Schiff den Vissel und trieb hinaus auf den Grundlosen See.

14

Die Karten, die Zamp in Coble hatte erstehen können, waren voller Widersprüchlichkeiten. Eine stellte den Grundlosen See als einen kreisrunden Kessel dar, umgeben von turmhohen Bergen. Eine andere zeichnete ihn als eine Hand mit gespreizten Fingern, und diese Finger waren krumme Fjorde, die weit ins Land hineinreichten. Die angegebenen Maße für den Durchmesser des Sees reichten von hundertfünfzig Kilometern bis zu einem Umfang, über den ein Teich im Wald vor Scham erblaßt wäre. Ein Theoretiker erklärte den Grundlosen See als eine natürliche Öffnung in die Eingeweide eines lebenden Planeten. Ein anderer stellte die Hypothese auf, der See sei eine Höhle, die vor langer Zeit durch die Eruption eines Vulkans geschaffen worden sei, und führte als Beispiel das Relief der Berge ringsum an — eine Hypothese, übrigens, die von einem anderen Gelehrten aus theosophischen Gründen abgelehnt wurde.

Zamp ließ das Netz aufs Deck herab und gestattete Baron Banoury und seinem Gefolge, einer nach dem anderen, herauszusteigen, um gleich entwaffnet und von ihren Eisensäcken, Juwelen, metallenem Zierat, Duftkugeln und ähnlichem befreit zu werden. Gassoon hielt sich mit abweisendem Gesicht fern, kam jedoch nach dem Ende der Prozedur herbei, um sich den Haufen der Pretiosen anzusehen.

Zamp fragte Baron Banoury: »Wie ist die genaue Lage dieses Sees? Wo, beispielsweise, liegt Mornune?«

Mürrisch behauptete Banoury, nicht Bescheid zu wissen. »Die Stadt befindet sich irgendwo an seinem Ufer, und ist der Sitz eines bösartigen und launenhaften Tyrannen. Bekommt er mich zu Gesicht, wird er mich an seine heiligen Krähen verfüttern. Genausogut könnt Ihr mich gleich hier und jetzt ertränken, oder besser noch, erlaubt mir die Benutzung eines Eurer Rettungsboote, damit ich zu meiner Burg zurückkehren kann.«

»Das ist keine sehr wohldurchdachte Bitte. Ich entsinne mich noch allzu genau Eurer unnachgiebigen Einstellung und Eurer Hinweise auf die Galgen.«

»Ihr verdammt uns damit alle zu einem sehr unangenehmen Ende.«

»Wer lebt schon ewig? Ihr hättet diese Möglichkeiten in Betracht ziehen sollen, ehe Ihr den Versuch unternahmt, uns auszuplündern. Ihr und Eure Begleiter dürft Euch nun zum Steuerbordgangspill begeben und das Ochsengespann ablösen, das sich jetzt dort abmüht.«

»Sollen wir uns placken wie das Vieh?« brüllte Baron Banoury, der nun trotz aller Anstrengung die Beherrschung verlor. »Wo bleibt Euer Edelmut? Diese Damen verstehen nichts von einer solchen Arbeit!«

»Oh, sie ist ganz simpel«, versicherte ihm Zamp. »Man legt sich mit aller Kraft gegen den Balken, bis er sich bewegt. Dann macht man einen Schritt vorwärts und tut dasselbe von neuem. Ihr werdet es alle schnell gelernt haben.«

Niedergeschlagen und protestierend ließen die Edelleute sich an das Gangspill spannen, wo sie ihre neuen Pflichten übernahmen.

Demoiselle Blanche-Aster hatte sich wie üblich allem ferngehalten und war auch nicht an Deck gekommen. Zamp suchte sie in ihrer Kabine auf. Aus irgendeinem Grund stand die Tür einen Spalt offen. Zamp schlich näher heran und spähte neugierig hindurch. Demoiselle Blanche-Aster probierte gerade das Kleidungsstück an, das Zamp nur ein einziges Mal zuvor, und zwar im *Grünen Stern*, gesehen hatte: die ungemein kunstvoll und mit einem komplexen Muster bestickte Jacke, die zweifellos einmal von großer Eleganz gewesen war, nun jedoch in ihrer Fadenscheinigkeit ein wenig schäbig wirkte. Demoiselle Blanche-Aster schien jedenfalls mit ihrem Aussehen nicht zufrieden, denn sie legte sie wieder ab und zog sich einen dunkelblauen Pullover über den Kopf.

Zamp klopfte an die Tür. Demoiselle Blanche-Aster sog erschrocken und hörbar die Luft ein, dann öffnete sie die Tür weiter und schaute hinaus auf den Gang. »Was wollt Ihr?«

»Rat, Belehrung und Auskunft. Wir kennen uns auf dem Grundlosen See nicht aus.«

Wortlos trat Demoiselle Blanche-Aster auf den Korridor hinaus und stieg mit Zamp zum Achterdeck empor. »Selbst die berühmtesten Geographen von Lune XXIII widersprechen einander, was diesen ungewöhnlichen See anbelangt«, erklärte Zamp. »Wir haben keine Ahnung, in welche Richtung wir steuern sollen.«

»Dorthin!« Demoiselle Blanche-Aster deutete nordostwärts. »Der See ist etwa fünfundsechzig Kilometer lang. Ganz verschwommen könnt Ihr den Myrmont sehen. Unterhalb, entlang der Cynthiana, liegt Mornune.«

Noch während sie sprachen, löste sich eine lange schwarze Galeere aus den Schatten der östlichen Felsen und kam mit großer Geschwindigkeit auf *Miraldras Zauber* zu. Zamp befahl, die Haubitze an Deck zu schaffen.

Demoiselle Blanche-Aster riet davon ab. »Das ist eine von König Waldemars Patrouillen«, versicherte sie ihm. »Ihr braucht nur Eure Passiertafel vorzuweisen. Bitte erwähnt auf keinen Fall meine Anwesenheit an Bord!«

Die Galeere durchschnitt mit dreißig Rudern das Wasser und legte neben dem Showboot an. Zamp ließ die Strickleiter hinab, und ein dunkelhaariger junger Offizier mit blitzenden Augen und einer gutsitzenden Uniform aus grünem, purpurnem und schwarzem Tuch stieg an Bord. »Fremden ist die Schiffahrt auf diesem See nicht gestattet«, erklärte er. »Wir haben den Befehl, alle Fahrzeuge, die dieses Verbot mißachten, zu versenken. Bereitet euch auf das Ertrinken vor.«

Zamp holte aus der Tasche die silberne Einladung, die er sich, wie ihm nun schien, vor unendlich langer Zeit in Lanteen errungen hatte. Er reichte sie dem jungen Mann. Der Offizier studierte sie mit aller Sorgfalt.

»Ihr seid Apollon Zamp?«

»Der bin ich.«

»Und dieses Schiff ist *Miraldras Zauber*?«

»Der Name unter dem Bug bestätigt es.«

»Einen Augenblick.« Der Offizier trat an die Reling und rief zu der Galeere hinunter. »Gebt mir die Liste mit dem neuesten Stand herauf.« Während er wartete, wandte er sich an Zamp. »Ihr müßt unsere Strenge entschuldigen. In dieser Gegend treibt sich eine Unmenge charakterlosen Gesindels herum, einschließlich Aufrührern, Verschwörern, Deviationisten, die keine Moral anerkennen, und Personen niedrigster Kaste. Wir dulden niemanden dergleichen in unserem Reich, außer sie haben einen Passierschein der Art, wie Ihr ihn tragt.«

»Eure Erklärung erlaubt verschiedene Interpretationen«, sagte Zamp gewollt von oben herab. »Da ich kein Aufrührer oder Verschwörer bin, könnte es den Anschein erwecken, Ihr betrachtet mich als einen Deviationisten ohne Moral, oder eine Person niedrigster Kaste.«

»Legt meine Erklärung aus, wie Ihr wollt«, sagte der Offizier. »Ich bin einzig und allein an einer richtigen Identifizierung interessiert.« Er nahm die Liste an sich, die man ihm über die Strickleiter heraufgebracht hatte. Er verglich ein Zeichen auf Zamps Silbertafel mit einem auf der umfangreichen Liste.

»Ladung und Einladung ausgestellt für einen Apollon Zamp in der Stadt Lanteen, gleichzeitig Ermächtigung, seine Truppe von Harlekins König Waldemar zu präsentieren . . .« Der Offizier überprüfte die Beschreibung und verglich Einzelheiten mit der Person Apollon Zamps. »Also gut. Ihr dürft passieren. Steuert auf jenen Berg, den Myrmont, zu, dann könnt Ihr die Einfahrt in die Cynthianabucht nicht verfehlen.«

Der Offizier kehrte auf seine Galeere zurück. Zamp winkte dem Bootsmann, der seinerseits den Befehl gab, die von den Ochsen, Garth Ashgale mit Truppe, und Baron Banoury mit Gefolge bemannten Gangspills wieder in Betrieb zu setzen. Die Gangspills drehten sich, das Heckschaufelrad wirbelte das Wasser auf, das Schiff fuhr über den See. Zamp, der an der Achterdeckreling lehnte, fand, daß die Geschwindigkeit ruhig etwas größer sein dürfte, und überlegte, ob er nicht einen Wettstreit zwischen den beiden Gruppen inszenieren sollte. Aber noch ehe er sich ausgedacht hatte, wie sich das am besten durchführen ließe, kam ein Wind auf, der das Wasser kräuselte und die Segel blähte. Zamp ließ die Gangspills anhalten und das Schaufelrad aus dem Wasser heben.

Phaedra ging hinter den Palisaden unter, und die Nacht senkte sich auf den See herab. Die Sterne leuchteten hell durch die klare Luft, und der Rudergänger orientierte sich nach Ormaz, dem Einäugigen. Zwei Stunden vor Mitternacht flaute der Wind zu einem sanften Hauch ab, und das Schiff trieb nicht schneller über den See, als ein Kleinkind hätte kriechen können.

Als Zamp feststellte, daß er weder Schlaf noch Entspannung finden konnte, trat er aus seiner Kabine und wanderte über die Decks, wo er Demoiselle Blanche-Aster am Bug stehen sah. Sie tat auf keine Weise kund, daß seine Gesellschaft ihr willkommen sei, trotzdem stellte er sich neben sie an die Reling. Schweigend starrten beide über den See. Die Sterne am Himmel und ihre Spiegelbilder im Wasser erweckten den Eindruck, als segelten sie durch das endlose All, mit den funkelnden Sonnen des Kosmos rings um sich.

Zamp fragte höflich: »Könnt Ihr die Lichter von Mornune sehen?«

»Das ist nicht möglich. Die Flanke des Myrmont verbirgt sie.«

»Nun, da Ihr Eurer Heimat und Eurem Ziel so nahe seid, erfüllt Euch zweifellos große Freude.«

Im Sternenlicht sah Zamp ihre Schultern zucken. »Ich habe Angst«, murmelte sie.

Nach einer Weile sagte Zamp: »Es dürfte nutzlos sein, Euch Rat anzubieten. Ihr würdet doch nur ein neues Märchen erfinden.«

Demoiselle Blanche-Aster lachte leise. »Ich habe Euch keine Märchen erzählt. Halbwahrheiten, vielleicht. Was zu tun ist, muß ich selbst tun.« Sie drehte sich zur Seite und blickte Zamp direkt an. »Nur eines, zwingt mich bitte nicht zu etwas, das ich nicht tun kann.«

Nun lachte Zamp ein wenig traurig. »Muß es erwähnt werden? Wie oft hatten wir unsere — Differenzen, und Ihr seid noch immer als Sieger hervorgegangen. Weshalb macht Ihr Euch jetzt Sorgen?«

»Ich meine, in Mornune, und auch in Verbindung mit der Vorstellung, Ihr müßt das, was Ihr als meine Launen anseht, ertragen.«

Zamp hob die Schultern. »Solange wir König Waldemars Preis gewinnen.«

Demoiselle Blanche-Aster stieß einen halb amüsierten, halb abfälligen Laut hervor. »Ihr werdet den Preis nicht erringen! Armer Apollon Zamp! Ihr kennt die Feinheiten von Waldemars Geschmack nicht! Eure hopsenden Hexen und heroischen Monologe werden ihn unberührt lassen.«

Zamp seufzte abgrundtief. »Es ist zu spät, jetzt noch Änderungen vorzunehmen . . . In aller Güte, hättet Ihr mich nicht in Coble darauf aufmerksam machen können?«

Demoiselle Blanche-Aster starrte nordwärts über das Wasser. »Ich kenne keine Güte. Wenig genug habe ich davon erfahren, außer von Throdorus Gassoon.«

Zamp erwiderte nichts darauf. Die Nachtluft schien ihm plötzlich eisig. Demoiselle Blanche-Aster fuhr mit stumpfer Stimme fort: »Ich weiß, was Ihr jetzt denkt. Ich habe nie vorgetäuscht, an etwas anderem als meinen eigenen Zielen interessiert zu sein.«

»Hei-ho!« rief Zamp bitter. »Wir sind jetzt also in Mornune, und komme, was möge, wir müssen König Waldemar *Macbeth* vorspielen, auch wenn er dabei vor Langeweile einschläft.« Er drehte sich um und stapfte müde achtern, ohne sich weiter um Demoiselle Blanche-Aster am Bug zu kümmern. Auf dem Ach-

terdeck ließ er sich vom Steward eine Kanne Tee bringen und nippte an ihm, während er geistesabwesend auf die sich im Sternenschein blähenden Segel blickte und den Geräuschen des Schiffes lauschte.

Gassoon trat aus seinem Büro und rieb sich blinzelnd die Augen. »Ah, Zamp, Ihr seid allein.«

»Es war ein schwerer Tag.«

»Sehr schwer. Trotzdem haben wir ihn erfolgreich hinter uns gebracht. Und vor uns liegt das Morgen, das uns, wie ich hoffe, unserem Ziel näherbringen wird.«

»Das hoffe auch ich.«

»Es kann gar nicht anders sein«, sagte Gassoon. »Ich muß zugeben, daß ich schon ungemein aufgeregt und voll Erwartung bin.«

»Wir haben einen langen Weg hinter uns«, murmelte Zamp. »Und der Rückweg nach Coble wird nicht kürzer sein.«

Die Dämmerung zeigte sich in den Farben von Perlen und weißen Opalen an einem Himmel, den der Morgendunst noch fast verhüllte, und der See erschauderte wie empfindliche Haut in dem kühlen Licht.

Miraldras Zauber war in der Nacht nicht weit vorangekommen. Zamp schätzte, daß sie sich nun etwa in der Mitte des Sees befanden. Über die Tiefe dachte er lieber nicht nach. Er ließ die Ochsen und seine beiden menschlichen Teams anspannen. Während er Garth Ashgale und Baron Banoury an den Gangspills beobachtete, dachte er, daß bestimmte Erinnerungen ihn, trotz all der Unbilden und unerfüllten Hoffnungen dieser Reise, noch bis ans Ende seiner Jahre trösten würden.

Phaedra erhob sich am Himmel. Der Dunst löste sich auf. Die Luft wurde klar, und vor ihnen, ganz deutlich zu sehen, war der Myrmont und die Einfahrt in die Cynthianabucht. Über den See brausten zwei Galeeren herbei, jede mit einer Raketenabschußrampe auf dem Deck. Wieder mußte Zamp seine Passiertafel vorweisen und sich einem Verhör unterziehen.

Fast widerwillig zogen die Offiziere sich zurück und gestatteten die Weiterfahrt.

Eine Stunde später glitt *Miraldras Zauber* um die Flanke des Myrmont in die Cynthianabucht. Auf den Hängen zeichnete sich unter hohen dunklen Syraxbäumen eine größere Zahl von weißen Palästen ab: die Stadt Mornune.

Ein langer Kai aus weißem Stein bildete das Ufer des Sees. Etwa ein halbes Dutzend Schiffe hatte hier angelegt. Einige davon waren ganz sicherlich Showboote, wenn auch völlig anderer Bauart als jegliche, die Zamp je gesehen hatte.

Eine Promenade zog sich parallel zum Pier dahin, mit einer Balustrade aus kunstvoll gehauenem Stein. In einem Abstand von jeweils fünfzehn Metern standen auf Postamenten Schalen, aus denen schwarzbraune Pflanzen mit scharlachroten Blüten herabhingen. Auf der anderen Promenadenseite reihte sich ein Laden an den anderen mit Waren jeder Art, die hinter hohen und breiten Glasfenstern zur Schau gestellt wurden. Paläste schmiegten sich an die Hänge dahinter, halb verborgen hinter dem Laubwerk von Syrax, Dschangal, indigoblauen Farnen und Grünhelmen. Der Kai und die Promenade erstreckten sich noch etwa drei Kilometer in nördlicher Richtung und verschwanden schließlich um eine Biegung am Ufer. Die Cynthianabucht verengte sich allmählich, während gleichzeitig die Berge zu beiden Seiten zurückfielen. Schließlich wurde die Bucht zu einem breiten Fluß, der sich nordwärts verlor.

Die Bürger Mornunes wandelten in Gewändern von eleganter Einfachheit über die Promenade. Nur wenige widmeten *Miraldras Zauber* mehr als einen flüchtigen Blick.

Eine Gruppe von vier Männern in schwarz-goldenen Uniformen näherte sich. Sie hielten an, betrachteten das Schiff mit ernster Miene, dann konsultierte einer davon, der eine schwarze Mütze mit goldpaspeliertem Schirm trug, die Seiten einer dicken Liste. Er machte eine spöttische Bemerkung zu seinen Kameraden und stieg die Laufplanke hoch.

Zamp ging ihm entgegen. Gassoon auf dem Achterdeck beobachtete sie mit abfälliger Miene.

Der Uniformierte stellte sich vor. »Ich bin der Kaiobmann. Habt die Güte, Euch und Euer Schiff zu identifizieren.«

Ein wenig von oben herab erklärte Zamp: »Ich bin Meister Apollon Zamp, und dies ist mein berühmtes Schiff, *Miraldras Zauber*.« Zum drittenmal wies er seine Silbertafel vor. »Unser Heimathafen ist Coble an der Überraschungsbucht, wie Euch jedoch zweifellos bekannt ist.«

Der Beamte hob die Brauen, dann zuckte er die Achseln, blätterte in seiner Liste und verglich die Zeichen auf der Tafel mit den Eintragungen. Er musterte Zamp und konsultierte erneut die Liste. Endlich nickte er. »Eure Ermächtigung scheint gültig zu sein. Ich möchte jedoch, inoffiziell, wie ich betone, bemerken, daß Ihr von unvorstellbarer Gleichgültigkeit und Sorglosigkeit seid. Wißt Ihr denn nicht, daß das Fest der Kunst und Fröhlichkeit bereits morgen beginnt?«

»Solange wir nicht zu spät sind, dürfte es doch wohl keine große Rolle spielen«, meinte Zamp.

Der Beamte bedachte Zamp mit einem kühlen Blick. »Selbstverständlich wird Euer Name jetzt noch auf die Teilnehmerliste gesetzt. Wärt Ihr erst morgen angekommen, hättet Ihr die Reise umsonst gemacht.«

»Wir beabsichtigten damit keine Respektlosigkeit«, erklärte Zamp steif. »Der Weg von Coble ist weit, und der Wind zu dieser Jahreszeit unberechenbar.«

»Gewiß, gewiß.« Der Kaiobmann schlug die Liste gegen seinen Schenkel. »Es spielt, wie Ihr sagt, wirklich keine Rolle, da Ihr nun ja ganz offensichtlich hier seid. Ihr bekommt den sechsten und letzten Platz im Wettbewerb zugeteilt.«

»Das zu entscheiden, steht selbstverständlich nur Euch zu.«

»Morgen vormittag werden die Festivitäten offiziell eröffnet. Wir raten Euch, Euer Schiff in Schwarz, Scharlachrot und Gold zu schmücken, um den Dynastischen Rock zu ehren.«

Zamp bedankte sich für den Rat. »Wir möchten gern die anderen Vorstellungen besuchen. Ich wäre Euch verbunden, wenn Ihr das veranlassen könntet.«

»Es stehen Euch zwei Plätze für jede Darbietung des Wettbewerbs zu«, erwiderte der Kaiobmann mit ruhiger, wenn auch metallisch klingender Stimme. »Sie beginnen morgen mittag an Bord des Schiffes *Vojus*.«

Der Obmann salutierte und verließ *Miraldras Zauber*. Zamp suchte nach Gassoon und berichtete, was er erfahren hatte. Gassoon, der sich in niedergedrückter, ja fast verzweifelter Stimmung befand, hörte nur mit halbem Ohr zu. »Diese ganze Expedition«, stöhnte er, »ist ein Irrsinn, der nur einem kranken Gehirn entspringen konnte. Wir sind hier ganz offensichtlich völlig fehl am Platz. Diese Menschen sind verletzend, zynisch und überzivilisiert. Sie werden unseren Versuch der Authentizität verhöhnen. Ich bin alles andere als zuversichtlich, was unseren Erfolg betrifft.«

»Wir haben zu wenig Zeit, ein neues Stück einzustudieren«, sagte Zamp nachdenklich, »obgleich es natürlich möglich wäre . . .«

»Nein!« wehrte Gassoon mit plötzlicher Energie ab. »Sollen sie doch spotten, soviel es ihnen Spaß macht. Für meine Kunst werde ich nie Kompromisse eingehen, und schon gar nicht des Eisens wegen.«

»Für Eisen würde ich sogar die Kunst meiner Großmutter aufs Spiel setzen«, brummte Zamp, jedoch so, daß Gassoon es nicht verstand.

»Verzeiht, was habt Ihr gesagt?« erkundigte sich Gassoon.

»Oh, nichts von Bedeutung. Es stehen uns zwei Plätze für die erste Vorstellung an Bord der *Vojus* zur Verfügung. Wollt Ihr mich begleiten, oder stellt Ihr Eure Karte Demoiselle Blanche-Aster zur Verfügung?«

»Wenn wir nur zwei Karten bekommen können, werdet Ihr auf dem Schiff bleiben und alles für unsere eigene Vorstellung vorbereiten«, bestimmte Gassoon kompromißlos.

Demoiselle Blanche-Aster entschied den Streit, noch ehe er richtig begann. »Ich werde keine der Darbietungen besuchen. Geht ihr beide gemeinsam.«

Das Schwanenschiff *Vojus* war von ungeheuren Ausmaßen. Bei seinem Bau waren weder Kosten noch Mühe gescheut worden. Ihm fehlte nichts, was an Komfort auch nur denkbar war, und erst recht nichts an allen nur vorstellbaren Erforderlichkeiten. Dieses Supergebilde war aus bleichem Sanoenholz, das mit kunstvollstem Schnitzwerk und sonstigen Verzierungen verschönert war. Die Zuschauer saßen auf weich gepolsterten Sesseln, mit einem dicken Teppich unter den Füßen, und einem Baldachin aus gemusterter Seide über den Köpfen, um sie vor dem hellen Sonnenlicht zu schützen.

Zamp und Gassoon betraten das Schiff eine Stunde zu früh und wurden von einem fast übertrieben beflissenen Platzanweiser in bleichgrüner Livree zu einer der hinteren Reihen geführt. Gleich darauf brachten zwei Mädchen in enganliegendem dunkelgrünen Dress und gleichfarbiger Strumpfhose auf einem Tablett zwei feuchte, parfümierte Tücher, damit die beiden Besucher ihre Gesichter erfrischen konnten. Sowohl Zamp als auch Gassoon waren von diesem Luxus beeindruckt, obgleich Gassoon zu mäkeln hatte, daß der rosafarbige Teppich reine Prahlerei und viel zu schwierig sauberzuhalten sei. »Wie würde ein Schiff wie dieses nach einem Abend in Chist oder Fudurth aussehen?« gab er zu bedenken. »Kaum vorstellbar!«

Zamp hatte aus anderen Gründen an der Größe der Bühne etwas auszusetzen. »Eine so riesige Höhle hat keine gute Akustik«, erklärte er Gassoon. »Für ihre Breite ist die Bühne viel zu hoch. Wir werden nur ein Gemurmel hören, außer die Künstler verfügen über die Lunge und Stimme von Schreihälsen.«

»Ein Theater sollte in seiner Ausstattung nüchtern und unaufdringlich sein«, fuhr Gassoon fort. »Ein Edelstein wirkt am besten auf schwarzem Samt. Genauso sollte die Darbietung die Zier des Theaters sein. Dieser Luxus . . .« — Gassoon machte eine abfällige Geste — ». . . ist nur vulgär.«

»Ich bezweifle, ob die Vorstellung viel zu bieten haben wird«, meinte Zamp. »Vielleicht handelt es sich um eine Reihe erotischer Pantomimen, oder einen Schwank wie mein altes Stück, *Des Hahnreis Rache*. Nun, zumindest wird die Reaktion des Publikums interessant sein.«

»Besonders aber die von König Waldemar, obgleich ich sehr bezweifle, daß er sich gleich zu Beginn des Wettstreits zeigen wird.«

Besucher mit würdevoller Miene betraten den Zuschauerraum. Sie ignorierten Zamp und Gassoon, als wären die beiden Schiffsmeister überhaupt nicht vorhanden, und begrüßten ihre Bekannten mit gemessenen Gesten. Die Plätze wurden, wie Zamp bemerkte, genau nach Protokoll belegt, was nach der Förmlichkeit der Kleidung zu erkennen war. Ein merkwürdiger und sogar bizarrer Widerspruch zu dieser Förmlichkeit, nach Zamps Meinung, waren die Kokarden, die die Männer an den Seiten ihrer kleinen, steifen Hüte trugen: grün und gold rechts, und rot und gold links. Die Federbüsche, die aus der Frisur der Damen ragten, waren ebenfalls grün und gold auf der rechten, und rot und gold auf der linken Kopfseite. Ein beleibter Mann in rost- und orangefarbigem Anzug mit einer schwarzen Schärpe setzte sich neben Zamp, und kam ins Gespräch mit ihm. Er stellte sich als Roald Tush, Eigner des Showboots *Duftender Oleander*, vor. Eine Zeitlang verglichen die beiden die Bedingungen und Schwierigkeiten auf den Flüssen Cynthiana und Vissel, und fanden viele Parallelen.

Zamp hatte noch nie zuvor ein Publikum erlebt, wie das, zwischen dem sie nun saßen. Und Tush erklärte mit Worten, die Zamp erstaunlich offen fand, daß er sich weder für Mornune noch seine Bürger begeistern konnte. »Es ist ungemein schwierig, sie zufriedenzustellen«, erklärte er. »Und trotz ihres Reichtums sind sie alles andere als freigebig — wenn sie sich überhaupt herablassen, ein Showboot zu besuchen.«

»Ihr bestätigt damit meine instinktive Einschätzung«, sagte Zamp. »Nie zuvor habe ich je Leute so pedantisch förmlich gesehen. Paßt auf, mit welch genau berechneter Neigung ihres Kopfes sie einander grüßen.«

»Jede, selbst die geringste Nuance in ihrem Benehmen hat etwas zu bedeuten«, versicherte ihm Tush. »Ich würde Euch nur langweilen, erklärte ich Euch ihre Etikette. Aber Ihr dürft mir glauben, sie ist so kompliziert und subtil wie die Menschen selbst. Das Publikum hier, beispielsweise, schließt Prinzen, Herzöge, Grafen, Barone und Ritter ein, von denen jeder einzelne seine Gesten sorgfältig abstimmen muß, je nachdem, wen er grüßt, oder mit wem er sich hier unterhält. Obgleich dem Uneingeweihten natürlich kein großer Unterschied auffällt.«

»Ja, das muß ich zugeben«, gestand Zamp. »Wie erkennt man den Unterschied? An der Neigung der Kokarden und Federn?«

Tush schüttelte lächelnd den Kopf. »Das Grün und Gold symbolisiert ihre Verehrung der alten Doro-Dynastie. Die Doros waren heldenhafte Könige, die die Saguald, die Unterdrücker, besiegten, das Königreich Soyvanesse gründeten, im Schwarzen Sumpf nach Eisen schürften und den Magischen Webstuhl bauten, auf dem der grün-goldene Rock des Schicksals entstand.«

»Eine interessante Legende, fürwahr. Stammt König Waldemar von diesem Geschlecht ab?«

»Das zu behaupten, würde er nie wagen, denn ihm fehlt der grün-goldene Rock, mit dem er die Wahrheit dieser Behauptung beweisen könnte. Das Geschlecht der Doros endete vor zweihundert Jahren, als Shimrod, der Usurpator, den grün-goldenen Rock und mit ihm den letzten Doro im Grundlosen See ertränkte. Langweile ich Euch mit diesen geschichtlichen Erläuterungen?«

»Ganz im Gegenteil!« versicherte ihm Zamp. »Aus mehr als einem Grund bin ich sehr interessiert daran, soviel wie möglich über die Historie dieser Stadt zu erfahren. Wie ging es nach Shimrod weiter?«

»Der Magische Webstuhl schuf einen blau-goldenen Rock für das Geschlecht der Ermes. Shimrod wurde getötet, und die Ermes herrschten, bis König Roble in der Schlacht von Zemial fiel. Der blau-goldene Rock ging unter Umständen verloren, über die sich den Kopf zu zerbrechen sinnlos wäre, da der Magische

Webstuhl tatsächlich oder aber auch nicht den scharlach-goldenen Rock hervorgebracht hat, den König Waldemar jetzt trägt. Das sind natürlich sehr gefährliche Themen, über die ich mich hier mit bestimmt niemandem als einem Kollegen unterhalten würde. Auf jeden Fall bedeuten die Farben, die Ihr seht, die immer noch tiefe Verehrung für das Grün und Gold, und natürlich auch die pflichtgemäße Ehrerbietung für das Scharlachrot und Gold König Waldemars. Eure Frage ist damit beantwortet, wenn auch mit etwas umständlicher Länge.«

»Alles ist klar«, versicherte ihm Zamp, »nur nicht, was aus dem Magischen Webstuhl geworden ist.«

»Wenn Ihr gern die Tiefen des Grundlosen Sees erforschen möchtet, braucht Ihr lediglich auf den Myrmont zu klettern.«

»Ich bin zwar neugierig«, gestand Zamp, »aber nicht tollkühn.«

»Eine solche Neugier ist nur natürlich«, sagte Tush lächelnd. »Mir ging es nicht besser, als ich von diesem Magischen Webstuhl erfuhr. Im Grunde genommen weiß ich nichts als Gerüchte, die in etwa besagen, der Webstuhl würde von neun Nornen bedient, die launenhafte, hysterische Weiber sind, und entweder von Geburt an blind, taub oder stumm. Wenn eine von ihnen stirbt, wählt sie eine Nachfolgerin aus, die sie mittels Träumen bekanntgibt. Die neue Norne nimmt dann den Namen der alten an.«

»Es sieht so aus, als bestimme dieser Magische Webstuhl das Schicksal von Soyvanesse«, meinte Zamp.

»Ganz so einfach ist es nicht. Aber trotzdem, wenn König Waldemar erscheint, werden die Anwesenden dem Rock nicht weniger Ehre erweisen als dem Mann.«

»Meister Gassoon, habt Ihr das alles gehört?« rief Zamp. »Um den Preis zu gewinnen, müssen wir den Rock beeindrucken und unterhalten, nicht den Mann, der ihn trägt.«

Tush hob zur Vorsicht mahnend hastig die Hand. »Seid überlegt mit Euren Scherzen. Unbedachtsame Bemerkungen verbreiten sich schnell in Mornune und mögen die schlimmsten Folgen haben. Ich fürchte, wir sind schon fast ein wenig zu weit gegangen. Ah, hier kommt König Waldemar. Ihr müßt Euch erheben und die Ritualhaltung einnehmen — die Knie gebeugt, den Kopf geneigt, die Arme auf Eurem Rücken verschränkt. Seht, so! Und nun absolute Ruhe. König Waldemar ist berüchtigt für seine Ungeduld.«

Eine drückende Stille herrschte, als König Waldemar den Zuschauerraum betrat. Er war ein Mann von mittlerer Statur, korpulent, mit rundem Vollmondgesicht, das von peinlich exakt gedrehten Ringellöckchen aus feucht wirkendem schwarzen Haar umrahmt war. Er blieb kurz am Eingang stehen, und seine ruhelosen schwarzen Augen überflogen die Anwesenden. Verstohlen betrachtete Zamp den Rock, den der König über einem Wams aus rotem Samt trug. Dieser Rock war aus schwerer schwarzer Seide und mit einem Feuerwerk explodierender Sterne in Rot und Gold bestickt.

König Waldemar murmelte etwas über die Schulter zu seinem Gefolge, dann schritt er den Gang hinunter und setzte sich auf den Thron, der für ihn in der Mitte der vordersten Reihe aufgestellt worden war. Einen respektvollen Augenblick später ließen sich auch die anderen wieder auf ihren Plätzen nieder.

Das Licht im Zuschauerraum verdunkelte sich. Ein schlanker Mann in bernsteinfarbener wallender Robe, mit langem, glänzendem, ebenfalls bernsteinfarbenem Bart, trat durch den Vorhang. Er verbeugte sich vor den Zuschauern und sprach mit weicher, klarer Stimme:

»Zur Erfreuung, und in der Hoffnung, das Wohlgefallen des erhabenen und höchstgnädigen Königs Waldemar zu erringen, und auch euch, edle Bürger von Soyvanesse zu erbauen, haben wir einen Zyklus von Legenden aus dem Zweiten Buch der Rhiatischen Mythen ausgewählt. Unsere Symbolik hält sich an das Vorbild von Phrygius Meastor, unsere Musik ist im Vierten Modus gehalten, wie sicherlich viele unter euch erkennen werden. Also lauscht dem Ersten Akkord, der den Beginn gebietet!«

Er machte eine weitausholende Handbewegung, und aus einer nicht sichtbaren Quelle erklang ein melodisches Flüstern, das zu einem zitternden, wunderbar vielstimmigen Klang wurde. Der Vorhang öffnete sich zu einer Landschaft kolossaler Ruinen, erhellt von drei Sonnen: einer purpurnen, einer fahlgrünen und einer weißen. Aus den Ruinen sprangen nacheinander wohlgewachsene, schöne Männer und Frauen, nur in weißen Sternenstaub und violetten Lendentüchern gekleidet. Zum Klang von Lauten, Tamburinen und Oboen führten sie ein gesetztes, beeindruckendes Ballett auf. Ein Gong erschallte, und herab tauchten grünschuppige, halbmenschliche Wesen mit Basiliskenschädeln. Sie schmetterten die Männer und Frauen auf den Boden und rissen ihnen die Zungen aus. Dann hüpften die grünen Kreaturen in einem triumphierenden Siegestanz herum, der schließlich in ein heftiges Stampfen ausartete, bei dem die Sonnen ihre Farben zu Rot, Dunkelorange und Schwarz veränderten. Ein metallisches Klingen von Glocken unterbrach die Musik. Ein weißer Funkenregen sprühte herab. Die grünen Kreaturen schrumpften und lösten sich in Rauchschwaden auf. Die Männer und Frauen erstanden auf. Sie hielten schwarze Scheiben, so groß wie sie selbst, und drehten sie in einem atemberaubenden Wirbel. Das Licht verdüsterte sich. Die Tänzer reihten ihre Scheiben erst aneinander, dann schob jeder seine ein wenig über die seines Nachbarn und verschwand dahinter, bis sich schließlich nur eine einzige gewaltige, schwarze Scheibe in der Mitte der Bühne drehte. Sie wirbelte seitwärts — alle hinter ihr waren verschwunden, und die Bühne wurde dunkel.

Der zweite Teil des Zyklus spielte in einer öden Steppe, mit den Ruinen der ersten Szene am fernen Horizont. Zu einer vibrierenden, anschwellenden Musik, die scheinbar außer Kontrolle zu geraten schien, wand sich eine zweigeschlechtliche Kreatur in wilden Verrenkungen. Als sie ihre Arme, den Himmel anbetend, hochwarf, schoß ein greller weißer Strahl mit flatternden Lamettasträngen herunter auf das Wesen und zwang es zu Boden, wo es von der Erde verschlungen wurde. Eine schwarzgrüne Pflanze sproß empor und bildete eine weiße Blüte. Ein zweiter Lichtstrahl traf diese Blume, die sich derart befruchtet zu einer Kapsel schloß. Ein schweres, spannungsgeladenes Schweigen senkte sich herab, bis ein fernes kristallenes Klingeln vernehmbar war. Die Kapsel öffnete sich. Eine goldhäutige Nymphe stieg heraus. Steif und reglos, mit den Armen an ihrer Seite, blieb sie stehen. Eine Fanfare erschallte: von links kam ein schwarzer, von rechts ein roter Held. Beide trugen nur Kilts und prachtvolle Helme. Sie kämpften mit Schwertern. Der schwarze Held siegte. Er kam, sich seinen Preis, die goldene Nymphe, zu holen. Er berührte sie — und die ganze Bühne schien in einem Funkenregen zu explodieren. Der schwarze Held erschauerte und brach tot zusammen. Ekstatisch tanzte die Nymphe eine Pirouette, schneller und immer schneller drehte sie sich. Die Musik schrillte und wimmerte, und die Bühne wurde dunkel.

In der letzten Szene errichteten die Tänzer einen Tempel aus drei Säulen und einem Altar. Dann bauten sie ein Gerüst auf, auf dem sie schwarzen Ton zu einem monströsen Gesicht formten. Andere eilten mit Fackeln herbei und ließen deren Flammen über das Gesicht streichen, das daraufhin seinen Mund aufriß und vor

Schmerz heulte. Dann öffnete es auch die Augen, funkelte nach rechts und nach links, während jene, die den Tempel errichtet hatten, ihre Fackeln schwangen und sich zu konvulsivischer Musik in Zuckungen verrenkten. Das Tongesicht begann mit rauher Stimme leiernde Töne von sich zu geben. Zuerst war sein Brabbeln unverständlich, doch allmählich, als lernte es, wurde sein Geleier zu einem immer melodiöseren Gesang, der schließlich durch die Gewalt seines Rhythmus und seiner Kraft die Tänzer zu wachsender Anstrengung zwang. Das Licht auf der Bühne wurde fahl und rauchig. Schweiß strömte über die Leiber der zuckenden Tänzer. Das Götzenbild stieß einen gewaltigen, vibrierenden Schrei aus, und die Tänzer stürzten leblos übereinander. Flammen entzündeten sich auf dem Altar. Das tönerne Abbild schwieg.

Der Vorhang fiel. Der schlanke Mann in der bernsteinfarbenen Seidenrobe trat heraus und verbeugte sich mit würdevoller Miene. »Habt Dank für eure Aufmerksamkeit. Wir hoffen, unsere Aussage hat euch beeindruckt.« Wieder verbeugte er sich.

König Waldemar erhob sich mit maskenstarrem Gesicht, und nach ihm alle anderen. Sie verharrten in der förmlichen Haltung der Ehrerbietung, bis Waldemar den Raum verlassen hatte.

Roald Tush wandte sich am Zamp. »Was meint Ihr?«

»Ungemein effektvoll und einfallsreich«, murmelte Zamp.

Gassoon brummte mürrisch: »Ich fand das Ganze zu gedrängt und übertrieben und unheilschwanger.«

Tush lachte. »Die *Vojus* ist berühmt für ihre erstaunlichen Effekte. Doch ganz abgesehen von unserer persönlichen und in diesem Fall unmaßgeblichen Meinung müssen wir uns die Frage stellen: wie hat es Waldemar gefallen? Er zieht angeblich leichtere, beschwingtere Darbietungen vor. Möglicherweise war er auch nicht allzu erbaut über all den Feuerzauber und das Geschrei so dicht vor seinem Gesicht. Nun, wir werden es bald genug erfahren. Also dann, bis morgen abend in Lulu Chalus *Sternschnuppe*. Danach in meinem Schiff, *Duftender Oleander*, für eine meiner eigenen armseligen Spezialitäten ... Ihr kommt als sechster und letzter an die Reihe? Das ist durchaus nicht von Nachteil, würde ich sagen. Welche Art von Vorstellung bietet Ihr?«

»Ein klassisches Drama der alten Erde«, antwortete Zamp. »Es hat vor allem künstlerischen Reiz.«

»Ha ha! Rechnet nicht mit einer zu großen Subtilität von seiten

Waldemars! Im Augenblick scheint er hauptsächlich nach Anzeichen von Spaltung und Verrat Ausschau zu halten. Wer mag schon wissen, für welche Farben der Magische Webstuhl sich jetzt entschieden hat?«

Die Darbietungen der *Sternschnuppe* waren nicht weniger bemerkenswert, was Einfallsreichtum, technische Virtuosität und Detailgenauigkeit betraf, als die der *Vojus*. Wieder verlor sich das Thema, so zumindest fand Zamp, in einem Übermaß fantastischen Spektakels. Ein bärtiger Skalde sang und spielte auf seiner Harfe für eine Schar Maiden in der Halle einer alten Burg. Schwaden und Wölkchen von Traumrauch lösten sich aus seinem Instrument, um Episoden seiner Balladen zu untermalen. In der ersten Szene führte eine Gruppe Riesen (Mimen auf Stelzen) einen exzentrischen Tanz in einem Hain mit Bäumen von grauem und grünem Laubwerk vor. Kinder, als Vögel verkleidet, sangen auf den Zweigen und aßen goldene Früchte.

Eine weitere Szene begann mit zwei Kindern, die sich alles mögliche ausdachten, und deren Fantasie eine Fee zur Wirklichkeit werden ließ. Die Kinder wünschten sich Reichtum und Paläste und schnelle Pferde. Sie wünschten sich Kraft, Macht und Weisheit. Doch dann wetteiferten sie miteinander, und plötzlich begann jeder die Macht des anderen zu fürchten. Die beiden endeten als Dämonen, die sich zwischen den Planeten eines Sonnensystems bekriegten und sich mit den verschiedenen Welten bewarfen. Dem weißen Dämon gelang es, den schwarzen zu pakken und seinen Schädel in die Sonne zu stecken ... Dunstschleier verhüllten die Szene, und als sie sich gelöst hatten, lagen die beiden Kinder friedlich auf einer sonnenbeschienenen Wiese. Sie erwachten, sprangen auf und betrachteten einander bestürzt, während ein schillernder, grauvioletter Schleier sich vor ihnen herabsenkte. Auf der kleinen Bühne, unterhalb der Hauptbühne, sang der Skalde für seine aufmerksamen jugendlichen Zuhörer.

Gassoon und Zamp kehrten in elegischem Schweigen zu *Miraldras Zauber* zurück. In Gassoons Büro gönnten sie sich noch einen Schluck und unterhielten sich über die Darbietung der *Sternschnuppe*. Gassoon paßte die technische Vollkommenheit nicht, die die Vorstellungen sowohl auf der *Vojus* als auch der *Sternschnuppe* ausgezeichnet hatte. »Ich halte eine solch fanatische Beachtung des Details für Kurzsichtigkeit, weil dadurch das größere Konzept zu kurz kommt. Es ist nur . . .« Er führte den Satz nicht zu Ende.

Zamp seufzte. »Ich fürchte, daß unsere Aufführung im Vergleich mit diesen beiden nicht so gut abschneiden wird. Unsere Bühnenbilder sind schäbig, unsere Kostüme minderwertiger Notbehelf. Wollen wir der Wahrheit die Ehre geben, müssen wir eingestehen, daß wir versuchten, mit billigen Mitteln etwas zu erreichen. Doch zustande kam nur ein Provisorium.«

Gassoon, der normalerweise sehr mäßig trank, leerte sein Glas und schenkte sofort nach. »Entschuldigungen sind unnötig«, murmelte er mit stumpfer Stimme. »Unsere Darbietung greift in die Tiefe menschlicher Erfahrung. Wir haben ein äußerst schwieriges Werk trotz aller äußerlichen Umstände gemeistert. Und was liegt schon daran, wenn unsere Bühnenbilder nicht ausgesprochen prunkvoll, unsere Kostüme vielleicht nicht ganz stilecht sind? Wir sind Künstler, keine Pedanten!«

Zamp sagte nachdenklich: »König Waldemar ist keineswegs ein Pedant, aber ein Künstler noch weniger, fürchte ich.«

Gassoon stierte mit kalter Abneigung über den Tisch. »Apollon Zamp, ich mache Euch verantwortlich für die Mängel. Ihr habt die Dinge so arrangiert, daß ich zum Gespött auf meinem eigenen Schiff wurde.«

Zamp hob die Hand. »Beruhigt Euch, Meister Gassoon. Wir sind noch nicht geschlagen!«

»Ich möchte nichts mehr hören. Seid so gut und verlaßt mein Büro!«

Anstatt in seine Kabine zurückzukehren, begab Zamp sich zu Demoiselle Blanche-Aster und klopfte an ihrer Tür.

»Wer ist da?« rief sie.

»Apollon Zamp.«

Die Tür ging auf, Demoiselle Blanche-Aster blickte heraus. »Was wollt Ihr zu dieser späten Stunde?«

»Ich mache mir Sorgen um Eure Gesundheit. Ich habe Euch seit Tagen nicht mehr gesehen.«

»Es geht mir gut. Es fehlt mir absolut nichts, danke.«

»Beabsichtigt Ihr denn nicht, an Land zu gehen, um zu erledigen, was Ihr erledigen wolltet?«

»Es besteht keine sonderliche Eile. Was getan werden muß, werde ich nach unserer Vorstellung tun. Gute Nacht, Meister Zamp.« Die Tür schloß sich.

Zamp zog eine Grimasse und drehte sich um. In der Weinstube am Kai bestellte er sich ein Glas Wein und lauschte den Gesprächen der Leute an den nächsten Tischen. Die Vorstellung der *Sternschnuppe* wurde allgemein als besser als die der *Vojus* empfunden, aber jeder fügte sofort hinzu, daß König Waldemars Meinung natürlich ausschlaggebend sei, und die wurde als unberechenbar erachtet.

Am folgenden Abend entschied sich Gassoon an Bord zu bleiben, doch dann änderte er im letzten Augenblick seinen Entschluß und begleitete Zamp doch zur Vorstellung auf der *Duftenden Oleander*.

König Waldemar kam genau auf die Minute pünktlich. Als Gesicht hätte er ohne weiteres eine Maske benutzen können, dachte Zamp, so ausdruckslos war es. Wie immer trug er seinen rot-goldenen Rock, das Zeichen seiner Königswürde.

Roald Tushs Darbietungen unterschieden sich sowohl im Modus als auch der Stimmung von den beiden vorherigen, und führten zu ihrem Höhepunkt in einem Kampf zwischen Kindern in roten Kitteln und einer Armee bleicher Zwerge, deren Waffen ihre schwarzen Hörner waren. Die Kinder legten kein Interesse an dieser Schlacht zutage, aber ein grausamer Führer in schwarzweißer Lederkleidung sorgte für Disziplin. Er trieb die widerwilligen Knaben und Mädchen mit Peitschenhieben zum Kämpfen an.

Am vierten Abend gingen Zamp und Gassoon an Bord der gewaltigen *Dellora*. Vor dieser Vorstellung riefen König Waldemars Herolde eine sehr unerfreuliche Bekanntmachung aus. Sie erklärten, König Waldemar habe beschlossen — da er mit den bisherigen Darbietungen unzufrieden sei —, zusätzlich zur Belohnung des besten Programms mit dem bekannten Preis, den Impresario der schlechtesten Darbietung für seine Unverschämtheit, sich damit vor sein Antlitz zu wagen, zu bestrafen. Die Strafe sollte sehr streng ausfallen: Der Schiffsmeister mußte nicht nur eine Gebühr von einem Zehntel vom Wert seines Schiffes bezahlen, sondern er und jeder einzelne seiner Ensemblemitglieder würden auf den nackten Rücken fünf Schläge mit dem Rohr bekommen, und außerdem würden ihre Nasen hellblau tätowiert werden.

Ob nun aufgrund dieser Drohung oder durch ihr wahrhaft großes Können, die Darsteller der *Dellora* brachten eine Reihe erstaunlicher, ungewöhnlicher und atemberaubender Spektakel auf die Bühne. Eine Gruppe von Harlekins reizte mit ihren Possen die Zuschauer zum Lachen. Ein Trupp bezaubernd schöner Tänzerinnen führte ein lebendes Kaleidoskop auf. Und fünf Bühnenzauberer bewiesen ihr Können auf eine Art, daß selbst Zamp ungemein beeindruckt war und sich den Kopf darüber zerbrach, wie sie ihre Tricks fertiggebracht hatten. Zum Finale wurde ein allesbedeckender Schirm vor die Bühne gestellt. Durch runde Öffnungen starrten Gesichter, manche bleich und verzweifelt, manche wie im Halbschlaf, andere schnitten Grimassen, rollten die Augen und streckten die Zunge heraus. Kugeln aus schwarzen Flocken huschten senkrecht und waagrecht über diesen Schirm und fuhren dabei über die Gesichter, die daraufhin rhythmisch ächzten. Aus dem Boden der Bühne hob sich ein schwarzer Vorhang. Ehe er nach und nach jedes der Gesichter bedeckte, verzogen sich diese zu gräßlichen Fratzen der Verzweiflung, bis jeglicher Ausdruck erstarb.

Zamp und Gassoon schlurften mit hängenden Schultern zu *Miraldras Zauber* zurück. Jeder hing seinen eigenen düsteren Gedanken nach. Gassoon zwang sich zu einem unnatürlich lauten Lachen. »Es ist durchaus möglich, daß unser Pessimismus unbegründet ist. Unsere Darbietung zeigt schließlich eine elementare Vitalität. Weshalb sollten wir plötzlich die edle Poesie, die Leidenschaft und Intensität unseres Werkes geringschätzen? Ich glaube trotz allem, daß *wir* den Wettbewerb gewinnen werden! Aber wir müssen in jeder Beziehung achtsam sein und uns vor allem hüten, uns auch nur in Kleinigkeiten der Lächerlichkeit auszusetzen. Ich bin, beispielsweise, durchaus nicht mit meinem Kostüm zufrieden. Duncan ist majestätisch, stattlich, von tiefgründigem Wesen. Da wirkt ein weiß-blauer Überrock geradezu frivol! Ihr, Eurerseits, müßt Eurer Stimme eine etwas tiefere Resonanz geben, damit man Eure Monologe besser hören kann, ohne daß Ihr gleich über die Zuschauer hinwegbrüllen müßt. Ich schlage auch vor, daß die Zärtlichkeiten zwischen Lord und Lady Macbeth eingeschränkt werden. Wir feiern in dieser Tragödie ja schließlich nicht ihre Vermählung.«

»Ich versichere Euch, daß ich mein Bestes geben werde«, sagte Zamp ernst.

Am fünften Abend führte das Ensemble des Showboots *Der empyreische Wanderer* ein prunkvolles Schauspiel voll Heiterkeit und Frivolität auf. Entzückende Maiden hüpften mit farbigbrennenden Feuerreifen von Sprungbrett zu Sprungbrett hoch über der Bühne. Links unter ihnen versuchten Clowns vier Leichen wiederzubeleben. Rechts bemühte sich ein ungeschickter Schmiedegeselle, ein dämonisches schwarzes Pferd zu beschlagen. Ein riesiges Ei zersprang. Nackte Kinder hopsten heraus und zogen bunte Bänder hinter sich her. Eine Truppe aus zwanzig Männern und Frauen, die paarweise in Kostümen verschiedenster Rassen gekleidet waren, gaben satirische Lieder zum besten, mit denen sie sich über die Sitten und Gebräuche der anderen lustig machten. Die Anstrengungen der Clowns zeitigten schließlich Erfolg: die ehemaligen Leichen erhoben sich und erklärten die Theorien ihrer Existenz. Dann hüpften und tollten sie mit den Clowns herum, sangen komische Balladen und verschwanden schließlich von der Bühne. Im Finale beleuchtete Feuerwerk in grandiosem Muster die Bühne. Zwei Männer in weißem Dreß sausten aus abgeschossenen Kanonen und trafen sich in der Luft in Bühnenmitte. Sie schüttelten einander die Hand und schwangen sich auf ein Trapez. Satyre jagten Mädchen über die Bühne. Und all das begleitete das Orchester mit einem fröhlichen Quickstep.

Zamp, der verstohlen die Gesichter der Zuschauer beobachtete, bemerkte, wie König Waldemars Miene sich lockerte und ein Lächeln über seine Züge huschte. Offenbar machte er eine lobende Bemerkung zu einem seiner Begleiter.

Am sechsten Abend waren Apollon Zamp und sein Ensemble an der Reihe, vor König Waldemar und den Edelleuten von Mornune das tragische Drama *Macbeth* an Bord von *Miraldras Zauber* aufzuführen.

Den ganzen Tag lastete eine schier unerträgliche Spannung auf dem Schiff. Zamp überprüfte immer wieder Kulissen und Bühnenbilder, befahl Änderungen und Verbesserungen, stellte ständig die Beleuchtung neu ein. Gassoon lief mit seinem weißen Haar, das er an diesem Tag gar nicht zu bändigen vermocht hatte, ruhelos auf und ab, fummelte in unverständlichen Gesten in der Luft herum, bis er endlich in sein Museum rannte und in seinen Raritäten herumkramte, in der Hoffnung, etwas zu finden, womit er sein Kostüm aufputzen und stilechter machen könnte. Demoiselle Blanche-Aster zeigte keinerlei Interesse an der bevorstehenden Vorstellung. Sie kam zum Achterdeck hoch, warf jedoch nur einen abwesenden Blick auf die Vorbereitungen. Gassoon schloß sich ihr an und deutete mit einer abfälligen Gebärde auf Zamp. »Er allein ist an diesem Fiasko schuld! Nun drohen Kosten, Beschlagnahmung, Erniedrigung und körperliche

Schmerzen! Haltet Ihr das für ein sinnvolles Abenteuer für Menschen wie Ihr und mich? Wir werden uns am besten sofort von diesem idiotischen Zirkus absetzen und den friedlichen Vissel zurücksegeln, um endlich das Leben zu leben, das wir planten.«

Demoiselle Blanche-Aster schüttelte den Kopf. »Man würde Euch gar nicht erlauben, Euch von diesem Wettstreit zurückzuziehen. Aber wer weiß, vielleicht findet die Vorstellung König Waldemars Gefallen.«

»Hätte ich mich nur nicht von diesem Scharlatan Zamp überreden lassen!« stöhnte Gassoon und zog sich in sein Museum zurück.

Im Laufe des Nachmittags verfiel Zamp in völlige Lethargie. Er zweifelte nicht mehr am Ausgang des Abendprogramms. Es war ganz einfach unvorstellbar, daß seine Truppe mit ihrem schlechten Gedächtnis für Text und Einzelheiten und das exzentrische Stück mit der ungewöhnlichen Orchesterbegleitung König Waldemars Wohlwollen finden würden.

Und so vergingen die Stunden. Phaedra wanderte über den wolkenlosen westlichen Himmel. Der See lag still und friedlich und verbarg mit seiner blauen Oberfläche die dunkle, grundlose Tiefe.

Das Ensemble nahm ein frühes Abendessen ein. Danach schlüpften die Schauspieler in ihre Kostüme und machten sich zurecht. Zamp bürstete den Samt von König Waldemars Thron zum zehntenmal, warf einen verzweifelten Blick auf das verwitterte Deck und zog sich schließlich ebenfalls zurück, um sich fertig zu machen.

Die Sonne versank hinter den Bergen. Dunkelheit senkte sich herab, und die Lichter von Mornune leuchteten nach und nach an den Hängen des Myrmont auf. Auf *Miraldras Zauber* flackerten Pechpfannen, und bald kamen die ersten Zuschauer die Laufplanke hoch und ließen sich auf ihren Plätzen nieder. Zamp beobachtete sie durch ein Guckloch und war überzeugt, daß sie Bemerkungen über die alles andere als prächtige Ausstattung des Schiffes machten.

Nun waren die Zuschauer alle versammelt. Hinter der Bühne war die Spannung gewachsen, daß ein Funke genügt hätte, sie zu entzünden. Demoiselle Blanche-Aster stand ein wenig abseits von den anderen. Sie trug, da der Abend kühl war, über ihrem Kostüm ein graues Cape. Gassoon nahm auch in der letzten Minute noch Änderungen an seiner Ausstaffierung vor, daß Zamp ein wenig verärgert nach ihm rief und ihn ungehalten bat, sich doch zu beeilen. »König Waldemar nähert sich bereits auf der Promenade!«

»Laßt ihn kommen«, brummte Gassoon. »So sehr drängt die Zeit nicht, mein Auftritt steht noch nicht bevor. Was ist mit den Hexen?«

»Sie sind bereit.«

»Lady Macbeth?«

»Auch sie ist bereit.«

»Und Ihr selbst?«

»Ebenfalls.«

»Dann ist ja alles in Ordnung. Das Orchester kann eine doppelte Ouvertüre spielen, wenn es sein muß.«

»Pah!« knurrte Zamp. »Nun, wir werden tun, was wir tun können.«

König Waldemar stieg an Bord und wurde zu seinem Platz geleitet. Zamp, in einem schwarzen Umhang über seinem Kostüm, wartete einen respektvollen Augenblick, ehe er vor den Vorhang trat.

»Zur Erbauung seiner Majestät König Waldemar und aller unserer edlen Besucher beschwören wir heute ein Stück ferner Vergangenheit herauf. *Macbeth* ist eine Legende der Erde des Mittelalters. Ein authentischer Text fand auf erstaunliche Weise seinen Weg nach Coble an der Überraschungsbucht und in die wunderbare Sammlung von Meister Throdorus Gassoon. Als wir von König Waldemars Fest hörten, war uns sofort klar, daß nichts anderes gut genug sein würde, als eine Wiedererweckung dieses archaischen Meisterwerks.

Und nun, ohne weiteres Gerede, führen wir euch durch Raum und Zeit an einen öden Ort irgendwo in Schottland, wo drei Hexen das Böse heraufbeschwören, welches das gesamte Drama ins Rollen bringt.« Zamp verbeugte sich und zog sich hinter die Bühne zurück.

Mit leichtem Quietschen und Rascheln öffnete sich der Vorhang.

ERSTE HEXE: *Sagt, wann ich euch treffen muß:*
In Donner, Blitz oder Regenguß?
ZWEITE HEXE: *Wenn der Wirrwarr ist zerronnen,*
Schlacht verloren und gewonnen.

Zamp, der durch das Guckloch spähte, war erfreut, daß König Waldemars Aufmerksamkeit zumindest geweckt war. Er erin-

nerte sich des saumseligen Gassoons. War er immer noch in seinem Museum? Aber nein! Da stand er ja bereits. Er trug einen Umhang, Stiefel, und seine Königswürde betonte er durch einen merkwürdigen vielzackigen Kopfschmuck aus Holz und Eisen. Zamp mußte zugeben, daß Gassoon tatsächlich jetzt in jeder Beziehung majestätisch wirkte.

DUNCAN: *Wer ist der blut'ge Mann? Er kann berichten,*
So scheint's nach seinem Aussehen, wie's zuletzt um die Empörung stand.

MALCOLM: *Dies ist der Hauptmann . . .*

Szene II verlief zufriedenstellend. Zamp atmete ein wenig auf. Nun zu Szene III, und wieder die Hexen, auf »einer Heide nahe von Fores«.

ERSTE HEXE: *Wo warst du, Schwester?*
ZWEITE HEXE: *Hab' Schweine gewürgt.*
DRITTE HEXE: *Schwester, wo du?*
ERSTE HEXE: *Kastanien hatt' ein Schifferweib im Schoß . . .*

Zamp trat als Macbeth mit Banquo auf die Bühne. Die beiden lauschten den Prophezeiungen und hörten sich die Neuigkeiten von Rosse und Angus an.

Und nun herab mit dem Vorhang und zur Szene dreieinhalb, die Zamp nach seiner Vorstellung einer Stimmungsverbesserung eingefügt hatte, aber auch, oder vielleicht hauptsächlich, um Demoiselle Blanche-Asters beeindruckende kühle Schönheit voll zum Ausdruck kommen zu lassen.

Das neue Bühnenbild zeigte eine Gartenlaube vor Schloß Glamis. Lady Macbeth saß an einem Tischchen und schrieb mit einem Federkiel einen Brief. So wie Zamp die Szene geplant hatte, sollte sie aus dem Brief vorlesen, um Macbeth in seinem Ehrgeiz anzuspornen. Doch Demoiselle Blanche-Aster hatte sich zu einer Änderung entschlossen. Kaum war der Vorhang ganz zurückgezogen, erhob sie sich hinter dem Tischchen, warf ihren Umhang ab und stellte sich ganz vorn auf die Bühne, wo die Beleuchtung am hellsten war und alle sehen konnten, daß sie eine blau-goldene Jacke trug, die außer in der Farbe völlig dem Rock König Waldemars glich. Noch zögernde Ausrufe des Staunens und Erschreckens erklangen aus dem Publikum.

Demoiselle Blanche-Aster rief: »Ich trage das Blau und Gold. Ich erhielt es von meinem Vater. Ihr alle wißt, wer ich bin. Es liegt keine Macht in dem Scharlachrot und Gold. Wer erkennt das Blau und Gold des Hauses Erme an?«

König Waldemar war aufgesprungen. Ein eigenartiger Ausdruck der Unsicherheit lag auf seinen Zügen. Zamp stand wie erstarrt an der Seite der Bühne. Wie hatte er nur je die Edelleute von Mornune für kalt und ungerührt halten können? Augen glitzerten, Zähne knirschten, Lippen zogen sich zu einem angespannten Grinsen zurück. Überall im Zuschauerraum setzte allmählich Bewegung ein, die Waldemar zum Ziel hatte. Der König warf unruhige Blicke nach links und rechts. Plötzlich drehte er sich um, wollte den Gang hochlaufen.

Demoiselle Blanche-Aster sagte mit klarer Stimme: »Lord Haze, Lord Brouwe, Lord Valicour: nehmt diese Person Waldemar, den Mörder, in Gewahrsam. Schafft ihn hinaus auf den tiefen See und tut dort mit ihm, was getan werden muß.«

Drei Edelleute verbeugten sich und kamen herbei. Sie nahmen den erstarrten Waldemar an den Armen und führten ihn fort.

Demoiselle Blanche-Aster blieb aufrecht mit kalter Miene stehen. Gassoon, der seinen Umhang für die nächste Szene abnahm, wurde sich der Unterbrechung bewußt. Er spähte von der Seite auf die Bühne und bemerkte, daß aus einem ungewöhnlichen Grund — vielleicht eine unpassende, beleidigende Bemerkung aus dem Publikum — Demoiselle Blanche-Aster in ihrer Rolle stockte. In unbeherrschtem Grimm rannte er auf die Bühne und funkelte die Zuschauer an. »Man soll annehmen, daß auch vom Publikum Höflichkeit zu erwarten ist!« schrie er. »Unsere Vorstellung hat eben erst begonnen!« Er drehte sich zu Demoiselle Blanche-Aster um. »Bitte, meine Teuere«, ersuchte er sie beschwichtigend, »fahrt mit Eurer Rolle fort.«

Demoiselle Blanche-Aster starrte ihn zuerst mit kalter Verärgerung an, doch dann weiteten sich ihre Augen, und ihr Mund hing fast so weit herab wie der Waldemars zuvor. Aus dem Publikum erhob sich ein Schrei wie aus einer Mischung von Ehrfurcht und Angst vor dem Unheimlichen. Gassoons Aufmerksamkeit war jedoch ganz auf Demoiselle Blanche-Aster gerichtet. Verschwunden war ihr Selbstbewußtsein, ihre kühle Unnahbarkeit, sie war nur noch ein völlig verstörtes junges Mädchen. Gassoon rief erschrocken: »Was habt Ihr denn? Weshalb seht Ihr mich so an?«

Demoiselle Blanche-Aster deutete mit einem zitternden Finger auf ihn. »Ihr — Ihr tragt das legendäre Grün und Gold —, den grün-goldenen Rock! Wo habt Ihr ihn her?«

Gassoon blickte verwirrt auf das altersspröde Kleidungsstück hinab, durch das er gehofft hatte, Duncan ein wenig von der königlichen Würde zu verleihen, die ihm an Waldemar so imponiert hatte. »Aus meiner Sammlung antiker Kleidungsstücke«, erwiderte er.

Demoiselle Blanche-Aster schlüpfte benommen aus der blaugoldenen Jacke. »Die Fäden des Magischen Webstuhls führen nicht zu mir. Ihr seid der König von Soyvanesse und Kaiser von Fay.«

Gassoon rang nach Worten. »Ich möchte solche Titel nicht beanspruchen . . . Ich bin Throdorus Gassoon.«

»Was Ihr wollt, ist von keiner Bedeutung. Der Magische Webstuhl hat Euer Schicksal gewoben, daran läßt sich nichts mehr ändern. Das ist das Wunder, das Soyvanesse erhofft hat. Ihr müßt sowohl den Ruhm als auch die Pflichten auf Euch nehmen.«

Gassoon zog zweifelnd an seiner langen weißen Nase. »Sehr erstaunlich, fürwahr. Zamp, habt Ihr das alles gehört?«

»Ja«, erwiderte Zamp. »Gehört und gesehen. Was ist nun mit unserer Aufführung? Sollen wir weitermachen? Es sieht ganz so aus, als müßtet Ihr nun entscheiden.«

»Ich habe mich bereits entschieden!« erklärte Gassoon in plötzlicher Verzückung. »Der große Preis geht an *Miraldras Zauber* und ihre hervorragende Truppe! Es sollen auch großzügige zweite Preise an die talentierten Ensembles der *Vojus, Sternschnuppe, Duftender Oleander, Dellora* und des *Empyreischen Wanderers* verteilt werden. Alle Darbietungen waren ausgezeichnet. Die von König Waldemar angedrohte Strafe wird nicht ausgeführt. Ich lade alle Anwesenden in den Königspalast ein, wo wir dieses erstaunliche Ereignis gebührend feiern werden. Und nun, da ich die Gelegenheit dazu für günstig halte, erkläre und erwähle ich Prinzessin Blanche-Aster zu meiner Gemahlin, meiner angebeteten und seelennahen Gefährtin — eine Vereinigung, die sie und ich schon seit längerem anstrebten, und die wir noch heute segnen lassen werden. Was habt Ihr gesagt, Meister Zamp?«

»Nichts von Bedeutung, Meister Gassoon.«

»Nun, dann habt die Güte und zeigt ein wenig mehr Begeisterung über diese so glücklichen Umstände!«

»Ja, das werde ich ganz gewiß!«

»Gut! Großartig! Wunderbar! Bringt Garth Ashgale und seine jämmerliche Truppe herbei. Ich gebe sie hiermit frei. Und schafft Baron Banoury und seine Spießgesellen in den Kerker. Sie müssen sich für ihre Greueltaten verantworten. Was Euch betrifft,

Zamp, ich vergebe Euch Eure unzähligen Vergehen, Eure Unverschämtheiten und Betrügereien. Ja, ich werde Euch sogar ohne jegliche Verpflichtung *Miraldras Zauber* mit allem Zubehör für jetzt und alle Zeit überschreiben. Ich habe keinen Bedarf mehr an einem solchen Schiff.«

Zamp verbeugte sich. »Seid meiner Dankbarkeit versichert, König Throdorus.«

»Ah!« rief Gassoon. »Wahrlich wunderbar sind die Wege des Magischen Webstuhls! So, und nun alle zum Königspalast!«

15

So manche Widrigkeiten hatten Zamp im Lauf der Zeit davon überzeugt, daß die beste Zeit für einen Aufbruch immer dann war, wenn die Dinge günstig standen. Nach drei Tagen fast pausenlosen Feierns beschloß er, Mornune zu verlassen und sich dem Vissel südwärts anzuvertrauen. Gassoon, als wohlwollender Monarch, erlaubte ihm, Abschied zu nehmen, wenn das wirklich sein Begehr war. »Aber weshalb wollt Ihr nicht in Mornune bleiben?« fragte er. »Als alten Kameraden ernenne ich Euch zum Edelmann, gebe Euch ein zu Eurem neuen Stand passendes großes Besitztum — ohnehin alles Ehren und Dinge, die Ihr aufgrund des noch von Waldemar bestimmten ersten Preises bereits verdient habt.«

Doch Zamp ließ sich nicht überreden. »Wie Ihr wißt«, erklärte er, »bin ich zu drei Viertel ein ruheloser Künstler, und nur zu einem Viertel Aristokrat. Der Flußwind bläst durch mein Blut und läßt mich nicht frei. Wenn Ihr wollt, könnt Ihr mir ja das Äquivalent in Eisen geben, damit ich mir das großartigste Showboot bauen lassen kann, das der Vissel oder die Cynthiana oder irgendein anderer Fluß dieser Welt je gesehen haben!«

Gassoon holte zu einer nachsichtigen Geste aus, hielt jedoch in seiner Gebärde inne. Der grün-goldene Rock beengte seine Schultern und zwang ihn zu beschränkten und gesetzten Bewegungen, wollte er das brüchige Gewebe nicht sprengen. Prinzessin Blanche-Aster saß wie eine Porzellanpuppe mit unbewegter Miene auf einer Couch aus geschnitztem Jade. »Ihr sollt das Eisen haben«, versicherte ihm der Herrscher. »Aber Ihr müßt versprechen, Euer großartiges neues Showboot auf seiner Jungfernfahrt nach Mornune zu bringen und uns mit Euren Darbietungen zu erfreuen.«

»Das werde ich ganz sicher«, beteuerte Zamp.

Gassoon ließ seinen Schatzmeister holen. »Schafft sofort zwanzig Barren schwarzen Eisens zu Meister Zamps freier Verfügung an Bord von *Miraldras Zauber.*«

Zamp verbeugte sich vor Gassoon und danach vor Prinzessin Blanche-Aster, die abwesend zurücknickte. Zamp fand sie nun noch langweiliger und blutloser. Ihr grünes Seidengewand war mit schwarzen Perlen und schwarzen Eisenkügelchen bestickt, ihr blondes Haar zu einer sorgfältigen Frisur aus Locken und Ringel aufgesteckt. War sie deshalb nach Mornune zurückgekehrt? »Ohne weitere Worte«, sagte Zamp, »ziehe ich mich jetzt zurück.«

»Möge günstiger Wind Eure Segel füllen!«

An der großen Flügeltür hielt Zamp kurz an und blickte zurück. Gassoon stand groß, hager und hochaufgerichtet wie zuvor. Büschel seiner wilden weißen Mähne quollen über die eiserne Krone, knöcherne Handgelenke ragten aus dem wundersamen Rock.

Zurück auf *Miraldras Zauber* überprüfte Zamp die Qualität der gelieferten zwanzig Eisenbarren und stellte fest, daß sie insgesamt zweihundert Pfund wogen. Nachdem er sich vergewissert hatte, daß alle Mannschafts- und Ensemblemitglieder an Bord waren, gab er Befehl abzulegen und Kurs Süden zu nehmen.

Der Grundlose See lag glatt wie ein Spiegel. Die Segel hingen schlaff herab. Zamp ließ das Heckschaufelrad senken und ordnete an, daß die Ochsen und Garth Ashgale mit seiner Truppe an die Gangspills gespannt würden. Garth Ashgale schrie empört auf: »Wir sind wieder freie Männer und brauchen uns nicht mehr an den Gangspills placken.«

»Gewiß seid ihr freie Männer«, versicherte ihnen Zamp. »Aber ihr müßt euch den Weg zurück nach Coble verdienen, und das eben an den Gangspills. Zieht ihr aber vor, in Mornune zu bleiben, steht es euch frei, ans Ufer zu schwimmen.«

Brummelnd und fluchend führte Garth Ashgale seine Truppe zu den Gangspills.

Das Showboot glitt über den See. Nach einer Stunde hob Zamp das Heckrad, und das Schiff trieb mit Hilfe der leichten Brise sanft südwärts.

Am Mittag des folgenden Tages fuhr *Miraldras Zauber* durch

das Mandamantor, und die hier heftige Strömung trug sie an der Burg Banoury vorbei, ohne daß jemand versucht hätte, sie aufzuhalten. Zu beiden Seiten dehnte sich nun die Tinsitalasteppe aus, und vor ihnen der Vissel.

Mit dem Südmonsun war es jetzt ohne alle Zweifel aus, und der übliche Wind war launenhaft, er blies einmal aus dieser, dann aus der anderen Richtung. Aber Zamp war in keiner Eile. Eine Stunde am Morgen und eine Stunde am Nachmittag senkte er das Schaufelrad ins Wasser, um den Ochsen und Garth Ashgale zu körperlicher Bewegung zu verhelfen. Ansonsten war er durchaus damit zufrieden, gemächlich mit der Strömung dahinzutreiben, während er Pläne für sein wundervolles neues Schiff schmiedete. Er würde das seltenste Holz dafür verwenden und es kunstvoll bearbeiten lassen. Und das Glas für das Showboot sollte das Beste sein, das Lanteen zu bieten hatte. Sowohl für das Ensemble als auch für die Mannschaft sollte es die luxuriösesten Unterkünfte geben, und für ihn selbst eine Heckkabine mit Balkon, der über das Kielwasser hinausragte. Die oberen Decks sollten Kolonnaden haben wie die *Vojus,* und eine Bühne so variabel wie die der *Dellora,* und Klappstühle wie die, die er auf dem *Empyreischen Wanderer* bewundert hatte. Das Deck würde so befestigt sein, daß man es leicht kippen und die Zuschauer über Bord befördern konnte. Vielleicht sollte man es auch mit einem Fallteil ausrüsten, durch das man Unruhestifter geradewegs in ein Netz fallen lassen konnte? Beide Systeme hatten sich als recht brauchbar erwiesen. Was war mit dem Antrieb? Heckrad? Seitenräder? Schrauben? Er würde sich das alles noch gründlich überlegen. Und sein Repertoire? Klassische Dramen von der alten Erde? Ha ha! Zamp lehnte sich in seinem Korbsessel zurück und sah den Wolken zu, die gemächlich über den weiten Himmel des Großplaneten trieben.

Am vierten Tag nach ihrer Durchfahrt durch das Mandamantor wurde Zamp auf einen wild dahergaloppierenden Reiter am Ufer aufmerksam. Der Reiter trabte, als er in gleicher Höhe war, neben dem Schiff her und winkte heftig und drängend. Als Zamp durch das Fernglas blickte, erkannte er Throdorus Gassoon.

Zamp befahl die Segel zu reffen und schickte ein Boot ans Ufer. Bald darauf kletterte Gassoon mit sonnenverbrannter Haut, rauhen, offenen Lippen und vor Erschöpfung dem Zusammenbruch nahe, an Bord.

»König Throdorus!« rief Zamp. »Welch Ehre und Freude!

Aber ich hatte nicht erwartet, Euch so bald schon wiederzusehen!«

Gassoon goß den Weinbrand, den Zamp ihm anbot, mit einem Schluck hinunter. »Mit König Throdorus ist es vorbei«, krächzte er. »Ich bin wieder, wie zuvor, Throdorus Gassoon von Coble, und ich bedauere es nicht im geringsten, das dürft Ihr mir glauben. Aber sagt, was habt Ihr zu essen? Es hätte nicht mehr viel gefehlt und ich wäre verhungert!«

Zamp befahl Brot, Käse, Fleisch und eingelegten Lauch zu bringen. Während Gassoon sich darüber hermachte, berichtete er über die Umstände, die ihn wieder zum Showboot zurückgeführt hatten. Die Geschichte war kurz und bündig. Der grün-goldene Rock, der spröde und brüchig vom Alter und nicht für Gassoons Figur geschaffen war, hatte sich durch die für ihn zu großen Strapazen in einzelne Fäden aufgelöst. Gassoons scharfer Verstand sagte ihm, wenn der Besitz dieses Rockes ihn von einem einfachen Flußschiffer zum König von Soyvanesse gemacht hatte, dann mußte der Verlust dieses gleichen Rockes eine umgekehrte Verwandlung zur Folge haben.

Er hatte Prinzessin Blanche-Aster nichts davon anvertraut. »Ich muß ganz ehrlich sein«, seufzte Gassoon, »obgleich ihr Verhalten absolut pflichtbewußt und einwandfrei war, fiel mir doch ein Mangel an Enthusiasmus in gewissen Aspekten unserer Verbindung auf. Ich bin geneigt zu vermuten, daß unsere wirkliche Harmonie nur die der Seele, nicht des Körpers war. Um ganz offen zu sein . . . Nun, es genügt, wenn ich sage, daß ich die Sache mit dem geplatzten Rock für mich behielt. Und, um eine lange Geschichte kurz zu halten, ich beschloß, meinem guten Kameraden Apollon Zamp nachzureisen, in der Hoffnung, daß er an unserer alten Partnerschaft noch interessiert wäre.«

Zamp schenkte sich ebenfalls ein. »Wir sind nach wie vor Kompagnons«, versicherte er Gassoon. »Das Schiff ist wieder Euer, und das Eisen, das Ihr mir so großzügig geschenkt habt, werden wir zwischen uns aufteilen. Damit sind wir beide reiche Männer.«

Gassoon hob lächelnd einen Finger. »Ich werde mein Schiff zurücknehmen, einverstanden, und es wird wieder die alte *Kosmische Panoptikum* sein. Und Ihr, mein Freund, behaltet ruhig das ganze Eisen.« Er stieß mit dem Fuß gegen die Satteltaschen, die er mit an Bord gebracht hatte. »Sie sind gefüllt mit Brillanten, Rubinen und Smaragden und auch mit großen schwarzen, in Eisen gefaßten Opalen. Unser Vermögen dürfte damit in etwa gleich sein.«

Zamp füllte beide Gläser neu auf. »Unsere Partnerschaft hat sich als sehr einträglich erwiesen, Throdorus!«

»Einträglich, lehrreich und erbaulich.«

Die beiden Männer tranken, und fast gleichzeitig wandten sie den Kopf, und ihr Blick wanderte den Vissel aufwärts, wo die fernen Mandamanpalisaden ihre Schatten über den Fluß warfen. In diesem Augenblick verirrte sich eine Brise des äquatorialen Passats in diese Gegend und füllte die Segel. Mit Schaum am Bug und rauschendem Kielwasser brauste das Schiff südwärts den Vissel hinab, dem fernen Coble entgegen.